Texte: © Copyright by Doris Wienrich
Umschlaggestaltung: © Copyright by Doris Wienrich

Doris Wienrich
Kahrstr. 14
99713 Helbedündorf
hwienrich@aol.com

Herstellung und Verlag:

BoD - Books on Demand, Norderstedt

ISBN 978-3-7412-9907-0

Doris Wienrich

Urlaub im „Schwalbennest"

sowie drei weitere Erzählungen

Inhaltsverzeichnis

Urlaub im „Schwalbennest"	Seite 7
Träume weiter, Eva!	Seite 145
Zwei linke Schuhe	Seite 197
Kai-Uwes Absturz	Seite 207

Urlaub im „Schwalbennest"

Andreas hatte die Stadt bereits wieder hinter sich gelassen. Ihn fröstelte, obwohl es in seinem Auto wesentlich angenehmer war als während der vergangenen Stunden des Wartens auf der Straße. So hatte er sich den Verkauf der begehrten Urlaubsreisen nicht vorgestellt. Er hatte sich einen Tag frei genommen und war, fast noch in der Nacht, morgens um fünf Uhr losgefahren. Doch zu seinem Erstaunen belagerte bereits eine Schlange von mindestens fünfzehn Personen den Bürgersteig vor dem Reisebüro. Alle waren dick vermummt.

Sie sind noch früher aufgestanden als ich, dachte er. Mit Wollmützen, Schals und Handschuhen wollten sie der Kälte dieses achten Januar 1980 trotzen.

Jetzt lag der nächtliche Frost über der Stadt. Aus den Schornsteinen einzelner Wohnhäuser kroch Rauch. Doch der hatte es schwer seinen Weg gen Himmel zu finden, denn die eisige Luft drückte ihn hinab in die Straßen und Gassen.

Andreas hatte nach kurzem Gruß seinen Kragen hochgeschlagen und die Wollmütze über die Ohren und die Stirn gezogen und sich in die Schlange der Wartenden eingereiht. Seine Hände steckten tief in den Taschen der dicken Winterjacke, die ihm seine Frau zu Weihnachten geschenkt hatte.

Er musterte die Leute, soweit dies im Schein der Straßenlaternen möglich war. Es waren meist Männer in seinem Alter, Familienväter, die wie er mit Frau und Kindern im kommenden Sommer verreisen wollten.

Ein älterer Mann hatte einen Klappstuhl mitgebracht, auf dem er nun in sich zusammengekauert saß und fror.

Weiter vorn in der Schlange standen zwei junge Frauen.

Sie alle sind noch früher aufgestanden als ich, dachte Andreas. Was tut man nicht alles für seine Lieben! Die Kinder hatten so gebettelt: „Bitte, Papa, wir möchten in den Sommerferien unbedingt einmal an die Ostsee."

Simone und er hegten diesen Wunsch auch schon lange, aber sie kannten das Problem der Urlaubsplatzbeschaffung und hatten zu den Kindern gesagt: „Seid froh, dass wir bisher jedes Jahr verreisen konnten, auch wenn es nicht immer besonders lohnende Ziele waren! Wie sollen wir denn einen Ostseeplatz besorgen?"

Aber die dreizehnjährige Heike und der neun Jahre alte Karsten hatten nur erwidert, dass Marina und Ines von gegenüber doch auch an der Ostsee waren und soooo geschwärmt hätten.

Nun befand sich Andreas wieder auf dem Heimweg.

Was würde Simone sagen, wenn er ihr erklären musste, dass er keinen Ferienplatz in einem bekannten Seebad oder auf einer Ostseeinsel bekommen hatte?

Die Zuteilung an Seeplätzen sei gering und die Schulferien nun mal die beliebteste Reisezeit, das hatte das Fräulein vom Reisebüro den durchgefrorenen Kunden kurz und knapp erklärt. Die Nachfrage nach Ostseeplätzen sei nun mal in der ganzen Republik groß. Sie könne auch nur das weitergeben, was ihr zugeteilt worden sei.

In der Schlange war Unmut aufgekommen. Einige hatten gemurrt und etwas von Geschäften unterm Ladentisch geknurrt.

Als Andreas an der Reihe war, gab es nur noch die Möglichkeit der Ostseetouristik. Das hatte er sich kurz erklären lassen und dann schnell zugegriffen, sonst wäre die Enttäuschung der Kinder riesengroß gewesen.

So kam er noch immer frierend und nicht gerade zufrieden mit der Buchung eines völlig unbekannten Zieles in Ostseenähe zu Hause an.

Als die Kinder am Nachmittag davon erfuhren, jubelten sie: „Hauptsache an die Ostsee! Es wird schon schön werden, Papa!"

Reise und Ankunft

Endlich waren Ferien, und die Eltern hatten ihren wohlverdienten Urlaub. Die Koffer waren bereits im Auto verstaut. Die Kinder lagen in ihren Betten, doch vor Aufregung konnten sie lange nicht einschlafen.

Andreas studierte am Wohnzimmertisch noch einmal den aufgeschlagenen Straßenatlas, und Simone werkelte in der Küche. Sie wickelte die gut belegten Wurst- und Schinkenbrote ein und legte sie in den Kühlschrank. Morgen früh vor der Abreise war keine Zeit mehr, um Schnitten zu schmieren, das wusste sie vom letzten Urlaub. Außerdem wollte Andreas die weite Fahrt spätestens um fünf Uhr antreten.

Sie ging noch einmal ins Wohnzimmer zur ihrer Mutter, um mit ihr über ein paar Dinge zu sprechen, die in den nächsten vierzehn Tagen vielleicht anfallen könnten.

Am nächsten Morgen, als alle gefrühstückt hatten, nahm Andreas die Tasche mit den Thermoskannen und den Bechern und ging zur Garage. Er fuhr das Auto heraus, und anschließend verabschiedeten sich alle von der Oma.

Dann starteten sie fröhlich und gut gelaunt in den langersehnten Urlaub.

Obwohl es noch sehr früh war, zeigten Heike und Karsten keine Müdigkeit, im Gegensatz zu anderen Anlässen, wenn sie einmal so zeitig aus den Betten mussten.

Sie saßen vergnügt auf den Rücksitzen und schauten erwartungsvoll dem beginnenden Tag entgegen.

Als sie nach zweistündiger Fahrt durch Dörfer und Städte endlich die Autobahn erreichten, atmete Andreas auf. „Nun kommen wir zügiger voran", sagte er.

„Ich bin gespannt, wie es in dem Urlaubsort so ist", meinte Heike, und Karsten wollte wissen: „Lernen wir da auch neue Kinder kennen?"

„Seit wann unterscheidest du in neue und alte Kinder?" lachte Simone.

Karsten erwiderte nichts darauf. Doch dann wandte er sich erneut an seine Mutter: „Hast du eigentlich alle meine Sachen eingepackt und den Schwimmreifen und die Luftmatratze nicht vergessen?"

Simone nickte ihm zu, und Karsten war zufrieden.

Nachdem sie schon eine Stunde auf der Autobahn unterwegs waren, schlug Andreas vor, auf einen Parkplatz zu fahren und eine Pause einzulegen.

Karsten stimmte sofort zu: „Ich muss sowieso mal austreten gehen." Und Heike meinte: „Heute morgen konnte ich noch nicht so richtig frühstücken, aber jetzt habe ich Hunger."

Andreas und Karsten verschwanden hinter einem Gebüsch, und Simone holte die Tasche mit dem Proviant aus dem Kofferraum, während sich Heike die Füße vertrat und ein paar gymnastische Übungen neben dem Auto machte. Außer ihnen parkte um diese Zeit noch niemand hier.

Als Andreas mit Karsten zurückkam, rief Simone erschrocken: „Das glaub ich jetzt nicht! Du hast die Tasche mit den Getränken ins Auto gepackt ohne hineinzuschauen! Unsere Frühstücksbrote liegen noch zu Hause im Kühlschrank. Die haben wir vergessen."

„Das kann ja wohl nicht wahr sein!", entfuhr es Andreas erschrocken.

Karsten lachte. „Dann hat Oma für die ganze Woche schon ihr Abendbrot!"

„Und was nun?", rief Heike enttäuscht, „ich habe aber Hunger!"

„Wir trinken erst einmal etwas", lenkte Simone ein. „Außerdem habe ich Schokolade und Kekse im Handschuhfach. Verhungern müsst ihr also nicht!"

Sie goss jedem nach Wunsch einen Becher Kaffee oder Tee ein und holte danach die Leckereien aus dem Auto, damit sich die Kinder bedienen konnten.

Andreas schlug vor weiterzufahren und den nächsten Rasthof aufzusuchen. Damit waren alle einverstanden.

Also fuhren sie in Richtung Berlin weiter. Hier war die Autobahn wesentlich voller als im mitteldeutschen Raum. Westautos, die sie sonst selten sahen, sausten an ihnen vorbei. Karsten freute sich, wenn er die Automarken erkannte.

„Die meisten kommen aus der Bundesrepublik und wollen nach Westberlin", erklärte Andreas.

Die Kinder drehten sich im Fond um und schauten durch die Heckscheibe, um die Autos besser sehen zu können.

Jetzt fuhr hinter ihnen ein großer Lastzug mit einem hessischen Kennzeichen. Die Kinder winkten dem Brummifahrer zu, und der winkte zurück und lachte. Sie lachten ebenfalls und winkten noch einmal.

Nach einiger Zeit waren sie das Betrachten der vielen Autos und LKW leid. Deshalb kramte Karsten sein kleines Notizheftchen und den Kugelschreiber aus der Umhängetasche hervor und spielte „Schiffe versenken", während sich Heike in ein

Jugendbuch vertiefte, das sie sich von einer Freundin ausgeliehen hatte und nach den Ferien zurückgeben wollte.

So verging die Zeit, und schon bald verließ Andreas die Autobahn, weil der Rasthof angezeigt wurde, in dem sie das ausgefallene Frühstück nachholen wollten.

Froh gelaunt verließen sie das Auto und begaben sich in die Raststätte.

Hier war um diese Zeit schon allerhand Betrieb.

„Können wir uns nicht auf die Terrasse setzen? Hier ist es ziemlich verqualmt", meinte Heike und ließ ihren Blick über eine Gruppe Männer streifen, die rauchend und laut diskutierend an mehreren Tischen saßen.

„Du hast recht, die frische Luft wird uns gut tun. Andreas, ich suche uns mit den Kindern einen freien Tisch und komme dann gleich zurück. Stell` du dich doch schon einmal an", sagte Simone zu ihrem Mann und ging dann mit Heike und Karsten auf die Terrasse.

Bis auf einen Tisch, an dem eine Familie mit zwei Kindern Platz genommen hatte, war hier noch alles frei.

„Können wir uns dort in die Sonne setzen?", fragte Heike und zeigte auf einen Tisch, unweit der Tür.

Simone nickte.

„Seid ihr mit belegten Brötchen und Cola einverstanden?", wollte sie wissen, bevor sie sich wieder der Raststube zuwendete, in der Andreas in der Schlange vor der Theke wartete.

Die Kinder nickten zustimmend, und Simone verließ die Terrasse.

Wenig später kamen die Eltern zurück. Jeder trug ein Tablett, Simone brachte die belegten Brötchen und Andreas die Getränke.

„Von nun an kann es nur noch besser werden", sagte Heike in

aufkommender Urlaubsstimmung.

„Na, das ist doch mal eine gute Nachricht", erwiderte ihr Vater und lachte. Er kannte ja seine Tochter. Wenn sie etwas Leckeres zu essen hatte, war sie stets gut gelaunt.

„Jetzt ist es erst kurz vor neun Uhr, und es ist schon so schön warm hier in der Sonne", sagte Simone.

„Hoffentlich haben wir an der Ostsee auch so schönes Wetter. Ich bin schon gespannt, wie es dort ist", meinte Karsten, und man konnte seine Neugier und Vorfreude ahnen.

Die Familie, die bereits auf der Terrasse gesessen hatte, schien jetzt aufbrechen zu wollen. Heike und Simone drehten ihre Köpfe zu ihnen hin. Die sind bestimmt aus dem Westen oder aus Westberlin. Ihre Kleidung unterscheidet sich ganz wesentlich von unserer, dachte Simone. Qualität, Farben und der Schnitt wirken einfach eleganter als unsere „Einheitsklamotten".

Jetzt ging die fremde Frau an ihrem Tisch vorbei und nickte Simone freundlich zu. Ihre beiden Mädchen lächelten Heike an und sagten leise „Tschüss".

Als Letzter folgte dem kleinen Trupp der Vater. Doch bevor er die Terrasse verließ, beugte er sich zu Andreas herunter und sagte leise: „Gestatten Sie, dass wir Ihren Kindern etwas schenken."

Er legte ihnen ein Buch auf den Tisch und eilte sofort, ohne auch nur eine Antwort abzuwarten, davon.

Die fremde Familie war verschwunden.

Andreas, Simone und die Kinder schauten sich überrascht an, und dann blickten sie auf das Buch, das vor ihnen auf dem Tisch lag.

„Solch ein Buch hat meine Schulfreundin Katrin auch. Ihre Oma hat es ihr mitgebracht, als sie zu Besuch im Westen war", rief Heike und nahm das Geschenk in die Hand, um darin zu blättern.

Das Buch erzählte die Geschichte eines Mädchens in den Schweizer Bergen und war bunt bebildert. Ein kleines Mädchen, ihr Großvater, ein Junge mit Ziegen und vor allem eine faszinierende Bergwelt waren wunderschön dargestellt.

Heike reichte das Buch ihrem Bruder, der schon ungeduldig an dem Einband zog.

„Ich bin sprachlos, dass uns fremde Leute ein so schönes Geschenk gemacht haben. Aber wir haben uns nicht einmal bedanken können! Warum hatte es der Mann denn so eilig?" fragte sie ihren Vater.

„Die sind ja alle vier förmlich davongerannt", meinte auch Karsten.

„Nicht so laut, ihr zwei!", flüsterte Andreas. „Lasst uns das um Gottes Willen nicht hier diskutieren. Wir reden im Auto darüber, aber nicht hier, nein, nicht hier!"

Er stand auf und wies Karsten an: „Schiebe das Buch unter dein T-Shirt."

„Wir gehen", sagte er mit Nachdruck und schaute sich um. Er wirkte auf einmal nervös und hatte es ziemlich eilig, den Rasthof zu verlassen. Doch zum Glück waren sie immer noch allein hier draußen, und niemand hatte etwas gesehen oder gehört.

Sie verließen die Terrasse ohne noch einmal durch das Lokal zu gehen.

Als sie wieder in ihrem Auto saßen, sagte Simone: „Das war eine westdeutsche oder Westberliner Familie auf der Durchreise. Sie dürfen auf Transitstrecken mit Bürgern aus der DDR keinen Kontakt aufnehmen. Das ist verboten. Sie bringen sich und die anderen damit in Gefahr."

„Warum ist das denn verboten? Sie wollten uns doch nur eine Freude machen! So ein schönes Buch! Ich freue mich jedenfalls sehr darüber. Oma wird staunen, wenn sie das hört", sagte Karsten. „Ich verstehe auch nicht, warum westdeutsche Menschen mit DDR-Bürgern nicht sprechen sollen. Wir reden doch alle die gleiche Sprache! Da hätte mir die Frau wohl auch keine Auskunft geben dürfen, wenn ich sie nach der Toilette gefragt hätte?", wollte Heike wissen.

Andreas startete das Auto. Er wollte schnell wieder zurück auf die Autobahn. Zu den Fragen seiner Kinder wusste er auch keine plausible Erklärung, schon gar nicht für den erst neunjährigen Karsten.

Simone wandte sich an Heike: „Du hast doch in der Schule schon einiges über die DDR und die Bundesrepublik gehört. Es sind beides deutsche Staaten, aber mit unterschiedlichen Gesellschaftssystemen. Jetzt lassen wir das Thema und freuen uns ganz einfach, dass es nette Leute waren, die euch eine Freude machen wollten."

Andreas warf Simone einen kurzen Blick zu und lächelte sie verständnisvoll an.

Sie waren sich in Fragen der Kindererziehung immer einig, doch zu einer Diskussion mit ihren Sprösslingen über Ost-West-Beziehungen waren sie an diesem schönen Morgen nicht bereit.

Nun waren Heike und Karsten mit ihrem Geschenk beschäftigt, und die Eltern dachten über das eben Erlebte nach. Auch sie waren sehr stark berührt von der kurzen Begegnung mit der fremden Familie. Es ist wirklich trostlos, wenn man aus Angst nicht miteinander reden kann. Nur leider können wir kleinen Leute daran nichts ändern. Es ist nur gut, dass wir nicht beobachtet worden sind, sonst hätte uns noch sonst etwas angedichtet werden können.

Simone und Andreas hingen noch eine Weile schweigend ihren

Gedanken nach.

Als sie den Berliner Raum hinter sich gelassen hatten, wurde es fast leer auf der Autobahn. Jetzt kamen sie wieder zügiger voran. Nach einer weiteren Stunde Fahrt legten sie noch einmal eine kleine Pause ein, um von ihrem Vorrat etwas zu trinken und sich die Füße zu vertreten.

„So, nun geht es in die Endphase. Noch ein paar Kilometer, dann verlassen wir die Autobahn, denn es ist nicht mehr sehr weit. Hoffentlich sind die Kreisstraßen nicht so schlecht, dass wir zügig fahren können", sagte Andreas zu seiner Frau.

Simone nahm den Autoatlas und ließ sich von Andreas das letzte Stück ihrer Reiseroute zeigen.

„Gut, ich behalte die Karte auf meinem Schoß", sagte sie, „da kann ich dir ansagen, wo wir abbiegen müssen."

Sie starteten wieder. Die Kinder hatten jetzt ein bisschen ihre Müdigkeit abgestreift.

„Das ist gut, dass wir nun bald da sind. Ich bin gespannt, wie warm die Ostsee ist", sagte Karsten.

„Vielleicht kommen wir heute noch gar nicht ans Wasser. Schließlich haben wir einen Ostseetourismus-Ferienplatz", belehrte Andreas seinen Sohn.

„Ja, aber die Ostsee muss doch da sein!", beharrte Karsten.

„Sie ist ja auch da, Karsten. Aber nach unserer Ankunft müssen wir erst unsere Sachen auspacken. Wenn wir uns frisch gemacht haben, schauen wir uns den Ort an. Ich denke, Papa ist heute genug gefahren. Wir wollen uns doch alle erholen", erklärte Simone ihrem Sohn, wobei sie in ihrem letzten Satz das Wort „alle" besonders betonte.

Heike hatte zugehört ohne sich an dem Gespräch zu beteiligen. Sie schaute nach draußen, wo die Landschaft an ihr vorüberflog.

Hier ist alles eben, es gibt keine Berge, man kann ganz weit über riesige Felder und Wiesen schauen. Ab und zu liegt ein kleines Wäldchen dazwischen. Da lässt sich prima Rad fahren.

Simone hatte sich in die Straßenkarte vertieft und sagte nach kurzer Betrachtung des Wegenetzes: „Andreas, beim nächsten Dorf musst du rechts abbiegen."

„Alles klar, dann sind wir spätestens in einer halben Stunde am Ziel."

Die Kinder atmeten auf. Jetzt war ihre Müdigkeit endgültig verflogen. Sie schauten interessiert durch die Seitenscheiben und drehten sich im Fond um, um durch die Heckscheibe noch mehr von der Landschaft sehen zu können.

Im nächsten Dorf hielt Andreas mitten auf einer Kreuzung an. Hier gab es keine Hinweisschilder. „Was nun?", fragte er stirnrunzelnd. „Welchen Weg müssen wir einschlagen?"

Da sah Simone eine ältere Frau mit einer Einkaufstasche aus einem Haus herauskommen.

„Ich werde die Frau dort nach dem Weg fragen", sagte sie und stieg aus.

Sie ging ihr ein paar Schritte entgegen, grüßte freundlich und trug ihr Anliegen vor.

„Ach, dann sind Sie die neuen Urlauber von Familie Vollmers", sagte sie lächelnd. „Hier kennt jeder jeden. Außerdem bin ich mit Anita Vollmers befreundet und daher weiß ich, dass heute Urlauberwechsel ist. Ja, nun zum Weg. Sie fahren hier links ab und immer geradeaus weiter. Dann sehen Sie ein kleines Wäldchen. Das ist ihr Ziel. Am Waldrand steht das Haus, Sie können es gar nicht verfehlen."

Und nach einer kleinen Pause setzte sie fort: „Aber wundern Sie sich nicht über den Weg, hinter dem Dorf hört die gepflasterte

Straße auf. Dann ist es ja auch nicht mehr weit. Also dann, einen schönen Urlaub wünsche ich Ihnen und Ihrer Familie."

„Vielen Dank, auch für Ihre freundliche Auskunft", erwiderte Simon herzlich, ging zum Auto zurück und stieg ein.

Nachdem sie Andreas informiert hatte, kommentierte er die wenig erfreuliche Information

mit den Worten: „Da lassen wir uns mal überraschen", und fuhr mit gemischten Gefühlen los.

Das Ende des Dorfes hatten sie schnell erreicht. Alle waren gespannt, wie es nun weitergehen würde.

Die Kinder reckten ihre Hälse und schauten durch die Frontscheibe nach vorn.

Andreas hatte das Tempo zurückgenommen und konzentrierte sich ganz auf den Weg.

„Ich sehe das Haus schon! Dort vorn beim Wald, das muss es sein", rief Karsten.

In diesem Moment schlingerte das Auto. Es war mit dem linken Hinterrad in eine tiefe Sandspur geraten.

„Hoppla", rief Simone erschrocken.

Andreas versuchte mit wenig Gas weiterzufahren. Aber das Hinterrad drehte durch und stiebte den Sand in die Luft.

„Wir steigen alle aus und dann, Simone, setzt du dich hinter das Lenkrad, und Heike und ich schieben", schlug er vor.

Diese Aktion brachte jedoch keinen Erfolg. Deshalb sagte er: „Wir müssen etwas vor das Hinterrad legen, damit es greifen kann. Am besten, wir suchen ein paar Stöcke und Steine."

Sofort begannen sie mit der Suche und wurden tatsächlich fündig.

Andreas packte alles vor das Hinterrad, stieg ein, startete den Wagen und hatte Glück.

Das Auto kam aus der Sandspur heraus und stand wieder auf dem Weg.

„Hurra! Klasse! Na also!" riefen alle durcheinander und rannten hin.

Nachdem sie wieder eingestiegen waren, sagte Heike: „Hoffentlich passiert uns das nicht jeden Tag. So viele Steine und Stöcke liegen hier nämlich gar nicht herum."

Die Eltern schwiegen, sie dachten sicher das gleiche.

Andreas war froh, dass keiner seine Gedanken erraten konnte.

Die Stimmung hatte sich seit diesem Vorfall verschlechtert. Nun fuhren sie schweigsam fast im Schneckentempo weiter, aus Angst sich noch einmal im Sand festzufahren.

So kamen sie nach weiteren zehn Minuten vor dem alleinstehenden Haus am Waldrand an.

Hier waren tatsächlich weit und breit keine anderen Häuser zu sehen, überall nur Felder und Brachland. Rechts vom Weg begann hinter einem Rübenfeld der Wald.

„In was für einer Einöde sind wir denn hier gelandet?!"; begann Heike ihren Gefühlen Luft zu machen. „Da steige ich gar nicht erst aus."

„Ich auch nicht, hier will ich nicht bleiben", maulte Karsten. Seine Stimme klang weinerlich.

Simone sah ihren Mann an. Sie dachte wohl ähnlich wie die Kinder. Doch dann gab sie sich einen Ruck.

„Das ist doch nur unser Übernachtungsquartier. Wir schlafen hier und fahren danach jeden Tag zum Strand. Bei Tourismus-Urlaub ist es nun einmal so, dass man viel unterwegs ist."

Es war Simone schon fast gelungen, die Kinder zu beschwichtigen, als Andreas plötzlich zu schimpfen begann: „Ich hatte von Anfang an kein gutes Gefühl mit dieser Art Tourismus.

Ohne Beziehungen kriegt man keinen exklusiven oder wenigstens richtig guten Urlaubsplatz, so ist das nun leider mal bei uns in der DDR. Aber ihr wolltet ja unbedingt an die Ostsee! Schluss jetzt mit dem Gemaule! Ihr wolltet den Ferienplatz, und nun bleiben wir hier!"

Seine Worte hatten verärgert geklungen. Sie duldeten keinen Widerspruch, das wussten die Kinder sofort. Sie kannten ihren Vater gut und wussten, wann es besser war nichts mehr zu sagen.

Trotzdem wagte Heike noch einen Einwand: „Hoffentlich hält unser Auto diesen scheußlichen Weg zwei Wochen aus."

„Schluss jetzt mit der Debatte! Wir steigen aus und melden uns erst einmal an, alles Weitere wird sich finden." Andreas war genervt. Er stieg aus und streckte sich.

Simone folgte seinem Beispiel.

Als die Eltern zu dem Backsteinhaus gingen, stiegen auch Karsten und Heike mit beleidigten Gesichtern aus.

Andreas drückte auf den Klingelknopf neben der Eingangstür.

Wenig später wurde von innen aufgeschlossen, und eine Frau erschien, die Simone auf etwa fünfundvierzig bis fünfzig Jahre schätzte und die fröhlich sagte: „Hallo, Sie sind sicher Familie Bauer. Herzlich willkommen!"

Sie gab jedem die Hand und stellte sich als Frau Vollmers vor.

„Wir sind Andreas und Simone Bauer, und das sind unsere Kinder Heike und Karsten", gab Simone bereitwillig Auskunft.

„Hatten Sie eine gute Anreise?", wollte Frau Vollmers wissen.

„Ja, bis auf das letzte Stück ging alles sehr gut, aber dann haben wir uns hier im Sande festgefahren." Andreas deutete mit seiner Hand in die Richtung, aus der sie gekommen waren. „Aber halb so schlimm, nun sind wir ja da."

„Ach, du meine Güte!" rief Frau Vollmers erschrocken. „Da

haben Sie wohl den falschen Abzweig genommen, der Weg hier durch den Wald ist befestigt. Aber das konnten Sie natürlich nicht wissen. Auf dem Sandweg trifft man eigentlich nur Fußgänger oder höchstens mal Radfahrer an."

„Da bin ich aber erleichtert, das ist ja eine richtig gute Nachricht." Andreas atmete auf.

Simone, Heike und Karsten wirkten jetzt auch entspannter. Nicht nur diese Auskunft, sondern auch Frau Vollmers Natürlichkeit gefiel ihnen.

„Aber jetzt kommen Sie doch erst einmal ins Haus." Mit einer einladenden Geste zeigte sie auf die Haustür und sagte: „Bitte schön! Treten Sie ein! Ich zeige Ihnen, wo Sie in den nächsten vierzehn Tagen wohnen werden."

Familie Bauer folgte ihrer netten Vermieterin und gelangte in eine große Diele, die aber keineswegs wie ein üblicher Hausflur wirkte, sondern eher den Eindruck eines Empfangssalons machte. Mit ein paar gemütlichen Sesseln, einer Stehlampe und einer modernen Vitrine, in deren Glasfach verschiedene Gläser einsortiert waren, sowie mehreren großen Grünpflanzen wirkte der Raum geschmackvoll und gemütlich zugleich. An der Wand hinter den Sesseln hing ein Bord mit zahlreichen Büchern. Außerdem stand an der rechten Seite des Raumes ein mittelgroßer runder Tisch mit vier Polsterstühlen, die den gleichen beigefarbenen Bezugsstoff hatten wie die Sessel. Die Diele war mit einem braunen Teppich, den kleine bunte Ornamente zierten, ausgelegt.

„Hier werde ich Ihnen immer das Frühstück servieren." Dann öffnete sie die Zimmertür zu ihrer Linken, „ dieser Raum ist das Schlafzimmer der Eltern."

Sie traten ein und befanden sich in einem hellen, komplett

eingerichteten Doppelbettzimmer mit einer Verbindungstür zum Kinderzimmer, welches mit zwei Einzelbetten sowie dazu passenden Nachtschränkchen mit modernen Leselampen, einem Kleiderschrank, einem kleinen Tisch mit zwei Stühlen und einem Bücherbord ausgestattet war. An den Wänden hingen mehrere Bilder. Alles wirkte modern und war sauber und gepflegt.

Frau Vollmers versuchte in den Gesichtern der Neuankömmlinge zu lesen und konnte gleich erkennen, dass alle zufrieden waren.

„Wird das so gehen, dass Heike und Karsten zusammen ein Zimmer haben?" wandte sie sich an Simone.

„Ja, natürlich, und wenn nicht, dann schläft einer von den beiden draußen im Garten unter dem großen Baum", lachte sie.

„Ach das wird kaum nötig sein", erwiderte Frau Vollmers schmunzelnd und strich Karsten übers Haar.

„Nun zeige ich Ihnen noch das Badezimmer. Leider haben wir nur ein Bad mit WC. Das steht aber ausschließlich unseren Urlaubern zur Verfügung. Meine Familie hat andere Wasch- und Duschmöglichkeiten sowie eine Außentoilette."

Sie führte die Neuankömmlinge durch die Diele direkt in ihre Küche, dann einen kleinen Flur entlang zum Bad, in dem außer einem Badeofen und dem WC auch eine große weiße Badewanne stand. Alles blitzte vor Sauberkeit. Die Wände und der Fußboden waren gefliest.

„Ist das so in Ordnung?" fragte Frau Vollmers.

„Wunderbar, alles bestens. Da werden wir uns ganz sicher wohlfühlen", antwortete Simone herzlich, und ihre Familie nickte zustimmend.

Sie gingen zurück zur Küche, wo ihre Gastgeberin ihnen die Schlüssel übergab und so nebenbei erklärte: „Übrigens benutzen

Sie allein unseren Haupteingang zur Diele. Wir haben vom Hof her noch einen zweiten Eingang, aber das zeige ich Ihnen alles später. Sie werden also ungestört sein. Wollen sie jetzt Ihr Gepäck hereinholen? Ich helfe Ihnen gern dabei."

„Vielen Dank, Frau Vollmers, das ist nett, aber nicht nötig", bedankte sich Andreas. „ Wir schaffen das schon. Kommt, Kinder!"

Während sie zum Auto gingen, äußerten sich alle wohlwollend und zufrieden über die schöne Urlaubsunterkunft.

„Papa, das haben wir aber gut getroffen. Mir gefällt es jedenfalls, und die Frau Vollmers ist auch nett", äußerte sich Heike als Erste, die bei ihrem Papa etwas gut zu machen hatte.

„Aber dass man immer durch die Küche laufen muss, das finde ich doof", entgegnete Karsten.

„So oft gehst du doch gar nicht ins Bad. Wir sind fast den ganzen Tag nicht hier", erwiderte Simone. „Außerdem wird Familie Vollmers das gewöhnt sein. Wir sind nicht ihre ersten Urlauber, und beißen wird dich bestimmt keiner", neckte sie ihren Jüngsten.

„Na gut", lenkte Karsten ein.

Andreas beteiligte sich nun auch an der Unterhaltung. „Ich denke, es wird doch noch ein schöner Urlaub werden. Der Anfang dazu ist jedenfalls gemacht. Jetzt packen wir erst einmal unsere Sachen aus, erholen uns von der Fahrt und gegen siebzehn Uhr suchen wir ein Lokal auf, das in der Nähe ist, und holen das ausgefallene Mittagessen nach. Was haltet ihr von meinem Vorschlag?"

Alle waren sofort einverstanden.

„Aber ein Lokal in der Nähe? Ob es das überhaupt gibt?" bezweifelte Heike.

„Wir lassen uns von Frau Vollmers beraten. Doch das hat noch Zeit."

Sie gingen zum Auto, luden das Gepäck aus und trugen es zum Hauseingang, als Simone plötzlich erschrocken rief: „Huch, was war denn das?!"

Irgendetwas war über ihren Köpfen hinweg gesaust.

Sie schauten alle nach oben und erkannten eine Schwalbe, die gerade ihr Nest verlassen hatte, denn oben in der Nische rechts neben der Eingangstür klebte ein Schwalbennest.

Da hörten sie auch schon das leise Tschilpen der kleinen Jungvögel, die nach Nahrung schrien.

„Wir stören gerade bei der Fütterung", sagte Andreas leise. „Denkt also daran und nehmt Rücksicht, wenn ihr hier rein und raus geht", flüsterte er den Kindern zu.

Dann verschwanden sie in ihren Zimmern, und es kehrte völlige Ruhe ein.

Später, so gegen sechzehn Uhr dreißig, klopfte Andreas an Familie Vollmers Küchentür, um sich nach dem Lokal zu erkundigen.

Jetzt war auch Herr Vollmers anwesend. Die Männer begrüßten sich und machten sich miteinander bekannt.

Herr Vollmers war ein etwa fünfzigjähriger Mann mit gebräuntem Gesicht und dunkelblondem, ein wenig schütterem Haar. Seine Statur wirkte muskulös, aber keineswegs dick.

Andreas trug sein Anliegen vor, und der freundliche Hausherr hatte sofort eine Empfehlung parat.

„Es gibt ein paar Kilometer von hier entfernt ein schönes Ausflugslokal mit Restaurant und einer guten Küche. Es heißt „Tannenhof" und liegt direkt am Waldrand neben der Straße. Es ist nicht zu verfehlen. Die Parkmöglichkeiten sind auch gut. Für die Kinder gibt es einen kleinen Spielplatz, aber der wird euch sicherlich nicht interessieren, oder doch?" Er schaute die Kinder, die sich inzwischen dazu gesellt hatten, freundlich an. Heike und Karsten lachten. Dann wandte er sich wieder an Andreas. „Mit dem Auto ist man in zehn bis fünfzehn Minuten da. Dort speisen häufig unsere Urlauber, wenn sie vom Strand kommen. In der Umgebung ist das Lokal sehr beliebt."

Dann erklärte Herr Vollmers ihm auch den Weg zum „Tannenhof", denn er hatte von seiner Frau bereits von dem kleinen Malheur auf dem Sandweg gehört. Das sollte nicht noch einmal passieren.

„Herr Bauer", sagte er, „ich zeige Ihnen am besten auch gleich, wo Sie Ihr Auto parken können. Kommen Sie." Sie gingen durch den hinteren Flur, den Andreas bereits kannte, auf den Hof. Hier war eine markierte Parkfläche, auf die drei bis vier Autos passten. Außerdem gab es noch eine Garage, die der Hausherr selbst nutzte.

„Wunderbar", sagte Andreas, „es ist immer gut, wenn man auf einem Grundstück parken kann und das Fahrzeug nicht draußen stehen muss. Obwohl, bei Ihnen hier wird ja sowieso nichts passieren."

„Ja, wir leben hier absolut ruhig und sicher. Die einzigen, die uns mal Schaden zufügen, sind im Herbst hin und wieder Wildschweine." Die beiden Männer lachten.

Jetzt kamen auch Frau Vollmers und Simone auf den Hof.

Andreas stellte Herrn Vollmers seine Frau vor. „Nun ist die Familie komplett. Unsere Kinder kennen Sie ja schon."

„Sie haben ja ein riesiges Grundstück", sagte Simone, die sich ein wenig neugierig umschaute.

Rechts neben dem Haus stand eine große Buche, und unter ihr war ein Zelt aufgebaut.

Der Hof war mit Rasen bewachsen. Nur ein gepflasterter Gehweg führte zur Garage und zu einem Stall. An der Umzäunung standen sowohl niedrige Ziergehölze als auch Beerensträucher.

Frau Vollmers, die Karsten anschaute und seinen Blick auf das Zelt gerichtet sah, sagte: „Na, Karsten du schaust dir das Zelt so an? Gefällt es dir? Es gehört unserem Sohn. Er baut es jeden Sommer auf, obwohl er schon einiges älter ist als du. Wenn es ihm nachmittags zu heiß ist, verkriecht er sich gern dorthin und liest. Aber du wirst das schon selbst sehen, wenn Frank wieder da ist. Er besucht zurzeit für ein paar Tage seine Großeltern, kommt aber bestimmt morgen zurück." Sie machte eine kleine Pause und setzte dann fort: „Außerdem treffen morgen weitere Urlaubsgäste ein. Da kommen auch noch Kinder mit. Es wird bestimmt nicht langweilig, und wenn ihr etwas braucht, dann sagt ihr es mir einfach. Wir haben von unseren Kindern noch viele schöne Bücher, Gesellschaftsspiele, Bälle und andere Sportgeräte, mit denen ihr euch beschäftigen könnt."

Sie nickte auch Heike freundlich zu. „Das ist prima", erwiderte diese erfreut.

Andreas und Herr Vollmers unterhielten sich inzwischen angeregt über die Freilandhaltung der Hühner auf einer eingezäunten Fläche außerhalb des Gartens und über die Nutzung des großen angrenzenden Feldes.

„Wir wollen Sie jetzt aber nicht länger aufhalten", sagte Andreas mit Blick auf seine Uhr. „Danke für die Informationen und einen schönen Feierabend!"

„Tschüss, bis später!", sagten Herr und Frau Vollmers fast gleichzeitig.

Familie Bauer machte sich auf den Weg.

Im Auto sagte Heike plötzlich: „Gestern sind bestimmt Urlauber, die vor uns hier waren, abgereist. Heute sind wir gekommen, und morgen kommen noch weitere. Hier geht es zu wie in einem Taubenschlag.

„Nee, wie in einem Schwalbennest", lachte Karsten. Von nun an hatte die Ferienunterkunft ihren Namen „ das Schwalbennest".

Bald schon kamen sie bei dem empfohlenen Restaurant an. Die Gaststube machte einen einladenden Eindruck, und auch die Bedienung ließ nicht lange auf sich warten. Als die nette Kellnerin dann das gewünschte Essen serviert hatte, waren alle restlos zufrieden.

Der kleine Abendausflug war bereits ein erster Erfolg, und froh gestimmt kehrten sie in ihr „Schwalbennest" zurück.

Die Entdeckung der Ostsee und vieler schöner Ferienorte

Am nächsten Tag fuhren sie gleich nach dem Frühstück an den Strand. Von ihrer Urlaubsunterkunft bis zur Ostsee waren es etwa zwölf Kilometer.

Während der Fahrt betrachteten sie aufmerksam die Landschaft. Sie fuhren durch ein paar Dörfer, die nur wenig den Ortschaften ihrer Heimatregion glichen, wo in sogenannten Haufendörfern ein Haus neben dem anderen stand. Hier hatte jedes Haus seinen „Freiraum", einen Garten beziehungsweise ein Stück Wiese, je nachdem was sein Besitzer bevorzugte und angelegt hatte. Ab und zu sahen sie ein altes, gut erhaltenes Haus mit einem schweren Reetdach, eine Besonderheit dieser Landschaft. Eines davon gefiel ihnen besonders gut. Es war eine alte Fischerkate, die mit leuchtend roter und blauer Farbe frisch gestrichen worden war und nun in ihrer malerischen Schönheit bestimmt schon oft als

Fotomotiv gedient hatte.

Manche Häuser hatten wunderschöne Haustüren mit Schnitzereien. Sie waren ebenfalls mit leuchtenden Farben bemalt und wirkten einladend und fröhlich auf ihre Betrachter.

„Was sind denn das für komische Haustüren?" fragte Karsten, dem eine andere Besonderheit auffiel, und wies mit dem Finger auf eine Tür, von der nur die obere Hälfte geöffnet war.

„Das kann ich dir erklären", sagte Andreas. „Das sind die sogenannten Klönstüren, die früher viele Häuser hatten. Klönen heißt so viel wie miteinander reden, plaudern. Dazu waren diese Haustüren sehr praktisch. Wenn jemand anklopfte, wurde die obere Hälfte der Haustür entriegelt und geöffnet. Man schaute also nur oben heraus und redete miteinander. Ungebetene Gäste drangen nicht ins Haus ein, und außerdem kühlte das Haus bei kaltem Wetter nicht so schnell aus, was gerade hier an der Ostseeküste in strengen Wintern und bei heftigen Stürmen sehr wichtig war."

„Was du alles weißt, Papa", staunte Karsten.

„Übrigens gibt es auch in unseren Dörfern auf manchen Bauernhöfen noch solche zweiteilige Türen, meistens allerdings an Ställen. Sie haben den Vorteil, dass das Vieh immer frische Luft hat, aber nicht aus dem Stall laufen kann", ergänzte sein Vater.

„Wisst ihr, was mir hier auch noch so gut gefällt? Hier stehen vor vielen Häusern so hübsche Bänke, die meisten sind hellblau gestrichen. Überhaupt verwenden die Leute hier viel buntere Farben als bei uns, wo meistens Bänke, Türen und Tore braun gestrichen werden", meinte Heike.

Ebenso beeindruckend waren aber auch die kleinen hölzernen Fensterläden, die passend zu den Haustüren bemalt und manche sogar mit originellen Schnitzereien oder Ornamenten verziert waren.

Vielerorts sahen die Betrachter auf großen Grundstücken neue Einfamilienhäuser mit schön angelegten Blumenrabatten und gepflegten Rasenflächen. In einigen Gärten waren Strandkörbe aufgestellt, und lustig flatternde Wimpelketten schmückten Birken und Kiefern, die man hier überall finden konnte. Gut sichtbare Wegweiser fielen sofort jedem Fremden auf. Sie zeigten den Neuankömmlingen den Weg zu ihren Urlaubsunterkünften, die mitunter putzige Namen trugen, wie z.B. „Zur Stranddistel", „Beim Seebär Ole Jansen" oder „Möwe Gustav".

Bei ihrem ersten Bummel kamen sie an verschiedenen Wirtshäusern vorbei, die mit auffallend großen, vor den Gebäuden aufgestellten Speisekarten um Gäste warben, und sie stellten erfreut fest, dass es auch einige Bäckereien an ihrer Wegstrecke zum Strand gab.

„Das ist total schön hier", rief Heike, die ihre Eindrücke kundtun musste. Sie war von dem bisher Gesehenen völlig begeistert.

„Aber wenn wir gleich die Ostsee sehen, dann ist es bestimmt erst richtig toll", erwiderte Karsten, dem die Ungeduld anzumerken war.

„Wir sind spätestens in fünf Minuten da", versprach ihnen ihr Vater.

So war es dann auch. Erfreulicherweise waren auf dem Parkplatz noch mehrere Parkmöglichkeiten frei, denn es war erst gegen zehn Uhr und wohl für Langschläfer unter den Urlaubern zu früh.

Deshalb hatte Andreas mit dem Parken kein Problem.

Nachdem sie ihre Badesachen aus dem Kofferraum genommen

und Karsten sich mit seiner Luftmatratze, auf die er unter gar keinen Umständen verzichten wollte, ausgerüstet hatte, machten sie sich auf den Weg zum Strand.

Sie überquerten den Deich. Von hier führte ein schmaler Sandweg hinab zum Strand. Simone blieb einen Moment stehen und blickte gebannt auf das Meer.

Zum ersten Mal in ihrem Leben sahen sie die Ostsee. Auch Andreas und die Kinder waren stehen geblieben und taten es Simone gleich. Fasziniert schauten sie alle zum Wasser, das grünlich schillerte, und beobachteten, wie Welle für Welle leise an den Strand schlug. Mit einem weißen Streifen aufspritzender Gischt streichelte das Meer das Festland und färbte den sonst so hellen Sand gelb bis braun. Über dem Meer tat sich ein weiter blauer Himmel auf, an dem kein einziges Wölkchen zu sehen war, und die Sonne überstrahlte mit ihrem goldenen Schein das Meer und ließ es fantastisch glitzern und blinken.

„Ist das nicht ein überwältigender Anblick!" rief Simone begeistert und atmete tief die heilsame Seeluft ein.

„Grandios, diese Weite des Meeres!" schwärmte Andreas. „Und dabei ist unsere Ostsee nur ein Randmeer des Atlantiks."

Karsten und Heike hatten es jetzt eilig. Sie rannten über den schmalen Pfad hinunter zum Strand, entledigten sich ihrer Schuhe und Strümpfe und sprangen ins Wasser. Heike bespritzte übermütig ihren Bruder, und dieser spritzte eine Handvoll Wasser zurück. Dann kamen sie lachend zu den Eltern.

„Kommt, wir gehen noch ein Stückchen weiter in Richtung Seebrücke und Strandhaus", sagte Andreas.

Sie suchten sich eine Stelle, wo noch nicht so viele Badegäste waren, und ließen sich unmittelbar vor einer Düne nieder, die erst vor kurzem mit Strandhafer neu bepflanzt worden war. Ein aufgestelltes Schild mahnte, die Düne nicht zu betreten.

„Das ist ein schöner Platz", meinte Simone, „da liegen wir nicht so mittendrin im Gewimmel."

„Was denn für ein Gewimmel?" fragte Heike. „Bis jetzt ist es doch hier überhaupt nicht voll."

„Das wird sich sehr bald ändern, in zwei Stunden ist hier alles belegt. Wetten?"

Simone sollte Recht behalten, denn nach ihnen schien regelrecht eine Völkerwanderung zum Strand einzusetzen.

Bald war vor und neben ihnen alles belegt. Leute aller Altersgruppen breiteten ihre Badetücher oder Strandlaken aus und „umzäunten" ihre Liegeplätze mit ihren mitgebrachten Utensilien. Andere wiederum schlugen Stangen in den Sand und bauten sich einen Windschutz auf. Eine Familie mit kleinen Kindern hatte bald einen ansehnlichen Schutzwall aus Sand um sich herum errichtet.

„Dürfen die Leute das eigentlich?" fragte Karsten seinen Papa.

„Das weiß ich auch nicht so genau, ob sie es hier dürfen. An den Strandabschnitten, wo Strandkörbe stehen, ist es ganz sicher verboten."

„Jetzt gehen wir erst einmal alle zusammen ins Wasser. Wertsachen haben wir nicht dabei, bzw. im Auto gelassen. So kann nichts wegkommen und an unserem Proviant wird sich niemand vergreifen. Außerdem können wir immer mal zu unserem Platz herüber schauen."

Heike und Karsten stürmten los. Die Eltern folgten ihnen lachend.

„Wenn wir alle Tage so schönes Wetter haben wie heute, dann haben wir dieses Jahr mit unserem Urlaubsplatz wohl doch das große Los gezogen", strahlte Andreas. Er legte seinen Arm um

Simones Schulter und sah sie glücklich an. Er war sehr froh, dass seine Befürchtungen, der Tourismus an der Ostsee könnte ein Reinfall sein, sich nicht erfüllten. „Bis jetzt bin ich wunschlos glücklich", sagte Simone lächelnd, „oder sagen wir besser angenehm überrascht und restlos zufrieden."

Andreas küsste sie auf die Wange, nahm ihre Hand, und sie rannten wie glückliche Kinder ins Wasser, wo sich Heike und Karsten schon in die Wellen warfen und vor Vergnügen kreischten.

„Ihr müsst versuchen über die Wellen zu springen", rief Karsten ganz aufgeregt, „das ist toll!"

„Kommt zu uns her, wir schwimmen gemeinsam ein Stück, und Karsten nehmen wir in die Mitte", schlug Andreas vor.

Schon bald merkten sie, dass sie durch die Kraft des Wassers leicht abgetrieben werden konnten und kehrten deshalb mit Rücksicht auf ihren Jüngsten wieder um.

Heike bewunderte einige Schwimmer, die sehr weit draußen waren.

„Das kann ich mit meiner Luftmatratze auch", behauptete daraufhin Karsten.

„Ich glaube, Karsten, du nimmst die Luftmatratze gar nicht mit ins Wasser. Du wirst damit abgetrieben und kommst ohne Hilfe allein nicht mehr zurück", sagte Simone ernst.

„Dann hätte ich sie ja gleich zu Hause lassen können", murrte Karsten.

„Da weiß ich was Besseres, du gibst sie mir", mischte sich Heike ein.

„Karsten, sei mal vernünftig", ermahnte nun auch Andreas seinen Sohn, „je weiter man vom Strand weg ist, umso tiefer ist das Meer. Zwischendurch können vielleicht Sandbänke sein, aber das wissen wir nicht. Also, keiner geht ohne Bescheid zu sagen allein schwimmen. Ist das klar?"

„Ja, Papa!" versprachen die Kinder einstimmig.

Den ganzen Nachmittag hindurch fanden sie immer wieder neue Beschäftigungen.

Sie bauten Sandburgen, indem sie angefeuchteten Sand durch die Hände rieseln ließen und gestalteten dabei bizarre Gebilde oder suchten Hühnergötter an einem steinigen Strandabschnitt. Die Kinder staunten über die Farbenvielfalt und die unterschiedlichsten Formen und Größen der Steine. Manche waren zweifarbig und von rauer Oberfläche, andere wiederum waren durch die ständige Bewegung des Wassers glatt und blank geschliffen. Auch die begehrten Hühnergötter fanden sie in reichlicher Anzahl. Die meisten waren schwarz-weiß gemustert. Heike wählte ganz besonders schöne Stücke aus, die sie mit nach Hause nehmen wollte.

„Wenn ihr mal einen großen, flachen Stein seht, dann könnt ihr ihn mir zeigen. So einen brauche ich auch noch", sagte sie.

„Was willst du denn mit einem großen Stein?" fragte Karsten.

„Ich würde ihn zu Dekorationszwecken beschriften, entweder könnte er an unserer Eingangstür den Besuchern ein freundliches „Willkommen" entgegenbringen oder wir könnten ihn zur Dekoration in Omas Steingarten legen."

„Das sind hervorragende Ideen, Heike!" sagte ihr Vater. „Aber denke daran, dass wir auf der Anreise schon einen vollen Kofferraum hatten. Außerdem kann nicht jeder Urlauber jede Menge Steine mit nach Hause nehmen. Gegen ein paar ist nichts einzuwenden."

Das leuchtete Heike ein. „Gut, aber wenigstens ein paar."

Später gingen sie erneut zusammen schwimmen, und anschließend spielten Karsten und Heike mit Urlauberkindern, mit denen sie sich bereits bekanntgemacht hatten, Handball.

Wenn Simone mal völlig entspannt in der Sonne lag, betrachtete sie die Menschen rings um sich herum und unterschied nach der Bräune ihrer Haut, wer schon längere Zeit hier war und wer wie sie erst Neuankömmling war. Dabei entdeckte sie auch einen Mann mit einem schlimmen Sonnenbrand und konnte nicht verstehen, dass er sich weiterhin der Sonne aussetzte. Sie selbst sorgte dafür, dass nach jedem Schwimmen die Kinder, Andreas und auch sie eingecremt wurden. Das musste sein. Außerdem hatten sie sich zeitweilig T- Shirts übergezogen.

Sie schaute über das Wasser hinweg zum Firmament und entdeckte mitunter in der Ferne große Schiffe, die langsam vorüber zu gleiten schienen. Sie nahm an, dass es sich um Handelsschiffe handelte, die in nördliche Länder unterwegs waren. Auch ein paar Segelboote durchschnitten die blauen Wellen des Meeres. Das muss traumhaft schön sein, bei ruhiger See eine Schiffsreise zu machen. Aber diesen Gedanken verwarf sie schnell wieder. Hier ist es wunderbar, dachte sie glücklich, im herrlich weißen Sand zu liegen, die leicht salzige Luft einzuatmen und den Sonnenschein zu genießen. Was sollte da noch besser sein? Sie freute sich über den schönen Urlaubsplatz und das hochsommerliche Wetter.

So verlief der erste Tag am Strand völlig entspannt, und sie kehrten, nachdem sie in einer Gaststätte gut zu Abend gegessen hatten, vergnügt in ihre Unterkunft bei Frau Vollmers zurück.

Diese empfing sie vor dem Haus und erkundigte sich nach ihren ersten Eindrücken vom Strand. Sie freute sich mit ihnen über den erlebnisreichen Tag, den sie ihr begeistert schilderten. Dann lud sie alle für neunzehn Uhr dreißig auf die Terrasse zu einem Begrüßungstrunk ein. Andreas nahm die Einladung im Namen seiner Familie dankend an. Bestimmt würden sie bei dieser Gelegenheit auch die angekündigten neuen Urlaubsgäste kennenlernen.

Neue Urlauber - neue Freunde

Schon bald nachdem sie sich umgezogen hatten, war es Zeit hinaus zu gehen. Als sie in den Garten kamen, schlugen ihnen fröhliche Stimmen entgegen. An einer langen Tafel auf der Terrasse saßen ein Mann, zwei Frauen und drei Kinder. Herr Vollmers, der ebenfalls anwesend war, hatte einen Feuerkorb mit Holz gefüllt und stellte ihn gerade neben die Terrasse.

„Für den Fall, dass es zum Sitzen zu kühl wird oder dass uns die Mücken ärgern wollen", erklärte er lachend, als er die verdutzten Gesichter sah, denn es war immer noch angenehm warm.

„Hallo, allerseits!" grüßte Andreas als Erster. „Wir sind Familie Bauer. Simone, Heike, Karsten und meine Wenigkeit Andreas." Er hatte dabei auf seine Familienmitglieder gezeigt.

Dann reichten sie den bereits Anwesenden die Hand. Diese stellten sich nun ebenfalls vor. Es war Familie Groth mit ihren Kindern Cornelia und Michael sowie Frau Schuster mit ihrem Sohn Florian.

Heike und Karsten setzten sich zu den Kindern, während Andreas und Simone den Erwachsenen gegenüber Platz nahmen. Florian war der Jüngste in der Runde, er war sieben Jahre alt und hatte gerade das erste Schuljahr hinter sich. Karsten freute sich im Stillen, dass er nun nicht mehr der Jüngste war, immerhin war er ja schon in die vierte Klasse versetzt worden. Das müsste beim

Zu-Bett-Gehen doch Beachtung finden! Das erhoffte er sich jedenfalls.

Cornelia und Michael waren Zwillinge, was man ihnen aber nicht ansehen konnte, denn sie waren zweieiig. Cornelia mit ihrer zierlichen Gestalt wirkte wie eine Zwölfjährige, während ihr Bruder Michael wesentlich kräftiger und um einiges größer war als sie. Sie waren beide vierzehn Jahre alt.

Heike brachte mit ihrer lebhaften und freundlichen Art schnell die Unterhaltung in Gang. Sie konnte es nicht leiden, wenn Kinder vor Schüchternheit verlegen schwiegen. Sie selbst unterhielt sich gern und erwartete das auch von anderen. So erhielt sie schnell erste Informationen über die Namen und das Alter der Kinder.

Die Erwachsenen fanden ebenfalls sofort Gesprächsthemen. Andreas und Simone erfuhren, dass die beiden Familien aus Brandenburg kamen und alte Bekannte von Familie Vollmers waren, da sie früher einmal im gleichen Ort gewohnt hatten.

Nun kam auch Frau Vollmers aus dem Haus. Sie brachte in einem großen runden Weidenkorb, der mit rot-weiß kariertem Stoff ausgelegt war, mehrere Flaschen. Ihr folgte ein etwa Sechzehnjähriger mit einem Tablett voller Gläser.

„Das ist unser jüngster Sohn Frank", stellte Frau Vollmers ihn der Familie Bauer vor. „Wenn nun noch sein Bruder Steffen Semesterferien bekommt, sind wir komplett."

„Dann sind wir ja alle zusammen vierzehn Personen", staunte Karsten und wollte sogleich wissen: „Haben Sie denn überhaupt so viele Betten?"

Die Erwachsenen lachten.

„Wer kein Bett hat, kommt in den Stall. Dort liegt noch ein Bündel Stroh. Das geht doch auch als Schlafstätte", meinte Herr

Vollmers augenzwinkernd und schaute Karsten verschmitzt an.

„Nee, das glaube ich nicht!" rief Karsten kopfschüttelnd und lachte.

Herr Vollmers lachte ebenfalls und reichte den Gästen die Gläser, die er zuvor gefüllt hatte. Die Kinder durften zwischen roter und grüner Limonade auswählen.

„Trinken wir auf einen schönen Urlaub mit viel Sonnenschein, auf gute Erholung und Harmonie in unserem Haus", sagte Herr Vollmers.

„Prosit! Prösterchen! Zum Wohl!" klangen die Stimmen durcheinander.

Die Erwachsenen fanden schnell Gesprächsthemen, die alle interessierten. Man unterhielt sich über die Anreise, über teilweise schlechte Autobahnabschnitte und fehlende Rasthöfe. Andreas berichtete darüber, wie schwer die Beschaffung dieses Ferienplatzes gewesen war, und schwärmte auch gleich von dem ersten Tag am Strand, der ihre Erwartungen voll erfüllt hatte.

Familien Groth und Frau Schuster erkundigten sich nach dem Strandabschnitt, an dem Andreas mit seiner Familie gewesen war. Sie kannten sich hier bestens aus, denn als gute Freunde der Familie Vollmers verbrachten sie fast jedes Jahr ein paar schöne Urlaubstage bei ihnen.

„Ich habe nur die Räume, die Sie jetzt bewohnen, an das Reisebüro vermietet", wandte sich die Hausherrin erklärend an Simone. Bei einer möglichen Kontrolle müsse sie ihre Freunde aus Brandenburg als Verwandte ausgeben, die ihr einen Besuch abstatten. Das Reisebüro und auch der Feriendienst der Gewerkschaft suchten ständig nach weiteren Urlaubsunterkünften, weil die Nachfrage nach Ostseeplätzen im Lande so groß sei.

„Für liebe Freunde schränken wir uns gern ein wenig ein, aber den ganzen Sommer hindurch jeden freien Winkel zu vermieten, das geht nicht. Außerdem denken wir, dass jeder Urlauber ein Recht auf ein Mindestmaß an Komfort hat und dafür ist unser Haus nicht groß genug."

„Wir sind jedenfalls froh und dankbar, dass ihr uns immer wieder aufnehmt", räumte Anke Schuster ein.

„Das tun wir doch gern. Ihr wisst doch: Freundschaften muss man pflegen, und die Zeit mit euch war einfach zu schön", wandte sich der Hausherr an seine alten Freunde.

„In den bekannten Seebädern, zum Beispiel auf Usedom, Hiddensee und Rügen oder entlang der gesamten Küste gibt es viele Ferienheime. Aber die werden von ganz bestimmten Leuten Jahr für Jahr belegt. Da hat unsereins keine Chance", murrte Herr Groth.

Den Kindern wurde es inzwischen langweilig. Darum sagte Frau Vollmers zu ihrem Sohn: „Frank, du könntest unseren jungen Urlaubern doch etwas zeigen. Was hältst du davon?"

Sie hatte zum Wald geschaut und mit dem Kopf in die Richtung gedeutet. Frank nickte und fragte: „Wer hat Lust auf einen kleinen Abendspaziergang?"

Von diesem Vorschlag waren alle sofort begeistert.

„Moment noch, ich muss meine Limo erst austrinken, sonst schwimmen nachher Mücken darin", rief Heike, als die anderen schon aufbrechen wollten. Dann setzte sich der kleine Trupp in Bewegung.

„Aber bleibt nicht zu lange fort, Florian muss bald schlafen gehen", gab ihnen Frau Schuster mit auf den Weg.

„Und warum immer ich? Immer auf die Kleinen! Mama, ich habe auch Ferien", maulte dieser und eilte den anderen hinterher.

Frank führte die Kinder zum Waldrand und forderte sie auf, von nun an ganz leise zu sprechen und möglichst nicht auf Äste zu treten, um laute Geräusche wie das Knacken des Holzes zu verhindern. Dann schlichen alle fünf auf einem schmalen Pfad hinter ihm her. Florian hielt sich vorsichtshalber schon einmal den Mund zu, um Frank und die anderen nicht zu verärgern.

Nach etwa zweihundert Metern blieb Frank stehen und deutete mit dem Finger auf dem Mund an, dass sie nun auf keinen Fall mehr reden sollten. Das kleine Grüppchen umringte ihn. Sie befanden sich am Rande einer Lichtung.

Hier war es etwas heller, so dass man alles genau erkennen konnte.

Frank zeigte mit seinem ausgestreckten Arm nach rechts, und sofort folgten ihm alle Augenpaare. Da bot sich ihnen eine Idylle wie aus dem Märchenbuch.

Ein großes Rudel Rehe äste auf der Lichtung. Es waren mehrere Ricken mit ihren Jungtieren. Die Kitze konnten höchstens ein paar Wochen alt sein, denn an ihrem Fell erkannten die Kinder noch die typischen hellen Flecken. Auch ein Rehbock war dabei. Er stand etwas abseits und hob von Zeit zu Zeit den Kopf, so als nähme er Witterung auf.

Die Kinder standen regungslos da und betrachteten fasziniert das wundervolle Bild.

Nach etwa zehn Minuten traten sie den Rückweg an. Sie schlichen ohne zu reden wieder aus dem Wald heraus.

„Das war ja toll", brach Michael das Schweigen, und seine Schwester wollte wissen, ob die Rehe immer dort sind. Frank konnte alle Fragen beantworten, denn er war täglich im Wald.

Schon als kleiner Junge war er oft mit seinem Vater und auch manchmal mit seiner Mutter hierhergekommen. Er kannte den Tümpel, der fast das ganze Jahr hindurch Wasser führte und den

Rehen als Tränke diente.

Seinen aufmerksamen Zuhörern erzählte er: „Im Herbst stellen mein Vater und seine Arbeitskollegen an verschiedenen Stellen im Wald Raufen auf. Die bestücken wir dann im Winter regelmäßig mit Heu und Kastanien. Die Kastanien werden von den Schulkindern gesammelt und beim Förster abgegeben. Dadurch müssen die Tiere auch bei strengstem Frost und hohem Schnee nicht verhungern."

„Das finde ich gut, dass ihr das so macht", sagte Michael anerkennend, und Heike schwärmte: „Es ist schön, wenn der Wald so nahe ist. Bei uns muss man mindestens zwanzig Minuten laufen, um zum Wald zu kommen, und einige Nachbardörfer haben überhaupt keinen Wald."

„Wir haben hier auch einen Naturlehrpfad, den können wir uns ja auch einmal gemeinsam ansehen. Dort kann man eine Menge über die Pflanzen und die heimischen Tiere des Waldes lernen", erzählte Frank. „Übrigens haben wir im Spätherbst und im Winter manches Naturschauspiel direkt vor unserem Haus, denn dann kommen die Rehe und manchmal auch Wildschweine bis vor unsere Haustür. Wir hatten sogar schon einmal einen Fuchs im Garten."

„Hu, da hätte ich aber Angst gehabt. Da wäre ich nicht rausgegangen", rief Florian ganz erschrocken.

Alle lachten über seine ehrliche Reaktion.

„Man darf die Tiere nur nicht anlocken, zum Beispiel ihnen Futter vor das Haus legen. Dann würden sie sicher bald jeden Tag in unserer Nähe sein, und das wollen wir nicht. Sie gehören in den Wald, schließlich sind sie keine Haustiere. Außerdem hatten damals die Wildschweine richtige Löcher in unseren Weg gewühlt und Muttis neu gepflanzten Rhododendronbüsche neben der

Haustür waren völlig demoliert", erzählte Frank.

Inzwischen waren sie wieder an Familie Vollmers Grundstück angelangt. Von der Terrasse klangen ihnen Gesprächsfetzen und das Lachen der Erwachsenen entgegen.

„Das war toll, wir haben im Wald Rehe beobachtet", teilte Karsten freudig erregt seinen Eltern mit, und auch die Brandenburger Kinder berichteten über ihre Eindrücke bei dieser schönen und interessanten Abendwanderung.

Jetzt war es fast 22 Uhr, und die Kinder mussten in die Betten. Darum sagte Andreas: „Das war ein erlebnisreicher Urlaubstag mit vielen neuen Eindrücken. Wir bedanken uns bei Ihnen, Familie Vollmers, für den netten Abend und die Getränke. In den nächsten Tagen werden wir uns revanchieren. Doch jetzt ziehen wir uns zurück und wünschen Ihnen allen eine gute Nacht."

Nun erhoben sich auch Simone, Heike und Karsten und verabschiedeten sich ebenfalls.

„Wir gehen auch gleich", rief ihnen Anke Schuster zu, und Florian grinste Karsten an als wolle er sagen: Ätsch, nun muss ich doch nicht als Erster ins Bett.

Familie Bauer hatte auch in den nächsten Tagen keinen Grund zu irgendeiner Klage. Das hochsommerliche Wetter hielt weiterhin an. Am Strand fanden sie jeden Tag einen schönen Platz, denn sie waren immer früh genug dort, und für Heike und Karsten kam keine Langeweile auf, weil sie sich inzwischen mit anderen Kindern angefreundet hatten.

Sie tobten sich gemeinsam im Wasser aus, spielten Handball am Strand oder Karten und gingen zusammen zum Kiosk, um dort leckeres Eis zu schlecken und danach fröhlich und gut gelaunt zurück zu kommen. Ihren Eltern blieb genug Zeit für Beschäftigungen, für die sie zu Hause keine Zeit hatten. Jetzt konnten sie endlich wieder einmal ein Buch lesen, Kreuzworträtsel lösen oder über geplante bauliche Veränderungen an ihrem Wohnhaus reden und Pläne schmieden.

Immer wenn sie vom Strand in ihre Urlaubsunterkunft zurückkamen, fanden sich auch Familie Groth und Frau Schuster ein, und es begannen nette Abende auf der Terrasse mit geselliger Unterhaltung und viel Spaß. Schon bald tranken die Erwachsenen Brüderschaft, und man verabredete, von nun an gemeinsam an den Strand zu fahren.

Darüber waren Heike und Karsten gar nicht begeistert, denn sie waren der Meinung, dass Florian oftmals unmöglich sei und ihnen auf die Nerven ging.

Simone beschwichtigte und sagte: „Er ist doch noch viel jünger als ihr, da müsst ihr ein wenig nachsichtig sein. Außerdem könnt ihr euch anderweitig beschäftigen, ihr habt doch schon mit anderen Jugendlichen am Strand Freundschaften geschlossen."

„Ich werde mich jedenfalls nicht um Florian kümmern", meinte Heike, die so ihre eigenen Befürchtungen hatte, und Karsten pflichtete seiner Schwester bei, indem er überzeugt sagte: „Florian ist ein richtiger Angeber, den mag ich nicht."

Simone runzelte die Stirn. Sie konnte solche Vorurteile nicht dulden. „Der Strand ist für alle da. Von euch verlangt doch niemand etwas. Außerdem ist Florians Mutter dabei und kann eingreifen, wenn es Schwierigkeiten geben sollte. Damit ist das Thema vom Tisch, ist das klar?"

Heike und Karsten schwiegen, von dem kleinen Klugscheißer wollten sie sich den Urlaub nicht verderben lassen.

Der erste gemeinsame Tag am Strand

Am nächsten Morgen nach dem Frühstück fuhren alle gemeinsam zum Strand.

Günter und Helga Groth bauten ihren mitgebrachten Windschutz auf, und Anke Schuster blies aus Leibeskräften in den großen bunten Wasserball, um ihn mit Luft zu füllen.

Die Kinder waren sofort zum Wasser gerannt. Andreas und Simone hatten sich einen Platz neben dem Windschutz ausgesucht und gerade ihre Strandlaken ausgebreitet, als vom Ufer her lautes Geheul erklang, in das sich ein vielstimmiges Gelächter mischte.

Florian war, noch vollständig angezogen, einer Welle zu nahe gekommen und diese hatte ihre Wassermassen gegen seine Beine geschleudert und ihn bis zum Bauch nass gespritzt. Als er erschrocken zurück wich, stolperte er und fiel in den Sand, der sofort an seiner nassen Haut und der Kleidung haften blieb. Nun sah er wie „paniert" aus.

„Lacht nicht so blöd", schrie Florian sie an, „meine Sachen sind ganz nass und meine Sandalen, die hat Mutti mir erst vor ein paar Tagen gekauft."

„Das ist doch nicht so schlimm. Die Sonne trocknet die Sandalen wieder und die anderen Sachen auch", versuchte Heike ihn zu beruhigen und ein bisschen zu trösten.

Florians Mutter hatte, als sie das Geheul wahrnahm, sofort den Ball fallen lassen und war zum Wasser gerannt. Doch nun musste auch sie sich ein Lachen verkneifen. „Na, Flori, war das Wasser kalt, oder warum brüllst du so?" fragte sie und nahm ihn, ohne eine Antwort abzuwarten, an die Hand und ging mit ihm zurück.

„Die Mutter hat`s auch nicht einfach mit der kleinen Flitzpiepe", meinte Michael kopfschüttelnd.

„Wo ist eigentlich Florians Vater?" wollte Karsten wissen.

„Die Eltern haben sich getrennt, als Florian noch nicht einmal zwei Jahre alt war. Der Vater ist wieder verheiratet, wohnt aber in einer anderen Stadt. Florian kennt ihn eigentlich so gut wie gar nicht", klärte Cornelia Heike und Karsten auf.

„Die Großmutter kümmert sich um ihn, wenn er vom Unterricht nach Hause kommt, denn Anke, seine Mutter, arbeitet in einer Chemiefabrik als Laborantin."

Damit war das Thema „Florian" zunächst einmal beendet. Heike und Karsten, Michael und Cornelia liefen zurück zu ihren Eltern, packten ihre Badesachen aus und zogen sich um.

Heike warf ihrer Mutter einen belustigten Blick zu und deutete mit dem Kopf auf Florian.

Simone lächelte und schüttelte ein wenig den Kopf. Mutter und Tochter verstanden sich auch ohne Worte.

Nun wurde es aber Zeit, ins Wasser zu gehen und zu schwimmen. Karsten rannte zuerst los, Heike wartete noch bis auch Cornelia und Michael fertig waren. Die Wassertemperatur der Ostsee lag bei neunzehn Grad, so dass es einige Überwindung kostete, sich gleich ins kühle Nass zu stürzen. Doch in der Gemeinschaft wollte sich keiner eine Blöße geben.

Karsten empfing sie mit einigen Wasserspritzern und warf sich sogleich in eine Welle, um von ihr geschaukelt zu werden. Michael sprang mit angezogenen Beinen hinter ihm her.

Nach kurzer Überwindung folgten die Mädchen. Bald sahen die aufmerksamen Eltern ihre Kinder ein Stück hinaus schwimmen, wenden und zurückkommen. Andreas und Simone beobachteten alles genau. Aufmerksamkeit war geboten, da Karsten noch kein guter Schwimmer war, weil ihm zu Hause die Möglichkeit zum

Üben fehlte.

Inzwischen hatte sich Florian auch wieder beruhigt und seine nassen Sachen ausgezogen und zum Trocknen an einen in den Sand gebohrten Stock gehangen.

Nachdem die Kinder aus dem Wasser gekommen waren, nahmen die Erwachsenen ein erfrischendes Bad im Meer.

Florian hatte unterdessen seinen neuen Spielzeugdampfer, einen Spieleimer und eine kleine Schaufel ausgepackt und war damit ans Wasser gegangen. Er wollte sich dort seinen eigenen kleinen See bauen, mit Wasser füllen und sein Schiffchen darin schwimmen lassen. Mit großem Eifer schaufelte er ein Loch in den Sand. Dann holte er mit seinem Eimer Wasser und füllte es in die Kuhle, an deren Umrandung er einen kleinen Schutzwall aus Sand, Muscheln und kleinen Steinchen anhäufte. Er machte das alles sehr geschickt und mit großer Ausdauer. Einige Kinder hatten sich schon zu ihm gesellt und schauten interessiert zu. Als er das Schiffchen in seinen See setzte und ihm einen kleinen Schubs gab, bewegte es sich zum anderen Ufer.

„Perfekt!" rief Florian voller Freude. Das sollten sich auch seine Mutti und die anderen ansehen. Deshalb richtete er sich auf und hielt nach ihnen Ausschau. Als er sie im Wasser entdeckte, winkte er ihnen zu. Doch sie bemerkten ihn nicht. Darum lief er ein Stück am Strand entlang und rief so laut er konnte „Mama, Mama, komm mal her!"

Es dauerte eine kleine Weile, bis seine Mutter ihn entdeckte und erschrocken zu den Groths sagte: „O Gott, was ist nun schon wieder passiert! Sie beeilte sich, den Strand möglichst schnell zu erreichen. Doch ihre Besorgnis verflog, als sie Floris fröhliches Gesicht sah. Zum Glück ist nichts passiert, dachte sie erleichtert.

„Mama, ich habe einen eigenen See, und mein Dampfer fährt

ganz prima darauf", rief ihr Florian nicht ohne Stolz zu.

„Das ist ja mal eine gute Nachricht!" freute sich Anke Schuster.

Herr und Frau Groth waren auch soeben aus dem Wasser gekommen, und nun gingen alle zusammen zu Florians kleinem See, um sein Wunderwerk zu bestaunen.

Doch als sie nur noch wenige Meter von seinem Spielplatz entfernt waren, rannte der Junge los und begann plötzlich laut zu weinen. In dem „See" war nur noch eine kleine Pfütze zu sehen und sein Schiff war weit und breit nicht mehr in Sicht.

„Die haben mir mein Schiff geklaut!" schrie Florian wütend. „So eine gemeine Bande!"

„Von wem redest du denn?" fragte Anke erschrocken.

„Na die Kinder, die vorhin zugeguckt haben", schluchzte er und wischte sich die Tränen von der Wange.

Inzwischen waren auch Heike, Karsten, Michael und Cornelia angerannt gekommen.

„Florian, weine nicht. Wir machen uns auf die Suche nach deinem Schiffchen. Wir finden es ganz bestimmt wieder", tröstete Heike als Erste.

„Das ist aber auch eine Frechheit, kleine Kinder zu beklauen", empörte sich Cornelia.

„Kommt, wir suchen alles ab! Florian bleibt am besten bei euch", sagte Andreas zu den Frauen. „Uns haben die Kinder ja nicht gesehen. Da werden sie nicht misstrauisch, wenn wir auftauchen."

Sie teilten sich in zwei Gruppen und schwärmten aus.

Die Frauen gingen mit dem immer noch weinenden Florian zu ihrem Liegeplatz zurück.

„Mein schönes Schiffchen werde ich bestimmt nicht wieder kriegen. Was soll ich bloß Oma sagen, sie hat es mir extra für den Urlaub geschenkt. Sie hat so viel Geld dafür bezahlt und nun ist es weg, einfach geklaut", schluchzte der Junge laut.

„Mit solch einer Gemeinheit konntest du ja nicht rechnen. Ich hätte auch nicht gedacht, dass Kinder sich hier so einfach an fremdem Spielzeug bedienen", meinte seine Mutter verärgert.

Aber das war natürlich kein Trost für ihren Sohn.

„Lasst uns erst einmal abwarten, ob unsere Suchtrupps erfolgreich sind", versuchte Simone die Gemüter zu beruhigen.

Um den Jungen abzulenken schlug Frau Groth vor: „Wollen wir nicht so lange Karten spielen, bis die anderen zurück sind? Was hältst du davon, Florian?"

„Das ist eine gute Idee", stimmte Simone sofort zu. „Ich spiele auch mit."

Florians Mutter sah die beiden Frauen dankbar an. Sie erkannte den Versuch, Florian zu beruhigen und auf andere Gedanken zu bringen. Der Junge nickte nur, er schluchzte noch immer.

Frau Groth holte aus Cornelias Tasche zwei Kartenspiele heraus, und dann setzten sie sich alle auf Simones große Decke.

Als Florian ein paar Mal beim Quartettspiel und Mau-Mau gewonnen hatte, war die Welt schon fast wieder in Ordnung. Er konnte wieder lachen und sich über seine kleinen Siege freuen.

Es dauerte noch eine ganze Weile, dann tauchten Heike und Cornelia auf. Sie zuckten bedauernd mit den Achseln.

„Wir haben nirgendwo Kinder mit einem Schiffchen spielen sehen. Es tut uns leid, Florian.

Aber vielleicht haben ja die anderen Glück."

Karsten, Michael, Andreas und Herr Groth waren in die entgegengesetzte Richtung ausgeschwärmt. Jetzt schauten alle erwartungsvoll dorthin. Florian erblickte in der Ferne eine kleine Gruppe von Menschen, zeigte mit dem Finger auf sie und sagte: „Die dort hinten, das könnten sie sein. Aber sie haben mein Schiff ganz bestimmt auch nicht gesehen."

„Komm, Florian, wir gehen ihnen entgegen", forderte Heike den Kleinen auf.

Die Kinder machten sich auf den Weg.

„Ihr seid alle so nett zu uns", sagte Anke Schuster ganz gerührt. „Dafür möchte ich mich bei euch bedanken."

„Das ist doch wohl selbstverständlich. Du würdest dich auch nicht anders verhalten, Anke", wehrte Simone ab.

Nach etwa zehn Minuten kamen Florian und Karsten angerannt. Schon von weitem winkten sie und der kleine Schiffsbesitzer schwenkte sein zurückerobertes Eigentum mit den Händen durch die Luft.

Ganz außer Atem berichtete er freudestrahlend, dass Andreas und Herr Groth die Diebe beim Spielen mit dem Schiffchen entdeckt und zur Rede gestellt hätten.

„Wir dachten, der kleine Junge kommt hinter uns her und spielt mit", hatte ziemlich dreist der Älteste der Jungen als Begründung angegeben, warum sie das Schiffchen mitgenommen hätten, und sein Freund meinte ziemlich vorlaut: „Wir haben selbst genug Spielzeug und brauchen dem seine Sachen nicht."

Nun waren auch Andreas, Herr Groth und Michael zurück.

Sie berichteten ausführlich über die Reaktion der kleinen Diebe und schlussfolgerten, dass sie wohl nicht zum ersten Mal anderen etwas entwendet hätten, denn sie hätten weder Reue noch Scham gezeigt.

„Wir hätten uns gern einmal mit den Eltern unterhalten, aber leider hat sich von denen niemand sehen lassen", sagte Herr Groth.

„So, Florian, was lernst du nun aus dem Vorfall?" fragte Anke ihren Sohn streng.

„Na dass ich mein Spielzeug nicht einfach liegen lassen darf", resümierte der inzwischen wieder gut aufgelegte Junge.

„Du bist für deine Sachen verantwortlich und musst also auch darauf aufpassen", erklärte ihm Herr Groth, „oder du bittest einen von uns darauf zu achten."

Florian bedankte sich bei allen für die Suchaktion und war glücklich sein Schiffchen wieder zu besitzen.

In schönster Harmonie verlief der Rest dieses Tages und auch die nachfolgenden zeichneten sich durch Frohsinn und Geselligkeit aus. Dann gab es eine Überraschung bei Familie Vollmers.

Familie Vollmers ist komplett

Als die Urlauber vom Strand in ihre Unterkunft zurückkehrten, begrüßte sie der älteste Sohn, der nun in seine lang ersehnten Semesterferien gestartet war.

„Ich bin Steffen", stellte er sich vor. Mehr brauchte er zu seiner Person nicht zu sagen, denn die Ähnlichkeit mit seinem Vater war verblüffend. Steffen wirkte aufgeschlossen und freundlich auf Familie Bauer. Die Brandenburger Bekannten begrüßten ihn mit großem Hallo. Sie kannten ihn seit seiner Geburt und freuten sich, ihn nach einigen Jahren jetzt wiederzusehen.

„Du siehst gut aus, hast endlich ein bisschen an Gewicht zugelegt", begrüßte ihn Anke Schuster, „genießt also dein Studenten- und Junggesellenleben noch immer."

„Du bringst gleich wieder alles auf den Punkt", lachte Steffen, „ich vermisse nichts, mir geht es wirklich gut. Keinen Ärger, keinen Stress mit Frauen. Meine Eltern können unbesorgt sein, sie brauchen noch nicht für irgendeine Hochzeit zu sparen."

Alle lachten.

„Kommt Zeit, kommt Rat, sagt ein altes Sprichwort", meinte Frau Groth. „Jedenfalls ist es schön, dass wir dich auch wieder einmal sehen. Bei unserem letzten Treffen hattest du noch einen Igelschnitt, und heute hast du einen Pferdeschwanz."

Sie lachte und musterte seine Haarfrisur und seine ausgefranste Jeans.

Mit dem Pferdeschwanz versuchte Steffen seine üppige Lockenpracht zu bändigen.

Das Gespräch nahm jetzt einen persönlichen Charakter an. Da wollten Andreas und Simone nicht stören. Deshalb sagte sie freundlich: „Wir packen erst einmal unsere nassen Badesachen aus. Bis später!" Sie gingen auf ihr Zimmer. Die Kinder blieben im Hof und spielten Ball.

Später trafen sich alle wieder auf der Terrasse. Steffen und Frank hatten eine bunte Lichterkette an der Hauswand hinter der Terrasse angebracht, und an einem starken Ast der Buche baumelte ein riesiger Lampion mit einem lustigen Mondgesicht. Simone und Andreas spendierten einen Kasten Bier und für die Kinder Cola. Frau Vollmers stellte eine Schale mit Knabbergebäck auf den Tisch.

„Ich wollte Sie alle noch etwas fragen", wandte sie sich in ihrer netten Art an die Hausgäste. „Am kommenden Samstag spielt eine böhmische Blaskapelle im Kulturhaus unseres Nachbarortes. Hätten Sie Interesse daran? Mein Schwager könnte uns die Eintrittskarten besorgen. Es soll zuerst ein Konzert geben und anschließend ist Tanz."

Simone und Andreas waren sofort einverstanden. Auch Herr und Frau Groth mussten nicht lange überlegen. Nur Anke Schuster zögerte.

„Ich werde wohl wegen Florian lieber hier bleiben. Er ist es nicht gewöhnt, allein zu sein."

„Ihr könnt ruhig alle ausgehen", mischte sich Steffen in das Gespräch ein. „ Ich betätige mich gern als Babysitter. Frank und ich lassen uns da schon etwas einfallen, wie wir die Rasselbande im Zaum halten."

„Du musst Florian daran gewöhnen, auch mal ohne dich zu sein, sonst kannst du überhaupt nicht mehr ausgehen. Du solltest jetzt und hier zumindest den Versuch starten. Florian fühlt sich doch zusammen mit den anderen Kindern wohl. Frag ihn einfach, was er dazu sagt!" forderte Frau Groth sie auf.

Anke ging zu den Kindern. Als sie zurückkam, lächelte sie. „Er ist einverstanden. Er sei doch kein Baby mehr, hat er gesagt."

„Dann ist ja alles in Ordnung. Ich lasse uns sieben Karten besorgen. Mein Mann und ich fahren auch mit. Ich freue mich schon darauf", sagte Frau Vollmers.

Ihre Söhne Steffen und Frank hatten während der Unterhaltung ein wenig abseits gestanden und waren dann beide im Haus verschwunden.

Jetzt kamen sie wieder in den Garten. Steffen hatte sich ein Akkordeon umgeschnallt und Frank schlug auf einer Gitarre, die er sich umgehängt hatte, ein paar Akkorde an. Sofort richtete sich die Aufmerksamkeit aller auf die Jungen. Die Kinder ließen von ihrem Spiel ab und kamen interessiert angerannt.

„Das ist ja toll!" rief Heike, und die etwas schüchterne Cornelia meinte: „Klasse, so war es im vergangenen Jahr in der Jugendherberge auch. Da haben wir allerdings am Lagerfeuer gesungen."

„Na, da wollen wir doch gleich einmal testen, ob alle singen können. Was meinst du, Florian, fängst du an oder soll Karsten beginnen?" wandte sich Frank an die beiden Jüngsten.

„Ich nicht, ich kann überhaupt nicht singen. Das kann Karsten bestimmt viel besser", redete sich Florian heraus.

„Dann fangen wir eben selbst an", sagte Steffen grinsend und nickte seinem Bruder zu. Sie spielten und sangen einige Volkslieder, die die Erwachsenen auch kannten und sofort mit einstimmten. Danach kamen ein paar Kinderlieder an die Reihe. Nun konnten sich auch Florian und Karsten nicht mehr vor dem Singen drücken. Die Mädchen stimmten mit ein, und schon waren die anfänglichen Hemmungen überwunden.

Steffen und Frank beherrschen ihre Instrumente gut. Sie hatten offensichtlich das Musizieren richtig gelernt. Herr Vollmers war vorübergehend im Haus verschwunden. Als er wieder heraus kam, trug er ein altes Waschbrett unter dem linken Arm und in der rechten Hand zwei ausgediente Kochtopfdeckel.

„Jetzt geht es richtig los!" freute sich Michael.

„Wer möchte dieses großartige Instrument spielen?" fragte Herr Vollmers fröhlich, „Freiwillige vortreten!" Er hielt das Waschbrett hoch.

„Das mache ich!" rief Andreas und ergänzte: „Falls ich das überhaupt kann."

Alle lachten.

„Gut, dann versuche ich mich an diesen Rhythmusinstrumenten", sagte Herr Vollmers und schlug die beiden Kochtopfdeckel kräftig aneinander. Ein lautes Krachen und blechernes Scheppern der metallenen Deckel fuhr allen in die Ohren.

Als Florian erschrocken kreischte, fiel das Gelächter noch ausgelassener aus. Die beiden Musikanten setzten zu neuen Melodien an. Diesmal waren es bekannte Schlager, Lieder von der Ostsee und Shantys, die man überall auf der Welt sang. Wenn auch die Textbeherrschung nicht ganz vollständig war, so sangen oder summten doch alle Erwachsenen kräftig mit. Gemeinsam schmetterten sie schöne neue, aber auch alte Weisen wie „Wo die Ostseewellen trecken an den Strand", „Das Lied vom Fährmeister" und „Die Sehnsucht der Matrosen" in die Stille des Abends. Dass die beiden ungeübten „Rhythmusmusikanten" nicht immer den richtigen Takt trafen, störte nicht, und alle hatten ihren Spaß.

Als das Bier zur Neige ging, waren die Erwachsenen in bester Stimmung und zu einer Polonaise bereit.

„Wollen die Kinder auch mitmachen?" fragte Herr Vollmers. Karsten und Florian schrien so laut sie konnten ihr „Ja" in die Runde, denn sie wollten auf keinen Fall schon ins Bett geschickt werden.

„Na dann, alle mal aufstehen und in einer Reihe antreten", rief Steffen. „Die Kinder kommen in die Mitte und am Ende gehen mein Vater und Andreas und passen auf, dass niemand verloren geht." Alle lachten, besonders Florian, der es genoss, noch aufbleiben zu dürfen.

Frau Vollmers hatte den großen bunten Lampion mit dem lustigen Mondgesicht, der an der Buche gehangen hatte, abgenommen und an einem Laternenstab befestigt. Jetzt schwenkte sie ihn mit beiden Händen kräftig durch die Luft und stellte sich an den Anfang des Zuges, der sich inzwischen formiert hatte. Außer den Musikanten hatten alle anderen ihre Hände auf die Schultern des Vordermannes gelegt. Dann ging es los. Laut erschallten „Das Rennsteiglied", „Die Köhlerliesel" und viele andere beliebte Melodien. Der bunte Lampionmond schaukelte mit der gut gelaunten Sängerschar einmal um den großen Garten herum.

Als sie wieder an der Terrasse ankamen, waren alle ein bisschen außer Puste. Doch Frank rief: „Bitte nicht hinsetzen, sondern zum Kreis aufstellen!"

Alle gehorchten gern seinen Anweisungen, neugierig darauf, was er jetzt mit ihnen vorhatte.

Das erklärte auch sogleich Frau Vollmers. „Das Lied von der Laurenzia kennt ihr doch alle?" fragte sie. „Wir fassen uns alle an den Händen, gehen im Kreis und singen das Lied. Bei den Wörtern „Laurenzia" und den Wochentagen gehen alle in die Knie. Es ist ganz leicht. Wir fangen einfach mal an."

Alle schauten zu ihr hin, als Steffen und Frank auf den Instrumenten zu spielen begannen und zusammen mit den Eltern die „Laurenzia" sangen. Dann fassten sie sich an den Händen, und der Kreis setzte sich in Bewegung. Jetzt sangen alle mit: „Laurenzia, liebe Laurenzia mein, wann werden wir wieder beisammen sein? Am Mo...ontag. Ach wenn es doch erst wieder Montag wär und ich bei meiner Laurenzia wär, Laurenzia wär.

„O Gott", rief Frau Groth, „ist das ja ein mörderisches Spiel. Meine Beine, o je!"

Aber das war erst der Anfang, denn mit der zweiten Strophe begann die Aufzählung der Wochentage „Ach wenn es doch erst wieder Montag, Dienstag wär ...

Es gab kein Entrinnen. Der Kreis bewegte sich, und alle sangen fröhlich mit und gingen auf Anhieb in die Knie.

Als die letzte Strophe gesungen war, waren alle außer Atem. Die Stimmen wirbelten durcheinander „Morgen kann ich mich nicht mehr bewegen!", „Das wird ein Muskelkater werden!", „Ich bin völlig kreuzlahm. Da merkt man erst, wie steif man doch schon ist." Nur die Kinder nahmen es locker, sie lachten ausgelassen und freuten sich, dass es ihnen weniger ausgemacht hatte als ihren

Eltern.

Herr Vollmers servierte allen als Anerkennung für ihr Durchhaltevermögen noch einen Drink, und kurze Zeit später löste sich die fröhliche Gesellschaft auf.

Es war wieder ein sehr schöner Abend in ihrer Urlaubsunterkunft gewesen, an den sie sich auch zu Hause noch gern erinnern würden. Als man sich eine gute Nacht wünschte, freuten sich alle schon auf den nächsten Tag.

Die Freuden einer Dampferfahrt und ein Tag auf Hiddensee

Die Sonne meinte es in diesem Sommer mit allen Urlaubern gut, ganz besonders mit den Urlaubern an den Seen und natürlich auch an der Ostsee.

Ohne die Kinder davon in Kenntnis zu setzen, beschlossen Andreas, Simone, die Groths und Anke, eine Schiffstour zur Insel Hiddensee zu unternehmen. Es sollte eine Überraschung werden und außerdem wollten sie einen „Ruhetag vom Strand" einlegen.

Als die Kinder am nächsten Morgen gesagt bekamen „Wir Erwachsenen haben heute keine Lust auf den Strand", war das Erstaunen erst einmal groß.

Heike sah ihre Eltern mit fragenden Augen an: „Was soll das nun wieder heißen? Es ist doch supertoll am Strand!"

„Ja, natürlich! Aber wir Erwachsenen machen heute mal eine Schiffsreise." Sie legte eine kleine Pause ein und ergänzte dann: „Sollte von den Kindern auch jemand Lust dazu haben, so könnt ihr es uns ja wissen lassen!"

„Hurra, ihr seid klasse! Na klar wollen wir da mit", rief Karsten als Erster begeistert aus und sofort jubelten auch Cornelia,

Michael, Heike und Florian.

„Klasse! Wir alle zusammen auf einem Schiff! Das wird toll!"

„Wann geht es los?" wollte Michael ungeduldig wissen.

„In einer halben Stunde fahren wir zur Dampferanlegestelle. Nehmt alle eine Jacke mit, die brauchen wir bestimmt, denn auf dem Wasser zieht es immer", sagte Frau Groth.

Pünktlich zur verabredeten Zeit trafen sich alle bei den Autos auf Familie Vollmers Hof, und in bester Urlaubslaune und voller Erwartungen fuhren sie los. Als sie am Hafen ankamen, runzelte Andreas die Stirn. Eine große Menschenansammlung drängte sich am Fahrkartenschalter. Doch sie hatten Glück und bekamen noch Tickets. Die Kinder hatten schon fast die Hoffnung aufgegeben und waren nun umso glücklicher.

„Es war gut, dass wir so zeitig losgefahren sind", sagte Andreas, und die Erwachsenen nickten zustimmend.

Nachdem alle Fahrgäste eingeschifft hatten, legte der Dampfer vollbesetzt ab.

Der Kapitän begrüßte über Funk seine Gäste und machte Späße mit den Kindern. Sie sollten heute besonders lieb sein, denn der Klabautermann habe sich bei ihm persönlich für diese Fahrt angemeldet. Und mit dem sei ja bekanntlich nicht zu spaßen.

Daraufhin rückte Florian ganz dicht an seine Mutter heran, was bei allen, die in seiner Nähe saßen, für Erheiterung sorgte.

Sie hatten Glück gehabt und Sitzplätze auf dem Oberdeck gefunden.

Nun schauten sie vom Wasser aus auf das vorüber gleitende Ufer. Sie sahen, wie die Wellen in gleichmäßig rhythmischen Schlägen an das Ufer klatschten und nach dem gewaltigen Aufprall, besonders an den steinigen Abschnitten der Küste, die Gischt meterhoch aufspritzte. An einigen Uferabschnitten lag angeschwemmtes Treibholz herum, das mit seiner grauen Farbe eigenartig und befremdend wirkte.

Während sich das Schiff immer weiter vom Festland entfernte, fiel Andreas Blick auf mehrere Windflüchter, und er erklärte den Kindern, was es mit der ungewohnten schiefen Wuchsform der Bäume auf sich hatte.

„Der Wind weht hier an der Ostseeküste im Herbst und im Winter besonders stark und unter seiner ungeheuren Kraft biegen sich die Bäume in die eine Richtung. Sie wachsen also schief. Es sieht aus, als wollten sie vor dem Wind fliehen. Darum heißen sie Windflüchter."

„Da haben wir wieder etwas gelernt, gut dass du das alles weißt", sagte Karsten und war stolz auf seinen klugen Papa. Die Kinder schauten noch eine Weile zum Ufer, doch bald nahm der Dampfer Kurs auf die offene See. Die Wellen wurden höher, gewaltiger und schlugen besitzergreifend an die Außenwand des Schiffes. Jetzt spritzte die Gischt über die Bordwand, denn hier auf offener See herrschte eine steife Brise. Einige Fahrgäste erhoben sich schnell und drängten nach unten in das gemütliche Restaurant.

„Wir bleiben aber hier, da kann man alles viel besser sehen", sagte Heike. „Zum Glück haben wir alle unsere Anoraks dabei, und die Kapuzen schützen uns vor dem Wind."

„Das hätte ich nicht gedacht, dass es auch bei schönem Wetter auf dem Wasser so zieht", meinte Karsten. „Aber schön ist es trotzdem."

Er hatte vom Frühstück ein trockenes Brötchen in seine Jackentasche gesteckt und beobachtete nun die um das Schiff kreisenden Möwen.

Als er ein paar Bröckchen von dem Brötchen abgebrochen und über Bord geworfen hatte, kamen sie mit viel Geschrei ganz dicht an die Bordwand heran, stießen ihre Schnäbel gierig in das Wasser in der Hoffnung, einen Leckerbissen zu erhaschen. Mit Flügelschlägen und schrillem Kreischen versuchte jeder Vogel schneller und erfolgreicher zu sein als sein Artgenosse.

Auch andere Fahrgäste beteiligten sich an der Möwenfütterung, so dass die Kinder eine ganze Weile beschäftigt waren.

Plötzlich schrie Cornelia laut: „Pfui Teufel, so ein altes Ferkel! So eine Schweinerei! Pfui aber auch!"

Ein weiß-graues Häufchen rutschte langsam auf ihrem Jackenärmel nach unten und hinterließ von der unerfreulichen Angelegenheit einen immer größer werdenden Fleck.

Florian schrie belustigt auf: „Guckt mal! Eine Möwe hat Cornelia auf den Anorak geschissen."

Und er hatte Erfolg mit seinem Geschrei, denn einige der Fahrgäste reckten nun ihre Hälse, um von dem Ereignis etwas mitzubekommen.

Cornelia warf ihm einen vernichtenden Blick zu.

„Conny, da hast du heute besonders viel Glück", versuchte Herr Groth seine Tochter zu trösten, worauf ihm Cornelia gereizt antwortete: „Darauf kann ich gern verzichten."

„Wir gehen zur Toilette und beheben den Schaden. Komm!" griff Heike in das unerfreuliche Geschehen ein und schob ihre Freundin zur Treppe, die nach unten führte.

Als sie zurückkamen, sah alles gar nicht mehr so schlimm aus.

„Ich füttere die Möwen nicht mehr", sagte Cornelia ganz entschieden. „Sollen sie sich doch ein anderes Opfer suchen."

Die Erwachsenen schmunzelten, und Heike nickte ihrer Freundin beipflichtend zu. „Ich auch nicht, wir überlassen das Vergnügen jetzt den Jungs."

Weil ein Steward auf dem Oberdeck erschien und den

Fahrgästen Getränke und Wiener Würstchen mit Brot anbot, wandten sich alle von den Möwen ab und äußerten ihre Wünsche.

Bald war jeder gut versorgt und alle, auch Cornelia, waren wieder froh gelaunt. Der Vorfall mit der Möwe hatte dazu geführt, dass die Stimmung heiter, ja sogar fröhlich wurde.

Doch die gute Laune hielt nicht allzu lange an, denn die offene See wurde stürmischer, und das Schiff begann mächtig zu schaukeln. Die Kinder schauten verängstigt zu ihren Eltern, und Florian rückte ganz nah an seine Mutter heran und griff nach ihrer Hand.

„Lasst uns doch lieber nach unten gehen, hier ist es zu stürmisch", sagte Simone, als sie sah, dass sich die ersten Fahrgäste an der Reling übergaben.

„Igitt, nur schnell fort", schrie Florian, der Simones Blicken gefolgt war, und hielt sich die Nase zu. Er sprang auf und rannte zur Treppe. Die anderen folgten ihm langsam mit schaukelnden Schritten, immer mit den Händen nach einem Halt suchend bis auch sie die Treppe erreichten und nach unten steigen konnten.

Hier im Mitteldeck war es wesentlich angenehmer als oben, hier saßen sie geschützt vor Nässe und Wind hinter dichten Fenstern.

Die Zeit verging, und bald bemerkte Michael, dass am Horizont bereits das Ufer der Insel Hiddensee zu erkennen war.

Heike und Cornelia freuten sich, hatten sie beide bisher doch nicht nur Angenehmes erlebt.

„Wisst ihr eigentlich genau, was wir auf der Insel machen können und was es da zu besichtigen gibt?" wollte Karsten von seinen Eltern wissen.

„Wir lassen uns überraschen, Karsten, wir sind ja auch zum ersten Mal hier", antwortete Andreas seinem Sohn. „Aber ein bisschen weiß ich schon über die Insel, zum Beispiel dass man

Hiddensee die kleine Schwester der Insel Rügen nennt und dass ihre Form einem Seepferdchen gleicht." „Und dass es auf ihr drei Orte gibt, nämlich Neuendorf, Vitte und Kloster", fügte er hinzu.

„Bis zu welchem Ort fahren wir?" mischte sich Cornelia in das Gespräch.

„Wir fahren bis Kloster und machen dort eine Wanderung zum Leuchtturm. Das wird uns gefallen und nach dem langen Sitzen hier auf dem Dampfer sicher auch guttun."

Die Kinder waren mit diesen Informationen erst einmal zufrieden und richteten ihren Blick nun wieder auf die größer werdende und näher kommende Insel.

Einige Zeit später gingen sie in Kloster vom Schiff. Alle hatten die Überfahrt gut überstanden, und auch Cornelia hatte das kleine Missgeschick schon fast vergessen.

Sie fanden sehr schnell eine große, bunte Informationstafel, die sie gemeinsam studierten, und nach deren Angaben sie ihre Wanderung nun beginnen wollten.

Herr Groth und Andreas unterhielten sich, während sie durch den Ort gingen, über die Herkunft des Namens, der von einem im 13. Jahrhundert hier erbauten Kloster herrührte, und zu dem auch die im 14. Jahrhundert erbaute spätgotische Backsteinkirche gehörte, an der sie vorbei kamen, und sie wunderten sich über die sehr alten und daher interessanten Grabsteine, die aufgerichtet auf dem Kirchplatz standen.

„Lasst uns erst einmal zum Leuchtturm wandern", meinte Simone, denn sie hatte die gelangweilten Gesichter der Kinder bemerkt. Deshalb wandte sie sich jetzt auch an sie und fragte: „Ist euch hier eigentlich schon etwas Besonderes aufgefallen?"

„Ja, mir ist was aufgefallen!" rief Florian. Die Mädchen verbargen ein Grinsen. Was hatte der „Kurze" wohl bemerkt!

„Hier sind ganz viele Leute, die sich auch alles ansehen wollen, genau wie wir", antwortete Florian.

„Prima, Florian, das hast du gut beobachtet. Hier sind sehr viele Touristen und zwar jeden Tag während der Urlaubssaison."

Dann wandte sich Simone an Heike, Cornelia, Michael und Karsten: „Haben unsere Großen auch etwas beobachtet?"

Die Kinder schauten sich fragend an.

„Na, Heike, fällt dir nichts auf, du bist doch sonst immer eine kritische Beobachterin."

„Doch, ich habe hier noch kein einziges Auto gesehen, und Straßenlärm wie in anderen Orten gibt es hier auch nicht. Die Luft ist deshalb auch viel gesünder", sagte sie und ihre Freunde nickten zustimmend mit dem Kopf.

Michael bestätigte: „Heike hat Recht, hier herrscht Fahrverbot. Die Urlauber dürfen ihre Autos nicht mit auf die Insel bringen, sie müssen sie auf dem Festland abstellen."

Herr Groth mischte sich nun auch in das Gespräch ein: „ Hier sind nur wenige Dienstfahrzeuge für dringende polizeiliche oder ärztliche Einsätze zugelassen. Alle anderen Fahrten müssen mit dem Fahrrad oder zu Fuß erledigt werden."

„Warum ist das so?" wollte Karsten wissen.

„Kannst du dir das nicht denken?" fragte seine Schwester mit kritischem Blick. „Wenn hier jeder mit seinem Fahrzeug Abgas in die Umwelt blasen würde, wäre die Natur bald zerstört. Dann wäre es mit der Urlaubsidylle auch vorbei."

Dann ergänzte sie: „Übrigens könnte ich mir eine Kremserfahrt mit einer Pferdekutsche oder im Winter mit einem Pferdeschlitten gut vorstellen, das ist bestimmt auch ein tolles Erlebnis."

Die Erwachsenen nickten zustimmend. „Ja, Heike hat recht, das wäre auch mal ein schönes Erlebnis", schwärmte Anke Schuster.

Sie wanderten weiter auf der Seeseite gen Norden und hatten fast überall einen grandiosen Blick auf das Meer. So eine Wanderung machte richtigen Spaß. Sie liefen auf weichem Grasland und merkten den kleinen Anstieg zum Leuchtturm, der auf der höchsten Stelle der Insel steht, nicht. Die Sonne strahlte vom Firmament und entschädigte mit ihren warmen Strahlen für die kühle und stürmische Überfahrt mit dem Schiff. Inzwischen war der Leuchtturm in Sicht.

Da fragte Karsten: „Was sind denn das hier überall für Löcher in der Erde?"

Er zeigte mit dem Finger auf eines. Nun entdeckten auch Michael und die Mädchen weitere Erdlöcher.

„Ob da Tiere drin leben?" wollte Florian wissen.

Andreas bestätigte seinen Verdacht. „Das ist gut möglich, denn das sind Erdlöcher von Wildkaninchen. Aber leider ist nicht ein einziges Tier zu sehen."

Nun war es bis zum Leuchtturm nicht mehr weit.

„Hier ist es wirklich richtig schön", stellte Conni fest, „man könnte sagen, es ist eine richtig idyllische Landschaft."

„Auf vielen Ansichtskarten wird das Gebiet um den Leuchtturm auch die Idylle von Dornbusch genannt", gab ihr Frau Groth recht.

„Der Leuchtturm bräuchte aber mal wieder einen neuen Farbanstrich, von seinem Weiß ist nicht mehr allzu viel zu sehen", stellte Karsten fest. Die Erwachsenen und Conni nickten ihm zu.

„Ja, für seinen weißen Farbanstrich ist er zwar berühmt, aber die Naturkräfte wirken hier am Meer besonders stark. Übrigens unterscheiden sich alle Leuchttürme voneinander. Jeder hat seine Besonderheit durch Form, Größe oder Farbe. Es ist nur schade, dass wir den Turm nicht besteigen dürfen, das ist nämlich verboten", erklärte Herr Groth und wies mit der Hand auf ein

Schild, das sich auf einer Informationstafel befand, und das er sich gerade angesehen hatte.

„Das finde ich aber blöd, dass man da nicht rauf darf. Da brauchten wir erst gar nicht hierher laufen", murrte Florian, dem inzwischen die Beine weh taten.

Er setzte sich demonstrativ ins Gras und schmollte.

„Schade, doch nicht zu ändern", sagte Simone. Aber auch vom Fuße des Turmes hatten sie eine grandiose Aussicht über die See.

Bevor sie dann ihren Rückweg antraten, machten sie noch eine kleine Rast. Anke verteilte Bonbons und Kaugummi, was auch Florians Stimmung sofort verbesserte.

Dann stellten sich alle zu einem gemeinsamen Erinnerungsfoto auf. Anschließend wanderten sie zurück nach Kloster.

Unterwegs kamen sie bei einem Fischer vorbei, der gerade frisch geräucherten Fisch aus seinem Räucherofen nahm. Es duftete lecker. Doch was die Erwachsenen als Duft bezeichneten, ließ Heike und Cornelia die Nase rümpfen. Trotzdem sahen auch sie dem Fischer ein Weilchen bei der Arbeit zu und hörten sich an, worüber die Erwachsenen mit ihm sprachen. So erfuhren sie, dass die Fanggebiete sehr weit draußen liegen und die Fangerträge, die er der Fischerei-Genossenschaft abliefern muss, oftmals nur gering sind.

Der Fischer zeigte ihnen eine Reuse, die bei dem letzten Fang Schaden genommen hatte und nun wieder repariert werden musste.

Jetzt kam auch seine Frau und begann mit der Reparatur des kaputten Netzes. Alle schauten ihr dabei interessiert zu und staunten über ihre enorme Fingerfertigkeit.

„Das ist bestimmt sehr anstrengend, da tun Ihnen doch abends die Finger weh", meinte Heike und schaute auf die Hände der Frau.

„Alles Gewohnheitssache", antwortete sie und lächelte, „halb so schlimm."

„Bei uns zu Hause gibt es keine Fischerei, höchstens ein paar Sportangler an den Flüssen und Seen der Umgebung", erzählte Heike.

„Aber unsere Nachbarin hat ein Aquarium mit Fischen. Da hat die Katze schon mal einen Fisch geklaut und gefressen", rief Florian.

„Das ist doch etwas ganz anderes, in einem Aquarium sind doch nur Zierfische", erklärte Anke ihrem Sprössling.

„Aber Fische sind es trotzdem", verteidigte Florian seinen Standpunkt, dass es auch bei ihnen zu Hause Fische gibt.

„Der Lütte hat recht, Fische sind es trotzdem", sagte nun auch lachend der Fischer.

Für die Kinder war hier alles neu und sehr interessant.

Sie konnten eine Menge lernen. Nun wussten sie, dass beruflich nicht nur mit großen Fischernetzen, sondern auch mit Reusen gefischt wurde.

Und auch der Fischkutter war für sie ein interessantes Objekt, auf dem sie gern mal herum geklettert wären.

Obwohl man dem Fischer und seiner Frau noch länger hätte zuschauen und zuhören können, wollten die Erwachsenen nun nicht mehr bei der Arbeit stören und verabschiedeten sich freundlich, nicht ohne weiterhin gute Fänge gewünscht zu haben.

Wenig später nahmen die Ausflügler in einem gemütlichen Gartenlokal ihre Mittagsmahlzeit ein.

Bis zur Abfahrt des Schiffes am Nachmittag hatten sie noch ausreichend Zeit, um etwas für ihre Bildung zu tun. Vor allem dachten die Erwachsenen dabei an Michael, Heike und Cornelia, denn ihnen wollten sie das Haus zeigen, in dem einst der Schriftsteller Gerhart Hauptmann gewohnt und gearbeitet hatte, wenn er regelmäßig in den Sommermonaten auf der schönen Insel weilte. Hier war er auch gestorben und bei der Dorfkirche begraben, wo heute noch ein großer Findling sein Grab ziert.

Den Abschluss ihres Aufenthaltes bildete ein Besuch im Heimatmuseum. Hier konnten sie viele interessante Dinge sehen, die früher zum Inselalltag gehört hatten, und auch viel Wissenswertes über das schwere Leben der Fischer und ihrer Familien in vergangenen Zeiten erfahren. Sie sahen erschütternde Bilder von der schweren Arbeit, die auch Frauen und Kinder verrichten mussten, und Fotos von eisigen Wintern, auf denen die See zugefroren war und riesige Eisschollen sich am Strand übereinander türmten.

Als sie das Museum wieder verließen, meinte Florian: „Damals hätte ich aber nicht hier sein wollen. Die Leute waren ja arm und hatten nicht mal einen Fernseher, und die Kinder mussten auch arbeiten."

„Ja, das Leben auf der Insel war damals kein Honigschlecken", antwortete ihm Herr Groth.

„Da siehst du mal, wie gut es dir geht und uns natürlich auch", belehrte ihn Cornelia.

Die Erwachsenen schmunzelten. Die vielen neuen Eindrücke von dem Gesehenen hatten bei ihren Sprösslingen die gewünschte Wirkung hinterlassen.

Gut gelaunt, aber auch ein bisschen müde, begaben sie sich nun zum Anlegeplatz des Schiffes und traten die Rücktour zum Festland an, wo sie anschließend mit ihren Autos ins „Schwalbennest" zurückfuhren.

Als sie bei Frau Vollmers ankamen, befand sich diese gerade auf dem Hof und nahm Wäsche ab. Sie begrüßte die Heimkehrer herzlich und erkundigte sich sofort bei den Kindern, ob der Ausflug zur Insel Hiddensee eine gelungene Überraschung gewesen sei. Die Kinder antworteten alle gleichzeitig und alle Antworten beinhalteten nur eines: Es war ein wunderschöner Tag mit vielen neuen Eindrücken.

Bevor sie sich Einzelheiten berichten lassen konnte, hörten sie das Klingeln eines Radfahrers vor dem Haus.

Überrascht schauten sie über den Gartenzaun, und Frau Vollmers erkannte ihren Schwager, den sie zu sich herein winkte.

„...'n Tag allerseits", sagte er und nickte den Anwesenden freundlich zu.

„Ik bringe die Intrittskorten und muss mit Heiner noch wat beschnacken", wandte er sich an seine Schwägerin.

Frau Vollmers nickte ihm freundlich zu und sagte: „Geh in die good Stuv. He is drin. Ik bringe gleich en Koffje und Koken."

„Nee, nee, danke, kein Koken, aber gerne Koffje mit Kluntje und Meik", antwortete der Besucher, bevor er lachend im Haus verschwand.

„Was war das denn? Ist der Mann ein Ausländer? Der spricht ja ganz komisch", wunderte sich Florian.

„Hast wohl nichts verstanden? Und neugierig bist du gar nicht! Das ist Küstendeutsch, das versteht nicht jeder!" klärte Cornelia ihn auf.

„So eine komische Sprache, die habe ich noch nie gehört", antwortete der Kleine achselzuckend.

Frau Vollmers wandte sich lachend den Erwachsenen zu: „Aber Sie haben es doch verstanden?! Die Eintrittskarten für morgen sind da, der Abend ist gerettet." „Da kann nichts mehr schiefgehen."

„Klasse!", „Prima! Wir freuen uns!" schallten die Stimmen durcheinander.

„Und wir freuen uns noch v-i-e-l mehr!" feixte Florian und stieß Karsten mit dem Ellenbogen an.

„Nun hört euch mal den Kleinen an, so ein Frechdachs!" sagte kopfschüttelnd seine Mutter

Alle lachten und gingen ins Haus.

Ein feuchtfröhlicher Abend bei böhmischer Musik

Der nächste Tag begann genauso schön wie alle anderen Tage. Nach dem Frühstück fuhren sie zusammen an den Strand, schwammen, unterhielten sich, spielten mit den Kindern Karten oder machten Ballspiele, wanderten am Strand entlang, bauten Sandburgen und schwammen erneut, wenn es ihnen zu heiß wurde. Es war auch heute wieder ein perfekter Urlaubstag.

Doch um die Mittagszeit packten sie diesmal ihre Sachen zusammen und verließen den Strand.

Sie fuhren zu einem Lokal, das sie schon ein paar Mal zum Abendessen aufgesucht hatten und wo sie inzwischen von dem freundlichen Wirt wie Stammgäste begrüßt wurden. Hier war nicht nur abends, sondern auch um die Mittagszeit Hochbetrieb. Doch die nette Kellnerin sprach sich mit dem Wirt ab und führte sie in einen Nebenraum, der sonst mittags geschlossen blieb, weil die Bedienung dem großen Andrang der hungrigen Gäste nicht nachkommen konnte.

Aber sie wurden heute privilegiert behandelt und freuten sich über die entgegenkommende Geste des Wirtes. Jeder wählte aus der Speisekarte ein Gericht aus, wobei Anke erst ein bisschen mit ihrem Sohn diskutieren musste, weil, wie sie sagte, seine Augen größer seien als sein Magen.

Auch diesmal war das Essen wieder ausgezeichnet.

Als später die Kellnerin die Rechnungen brachte und sich erkundigte, ob alles in Ordnung war, waren alle restlos zufrieden. Es hatte wieder wunderbar geschmeckt. Vor allem die Fischgerichte hätten nicht besser sein können.

„Das Essen war hervorragend, einzigartig. Richten Sie Ihrem Küchenchef aus, dass wir ihn gern mit nach Thüringen nehmen würden", sagte Simone anerkennend und zwinkerte der Kellnerin dabei wohlwollend zu.

„Nee, nee der muss bleiben. Der ist nämlich mein Mann, den gebe ich nicht her", lachte sie fröhlich. „Aber ich richte ihm gern aus, dass es Ihnen geschmeckt hat."

„Wunderbar", wiederholte Simone noch einmal. Alle nickten und Frau Groth sagte: „Es hätte nicht besser sein können."

Sie bezahlten ihre Zeche, nicht ohne ein angemessenes Trinkgeld dazu gelegt zu haben, und verließen zufrieden und gut gelaunt das Lokal.

Dann fuhren sie zurück zu Frau Vollmers, wo sich alle mit den Vorbereitungen für den Abend beschäftigten. Die Kinder steckten im Hof die Köpfe zusammen und tuschelten. Sobald ein Erwachsener in ihrer Nähe auftauchte, schwiegen sie und kicherten.

„Wir müssen uns doch überlegen, was wir heute Abend machen wollen", erklärte Heike ihrem Vater, der sie fragend anschaute.

„Hoffentlich plant ihr keine Dummheiten. Wir können uns doch auf euch verlassen?"

„Papa, du kennst uns doch! Was sollen wir schon Schlimmes

planen? Aber wir müssen wenigstens wissen, was wir machen können. So ein Abend ist schließlich ganz schön lang."

„Da hast du recht. Aber ihr könntet ja auch zeitig schlafen gehen", schlug Andreas vor.

„Ha, ha, Papa", ertönte Heikes Ablehnung, „verdirb uns nicht die gute Laune!", worauf Andreas antwortete: „Euch wird bestimmt etwas einfallen."

Dann ging er zu seinem Auto und säuberte die Scheiben.

Die Stunden bis zum Abend verliefen ziemlich schnell.

Gegen neunzehn Uhr versammelten sich sieben festlich gekleidete Menschen vor der Haustür.

Nach und nach trafen auch die Kinder und Steffen ein. Frank und Michael gingen zu den Erwachsenen und sagten: „Wir nehmen jetzt die Parade ab und überprüfen, ob ihr auch alle chic genug seid für euer böhmisches Blasmusikkonzert."

„Hört euch diese Grünschnäbel an!" rief Herr Groth und schüttelte lachend den Kopf.

Herr Vollmers schaute Steffen und Frank an und machte ihnen noch einmal ihre Verantwortung bewusst: „Ihr habt heute Abend die Schlüsselgewalt. Sorgt dafür, dass alles in Ordnung geht. Ihr habt die Verantwortung für die Jüngeren. Also, macht eure Sache gut."

„Papa, du kennst uns doch! Außerdem wollen auch wir einen schönen Abend haben. Es geht schon alles in Ordnung!"

„Versprochen?" wandte sich nun auch Frau Vollmers an die Kinder, worauf ein vielstimmiges lautes „Ja!" als Antwort durch den abendlichen Garten schallte.

Die Erwachsenen stiegen in die Autos. Herr und Frau Vollmers fuhren bei Andreas und Simone mit, und Anke Schuster stieg bei den Groths ein. Als sich die beiden Autos in Bewegung setzten, winkten ihnen die Kinder zufrieden hinterher.

Nach halbstündiger Fahrt kamen sie auf dem Parkplatz des Kulturhauses an. Festlich gekleidete Menschen drängten bereits zum Eingang. Frau Vollmers erkannte im Gedränge ihre Schwägerin. Diese hatte ebenfalls die Ankömmlinge unter all den Besuchern entdeckt und winkte ihnen zu. Sie hatte auf sie gewartet. Nach einer kurzen Begrüßung betraten sie gemeinsam den geschmückten Festsaal und begaben sich an eine lange Tafel, an der Frau Vollmers Schwager für sie alle Plätze reserviert hatte und auf ihr Eintreffen wartete.

Nachdem sie sich gesetzt hatten, schauten sich die Neuankömmlinge im Saal um.

Der Bühnenvorhang war noch zugezogen. An den weiß eingedeckten Tischen und Tafeln, auf denen Vasen mit bunten Sommerblumen standen, hatten erwartungsfrohe Gäste ihre Plätze eingenommen und unterhielten sich mit ebenfalls gut gelaunten Tischnachbarn. Ein vielstimmiges Gemurmel, manchmal von lautem Lachen unterbrochen, erfüllte den Raum.

Noch immer strömten Besucher in den Saal.

Da ertönte ein Gong, das Zeichen für den pünktlichen Beginn des Konzerts.

Die letzten Ankömmlinge beeilten sich, ihre Plätze einzunehmen. Nach dem dritten Gong öffnete sich der Vorhang.

Auf der Bühne, deren Kulisse eine böhmische Landschaft mit viel Wald und Bergen darstellte, standen Pulte und Stühle für die Musikanten. Entlang der Bühnenrampe waren abwechselnd rote und weiße Blumen und üppig rankender Asparagus aufgestellt worden und gaben der Bühne ein festliches Aussehen.

Alle Augen waren nun nach vorn gerichtet. Da ertönte laute Blasmusik. Das Orchester marschierte ein. Ein Bläser ging hinter dem anderen und bezog seine Position. Das Publikum begrüßte die Akteure mit viel Applaus.

Als der Einmarsch beendet war, verneigten sich die Musiker und nahmen Platz.

Ein verantwortlicher Mitarbeiter des Kulturhauses begrüßte sowohl das böhmische Ensemble als auch die Besucher im Saal und wünschte viel Vergnügen.

Und schon erklang als Auftakt des musikalischen Programms das bekannte Lied „Aus Böhmen kommt die Musik, sie ist der Schlüssel zum Glück...". Bei dem dritten Lied und allen weiteren Darbietungen klatschten die Besucher den Rhythmus mit, und wer die Lieder kannte, stimmte ebenfalls in den Gesang mit ein.

Zur Freude aller Besucher waren eine Sängerin und ein Sänger, die sowohl als Solisten auftraten als auch im Duett sangen, mit von der Partie. Sogar eine Tanzgruppe in original böhmischen Trachten bereicherte das Repertoire.

Das Publikum war begeistert und sparte nicht mit Applaus.

Die Zeit verlief wie im Fluge, und schon war das Programm beendet. Es trat eine viertelstündige Pause ein, in der ein paar Helfer einen Teil der Bestuhlung des Saales umstellte und so eine freie Tanzfläche schuf. Gleichzeitig versorgten Kellner und Kellnerinnen die Gäste dienstbeflissen mit Getränken. Es klappte alles wunderbar, und die Stimmung im Publikum war heiter und vergnügt.

Nach der Pause begann der Tanz. Im Nu füllte sich die Tanzfläche mit fröhlichen Paaren. Auch Andreas und Simone sowie Herr und Frau Vollmers mischten sich unter sie. Die Groths blieben aus Höflichkeit bei Anke Schuster am Tisch zurück.

Simone schaute zu ihnen hin und sagte dann zu ihrem Mann: „Andreas, bitte tanze du doch die nächste Tour mit Anke. Sie tut mir leid so ohne Partner, und die Groths wollen sicherlich auch mal tanzen."

„Du willst mich doch nicht etwa verkuppeln?" fragte Andreas amüsiert.

„Wie kommst du denn auf so was! Nein, ganz bestimmt nicht, aber ich versuche nur, mich in Anke hinein zu versetzen. Sie ist noch viel zu jung, um allein Trübsal zu blasen."

„Also gut, mein Schatz, beim nächsten Tanz sitzt du dann allein am Tisch."

„Das glaube ich nicht, ich werde mich in der Zeit frisch machen", entgegnete Simone und wiegte sich zufrieden im Takt der Musik.

Es war wie eine heimliche Verabredung unter den Männern, denn nachdem Andreas Anke zum Tanzen aufgefordert hatte, baten auch Herr Groth und Herr Vollmers sie um einen Tanz.

Doch dann gab es eine unerwartete Überraschung. Zum Erstaunen aller, am meisten aber wohl Ankes selbst, holte der böhmische Solosänger die junge Frau mehrfach zum Tanz.

Er war ein selbstbewusster, fescher junger Mann, der mit seinem schwarzen Lockenkopf und seinem jugendlichen Aussehen sicher schon manches Mädchenherz erobert hatte.

Aber Anke konnte dieser charmante Tanzpartner nicht gefährlich werden, sie wusste was sie tat, sie spielte nicht mit dem Feuer. Sie genoss ganz unbefangen den schönen Abend mit Freunden, bei denen sie sich geborgen fühlte, und war dankbar für ihre Freundschaft und den wunderbaren Urlaub im Hause der Familie Vollmers.

Der Abend verlief in bester Harmonie, alle waren fröhlich und ausgelassen. Die schöne Atmosphäre des Kulturhauses und die flotten Rhythmen der böhmischen Musikanten sorgten für beste

Stimmung. Ganz besonders lustig wurde es, als alle Paare, die auf der Tanzfläche waren, nach einer absichtlich immer schneller gespielten Polka tanzen mussten und manche von ihnen dabei schwitzend und mit roten Köpfen über das Parkett stampften. Da war ihnen das Gelächter der Zuschauer sicher.

Doch alles Schöne geht einmal zu Ende.

Gegen eins brachen die „Schwalbennest-Bewohner" auf. Simone und Frau Groth hatten an diesem Abend auf den Alkohol verzichtet und setzten sich nun hinters Steuer.

Kurz vor zwei Uhr trafen sie zu Hause ein. Sie waren etwas langsamer gefahren, denn im Wald war besondere Vorsicht geboten. Doch in dieser Nacht kreuzte kein Wild ihren Weg, und so kamen sie gut zu Hause an.

Nachdem die Autos abgestellt waren, wünschten sich alle eine gute Nacht und schlichen auf leisen Sohlen ins Haus, um die schlafenden Kinder nicht zu wecken.

Frau Vollmers hielt sich noch für kurze Zeit in ihrer Küche auf, als plötzlich die Tür geöffnet wurde und Anke mit verstörtem Gesicht erschien.

„Anke, was ist passiert?" fragte Anita Vollmers erschrocken.

„Florian ist nicht da. Er liegt nicht in seinem Bett", antwortete diese mit Mühe und zwang sich, ihre Tränen zu unterdrücken. „Wo kann er nur sein?" fragte sie mit angstvoller Stimme.

Noch bevor sie eine Antwort erhielt, öffnete sich die Tür erneut, und Simone trat ein. Auch sie machte ein besorgtes Gesicht.

„Karstens Bett ist leer", sagte sie den beiden Frauen, die sie überrascht ansahen.

„Florian ist auch weg", schluchzte nun Anke laut.

Frau Vollmers schüttelte den Kopf: „Nein, das gibt es nicht! Kommt mal mit! Ich habe da so einen Verdacht." Sie nahm aus einer Schublade ihres Küchenschrankes eine Taschenlampe heraus und sagte noch einmal; „Kommt mit!"

Anke und Simone folgten ihr wortlos in den dunklen Garten. Frau Vollmers leuchtete mit der Taschenlampe auf das Zelt unter der Buche.

Dann öffnete sie leise die Plane und leuchtete hinein. Über ihr Gesicht huschte ein Lächeln, doch sie sagte nichts und gab Anke die Taschenlampe. Mit ihr schaute auch Simone ins Zelt. Was sie da sahen, ließ sie erleichtert aufatmen. Sie konnten ein Lächeln nicht unterdrücken. Alles war in bester Ordnung.

Im Zelt schliefen seelenruhig Steffen, Frank und die beiden Gesuchten. Frau Vollmers Söhne hatten ihre Schlafsäcke an Florian und Karsten abgetreten und sich selbst in Decken gehüllt. Fürsorglich hatten sie die beiden Knaben in die Mitte genommen, damit sie es warm hatten und gut beschützt schlafen konnten.

Frau Vollmers schloss die Zeltplane wieder, und die drei Frauen schlichen zurück ins Haus.

In der Küche lachten sie froh und glücklich über das eben Gesehene.

„Ich habe euch doch gleich gesagt, dass hier nichts passiert. Auf meine Jungs kann ich mich immer verlassen. Ihr werdet sehen, was eure Söhne euch morgen erzählen", sagte sie und streichelte Anke über die Wange, auf der eine Träne der Erlösung nach unten rollte.

„Diese Jungs aber auch! Jedenfalls sind wir alle froh, dass nichts passiert ist", meinte Simone zufrieden.

„Auf den Schrecken trinken wir noch einen", sagte Frau Vollmers, nahm drei Gläser und eine Flasche ihres selbst angesetzten Kirschlikörs aus dem Schrank, schenkte ein und stieß mit den beiden Frauen an. „So, und nun wird geschlafen. Gute

Nacht und denkt daran, euren Söhnen geht es gut!"
Ernste Gespräche am Morgen danach

Am nächsten Morgen herrschte lange Zeit Ruhe im Haus, aber dann gegen 9 Uhr begab sich der Hausherr in den Hof, um die Hühner ins Freie zu lassen und ihnen Futter und Wasser zu geben, was sonst wesentlich früher geschah und in den Ferien gern von Steffen und Frank übernommen wurde. Kaum waren die Hühner im Freien, begann der Hahn zu krähen, die Hühner gackerten, schlugen mit den Flügeln und rannten wie aufgescheucht über den Hof, um dann endlich aus ihrem Futtertrog die Körner herauszupicken.

Herr Vollmers schaute zum Himmel. Die Sonne schien bereits seit Stunden am fast wolkenlosen Himmel, und heute am Samstag drang aus dem nahen Wald keine Motorsäge, und es waren auch keine Schläge von Äxten zu hören, nur Vogelgezwitscher drang an das Ohr des aufmerksamen Naturfreundes. Es versprach wieder ein perfekter Sommertag zu werden. Herr Vollmers lächelte, seine Urlauber konnten zufrieden sein, mit dem Wetter hatten sie das große Los gezogen.

Nun wollte er seiner Frau in der Küche bei der Zubereitung des Frühstücks zur Hand gehen, denn die Gäste würden sicher gleich aufstehen.

Als er in die Küche kam, packte seine Frau gerade für das Frühstück Butter, Marmelade, Käse, eine Platte mit Wurst und Schinken sowie einen Teller mit selbstgebackenem Kuchen auf ein stabiles, hölzernes Tablett. Das Geschirr hatte sie schon in den großen Korb mit dem hübschen weiß-rot karierten Tuch gestellt.

„Weißt du was, Vati, ich habe mir gedacht, wir frühstücken alle zusammen draußen auf der Terrasse. Es war gestern Abend so schön. Wir sind wie eine große Familie, und unsere Urlauber verstehen sich untereinander auch so gut. Was hältst du von meinem Vorschlag?"

„Wunderbar! Ich helfe dir."

Er nahm den Korb mit dem Geschirr und trug ihn auf die Terrasse.

Als er in die Küche zurückkam, stand bereits Simone bei seiner Frau und schreckte die gekochten Eier mit kaltem Wasser ab.

„Guten Morgen", begrüßte sie Herrn Vollmers fröhlich, „es wird täglich schöner bei Ihnen. Ich finde es prima, dass wir alle zusammen frühstücken wollen."

„Das finde ich auch. Meine Frau hat immer die besten Ideen", antwortete er. „Kann ich mich noch irgendwie nützlich machen?"

„Ja, wir können deine Hilfe gut gebrauchen. Du kannst Brot und Weißbrot schneiden und zu den Brötchen in die Körbchen legen. Danach kannst du schon mal die Kannen mit dem Kaffee und der Milch auf die Terrasse bringen", erwiderte seine Frau, der man die jahrelange Erfahrung als gute Hausfrau und Herbergsmutter für ihre Feriengäste anmerkte.

Zu dritt hatten sie schnell das Frühstück auf der Terrasse angerichtet.

Da wurde die Plane des Zeltes geöffnet, und die Köpfe von Steffen und Frank kamen zum Vorschein. Mit verschlafenen Gesichtern und strubbeligen Haaren grinsten sie die Eltern und Simone an. Dann krochen sie nacheinander vorsichtig aus dem Zelt heraus.

„Guten Morgen, ihr Nachtschwärmer", begrüßte Steffen fröhlich seine Eltern und den Feriengast.

„Morgen alle zusammen", sagte nun auch Frank, gähnte und streckte sich.

Sie erwiderten gut gelaunt ihre Morgengrüße, und Simone fragte scherzend: „Na, habt ihr die Nacht gut überstanden?"

„Klaro, alles im grünen Bereich. Aber lasst es euch von Karsten und Florian erzählen, die haben bestimmt auch gleich ausgeschlafen. Ich muss mich jetzt erst einmal waschen und umziehen." Damit verschwand Frank im Haus, gefolgt von seinem Bruder.

Eine gute Viertelstunde später waren alle im Garten versammelt und nahmen zum gemeinsamen Frühstück Platz.

„Das war gestern Abend toll", rief Florian begeistert. „Wir hatten ein Lagerfeuer und haben Stockwürstchen gebraten. Die haben vielleicht gut geschmeckt", erzählte er. „Von mir aus könnt ihr heute wieder zu eurer bemischen Platzmusik gehen", wandte er sich an seine Mutter.

Amüsiert lachten alle über den kecken Naseweis. Anke drohte ihm mit dem Finger und sagte: „Bürschchen, sei nicht so vorlaut!"

Heike jedoch hatte dem Wortklang des Kleinen besonders gelauscht und sagte nun: „Florian, das heißt nicht 'bemische' sondern 'böhmische' mit 'ö' und auch nicht 'Platzmusik'. Die Musiker platzen nämlich nicht, sondern blasen auf ihren Instrumenten." Sie formte ihre Lippen und sprach so deutlich, dass alle lachen mussten. Allzu vorwitzige Kinder konnte Heike einfach nicht leiden.

„Hast du dir auch nicht beim Braten die Finger verbrannt, Florian?" wollte Frau Vollmers wissen und dem Gespräch einen anderen Verlauf geben.

„Nee, habe ich nicht."

„Konntest du auch gar nicht, Steffen musste ja deinen Stock halten, weil du Angst hattest, dass du dich verbrennst oder dass die Wurst ins Feuer fällt", stellte Cornelia klar.

Alle schmunzelten, besonders Karsten.

Simone beugte sich zu ihm hin und fragte: „ Was habt ihr denn sonst noch so gemacht?"

Worauf ihr Jüngster antwortete: „Na, so allerhand. Zuerst haben wir alle Federball gespielt. Dann haben wir Holz für das Lagerfeuer gesammelt, und später hat Steffen es angezündet. Als wir alle am Feuer saßen und unsere Stockwürste gegessen hatten, haben wir Witze erzählt. Das konnte Michael am besten. Darum hat er von Steffen den großen Witzeorden gekriegt."

„Ja, ja Witze erzählen, das kann unser Michael", lachte Frau Groth.

Florian rief: „Wollt ihr auch wissen, was das für ein Orden war? Das war ja nur eine Handvoll Löwenzahn!" Er lachte laut und hüpfte in die Höhe.

„Das macht doch nichts, Hauptsache, wir hatten Spaß", lenkte Michael ein.

„Warum hast du denn nicht in deinem Bett geschlafen, Florian?" wollte nun der Hausherr von dem kleinen Naseweis wissen.

„Weil es im Zelt viel, viel schöner ist und weil meine Mutter mal einen großen Schreck kriegen sollte, wenn ich nicht da bin."

Frank empörte sich: „Das ist ja wohl die Krone! So ein Angeber. Angst hat er gehabt. Er wollte nicht allein sein in seinem Zimmer. Außerdem hatte ich mit Karsten ausgemacht, dass er mit im Zelt schlafen darf, und da wollte Florian das natürlich auch."

„Frank, nun ist es aber gut. Hauptsache, es hat keiner gefroren", lenkte Frau Vollmers ein.

„Haben sich unsere beiden jungen Damen denn auch amüsiert oder war es für euch langweilig?" fragte Andreas die beiden Mädchen.

„Nee, ganz bestimmt nicht. Conni und ich durften im Wohnzimmer fernsehen. Wir haben uns einen richtig tollen Film angeguckt, und dann habe ich unser neues Buch, das uns die netten Leute in der Autobahnraststätte geschenkt haben, aus meinem Zimmer geholt und Conni gezeigt", antwortete Heike.

„Ich bin ganz begeistert von dem Buch", schwärmte Cornelia. „Es hat so schöne Illustrationen. Die Landschaft mit den hohen Bergen ist richtig toll. Schade, dass man sich das Buch bei uns nicht kaufen kann. Das würde ich mir sofort holen."

Andreas erzählte zum besseren Verständnis den aufmerksam zuhörenden Erwachsenen, wie seine Kinder zu diesem Buch gekommen waren.

„Warum gibt es hier eigentlich nicht so schöne Bücher?" fragte Conni.

„Hier gibt es so manches nicht", warf Herr Vollmers vorsichtig ein.

Sie kannten sich erst seit einigen Tagen, doch inzwischen waren sich auch die Erwachsenen durch viele Gespräche näher gekommen.

„Wir hatten auch mal ein Urlaubserlebnis, aber eins von einer ganz anderen Art. Es hatte damit zu tun, dass es hier nicht alles gibt, genau wie Herr Vollmers es sagt."

Herr Groth schaute in die Gesichter der Erwachsenen. „Soll ich es euch erzählen?" fragte er.

Seine Frau schaute ihn aufmunternd an und sagte: „Ach, ich weiß, was du erzählen willst. Fang schon an, hier kannst du es erzählen, wir sind doch unter Freunden."

„Also, das war so", begann er das Erlebnis zu schildern, „vor drei Jahren hatte ich das riesengroße Glück, einen FDGB-Ferienplatz an der Ostsee zu bekommen. Ich hatte ihn beantragt, aber nicht damit gerechnet, dass ich ihn tatsächlich kriege. Die Überraschung und die Freude waren groß. Wir durften damals auf die Halbinsel Usedom fahren und bewohnten mit einer anderen Familie zusammen einen Bungalow direkt hinter der Düne. Jeder hatte den gleichen Wohnraum zur Verfügung. Wir wohnten in der rechten Hälfte und die anderen in der linken. Das war auch alles in Ordnung. Es war zwar nicht sehr komfortabel, aber das war egal, denn das Wetter war schön, und wir genossen den herrlichen Ostseestrand. Aber wie das so ist, die Urlaubszeit vergeht viel zu schnell. Da sagte eines Abends unser Bungalownachbar, dass er die Nähe zu Polen nutzen und mit seiner Familie einen Ausflug in das Nachbarland unternehmen wolle. Man müsste zwar das Auto auf unserer Seite stehen lassen und zu Fuß die Grenze überschreiten, aber es wären ja nur ein paar Kilometer. Gleichzeitig fragte er mich, ob wir nicht Lust hätten mitzufahren. Ich sagte sofort zu, denn ich wusste, dass sowohl meine Frau als auch unsere Kinder damit einverstanden sein würden. Für einen Tagesausflug gab es von staatlicher Seite keine Schwierigkeiten, die Personalausweise genügten. Schon am nächsten Tag fuhren wir mit unseren Autos bis nach Ahlbeck. Dort tauschten wir den gültigen Tagessatz Mark der deutschen Notenbank in polnische Zlotys um, parkten die Autos und überschritten zu Fuß die Grenze.

Von anderen Urlaubern, die schon in Polen gewesen waren, hatten wir gehört, dass man dort Dinge kaufen kann, die es bei uns nicht gibt. Die Kinder hatten auch sofort ihre Wünsche parat. So wanderten wir also gut gelaunt los. Es waren übrigens Massen von DDR-Bürgern unterwegs. An der Grenze zeigten wir unsere Ausweise vor und durften anstandslos weiter. Keine weitere Kontrolle, keine Fragen. Nun waren wir also auf polnischer Seite. Wir waren gespannt auf die Stadt, in die wir nun kommen würden.

Ortskenntnisse brauchten wir nicht. Wir schlossen uns einfach dem Menschenstrom deutscher Urlauber an. Aber leider gab es nicht viel zu besichtigen.

In den Auslagen einzelner Geschäfte interessierten uns die Dinge, die bei uns nur sehr selten zu bekommen waren. Deshalb kauften wir uns ein halbes Dutzend Sektgläser aus Kristall und jedem unserer Kinder ein T-Shirt. Zu Hause stellten wir dann übrigens fest, dass die Gläser in der DDR hergestellt worden waren. Für die restlichen Zlotys kauften wir einer netten Polin, die am Straßenrand stand und ihre Haushaltskasse aufbessern wollte, selbst gebackene Waffeln mit Sahne und frischen Heidelbeeren ab, die uns übrigens ganz hervorragend schmeckten.

Für den Rückweg zur Grenze wählten wir dann einen anderen Weg als den, auf dem wir in die Stadt gekommen waren. Dabei kamen wir in eine Straße mit vielen Geschäften. Mich zog es sofort zu einem Laden, in dessen Schaufenster Bohrmaschinen, Handkreissägen, elektrische Hobel und vieles mehr ausgestellt waren. Alles von westdeutschen Firmen und vom Feinsten. Mir ging das Herz auf.

Während wir vor dem Schaufenster standen und begeistert diskutierten, musste uns wohl der Ladenbesitzer von drinnen beobachtet haben und kam zu uns heraus. Er sprach recht gut Deutsch und lud uns ein, doch mit ins Geschäft zu kommen, was wir auch taten.

Er führte uns einige Bohrmaschinen vor, nachdem er bemerkt hatte, dass diese mich am meisten interessierten. Ich war restlos begeistert. Aber wir hatten fast keine Zlotys mehr. Es war aussichtslos, eine Bohrmaschine zu erwerben. Meine Frau sah mich schon ganz mitleidig an, sie wusste, wie wichtig dieses Gerät für meine Reparaturarbeiten an unserem Haus wäre. Da forderte uns der Ladenbesitzer auf, mit nach hinten zu kommen. Wir gingen mit ihm in ein angrenzendes Büro. Hier eröffnete er uns, dass er uns ausnahmsweise die Bohrmaschine auch für unser Geld verkaufen würde.

Ich schaute ihn ungläubig an. Mit solch einem Angebot hatte ich nicht gerechnet. Außerdem wusste ich nicht, ob man solche Werkzeuge aus Polen ausführen dürfte.

Der Ladeninhaber aber räumte meine Einwände aus. „Keine Angst! Geht alles!" sagte er.

Wie im Kaufrausch packten wir unser Bargeld aus, legten zusammen und zählten durch. Es reichte. Obwohl es eine stattliche Summe war, zahlten wir sie und verließen den Laden, nachdem wir uns herzlich bedankt und mit Handschlag verabschiedet hatten.

Nun wollten wir nicht mehr bummeln, sondern zügig zur Grenze zurück.

Unsere Stimmung war gut, jeder hatte etwas erworben, das nach seinem Geschmack war. Die Kinder waren ausgelassen und vergnügt. So näherten wir uns der Grenze und hofften, dass alles reibungslos vonstattengehen würde.

Zuerst mussten wir durch die polnische Grenzkontrolle. Die Zöllner schauten flüchtig in unsere Personalausweise, überprüften die Anzahl der Kinder, unsere Nachbarfamilie hatte drei, und ließen uns durch. Diese Hürde war genommen. Ich atmete erleichtert auf. Meiner Frau ging es genauso. Stimmt doch, Helga?" fragte er, um sich noch einmal zu vergewissern.

Als diese nickte, erzählte er weiter. „ Was sollte nun noch passieren? So näherten wir uns dem deutschen Zoll. Zwei unfreundlich blickende Grenzpolizisten prüften gewissenhaft die Ausweise. Zuerst befragten sie unsere Nachbarn, was sie von dem umgetauschten Geld gekauft hätten. Es schien sie aber nicht sonderlich zu interessieren, denn sie ließen sie ohne Überprüfung ihres Einkaufs durch die Sperre. Nun waren wir an der Reihe. Mir saß jetzt schon ein Kloß im Hals. Wir gaben ihnen die Personalausweise zur Kontrolle des Visums. Danach forderte einer der beiden Grenzer uns auf, alles Gekaufte auszupacken. Uns stockte der Atem. Meine Frau legte die Sektgläser und die T-Shirts für die Kinder auf die Ablage hinter dem geöffneten Fenster.

Der Grenzpolizist zog die Augenbrauen hoch. „Was ist in dem Beutel drin?" fauchte er mich an und blickte auf mein Handgepäck. Ich antwortete verunsichert: „Werkzeug".

„Kommen Sie mit!" sagte er in einem Ton, der keinen Widerspruch duldete, nahm den Einkaufsbeutel an sich und zeigte auf die Tür der Baracke. „Da rein!"

Mir schlotterten fast die Knie. Obwohl ich es nicht sehen konnte, spürte ich die entsetzten Blicke von Helga und den Kindern auf meinem Rücken.

Dann wurde ich verhört. Wozu ich die westdeutsche Bohrmaschine benötige, wollten sie wissen, und warum ich mich an Waren bereichere, die für das befreundete polnische Brudervolk gedacht wären. Ob ich mich nicht schäme, auf diese miserable Art und Weise dem Ansehen unserer Republik zu schaden.

Doch das Schlimmste sollte erst noch kommen. Plötzlich fiel ihm wohl ein, dass unser Tagessatz an Zlotys, den wir ja nur haben durften, für unseren Einkauf unmöglich gereicht haben könnte. Ich musste ihm vorrechnen, was wir ausgegeben hatten und schon saß ich in der Falle. Der Tagesumtauschsatz war für die bereits erwähnten Dinge ohne die Bohrmaschine so gut wie aufgebraucht. Nun wurde aus dem harmlosen Touristen ein krimineller Devisenschieber gemacht. Der Ton wurde noch schärfer, und ich sah mich schon im Gefängnis. Inzwischen dauerte das Verhör fast zwei Stunden. Da klopfte es an der Tür."

„Ja, da kam ich ins Spiel", warf seine Frau ein. „Unsere Bungalownachbarn waren, weil es so lange dauerte, abgefahren und wir standen bei unserem Auto und bangten um unseren Papa. Außerdem hatte er den Autoschlüssel, die Kinder begannen zu frieren, denn wir hatten unsere Jacken im Kofferraum, und außerdem hatten sie Hunger. Ich nahm all meinen Mut zusammen, klopfte an die Barackentür und ging hinein. Ich fragte die Grenzpolizisten, wie lange das noch dauern solle, schließlich müssten die Kinder zu Abend essen und ins Bett. Es sei schon spät, und wir hätten noch eine längere Heimfahrt vor uns. Ich bekam zur Antwort, dass hätten wir uns früher überlegen sollen. Ziemlich patzig sagte ich, dass es schließlich ein Jugendschutzgesetz gibt und fragte, ob ich wenigstens den Autoschlüssel von meinem Mann bekommen könnte oder ob sie den auch für das Verhör brauchten. Das erlaubten sie. Ich nahm den Schlüssel und verließ ohne Gruß die Baracke. Mit meinem Mann ging das Verhör weiter."

„Schließlich wurde ein Protokoll erstellt, das ich unterschreiben musste", setzte Herr Groth fort. „Mir stachen die Wörter „Devisenschiebung" und „Beschlagnahme einer Bohrmaschine" ins Auge. Alles Weitere würde ich in meinem Wohnort erfahren. Ob ich vor Gericht gestellt würde, läge nicht in ihrem Ermessen, sondern dem der Kriminalpolizei unseres Heimatkreises. Außerdem würde mein Arbeitgeber, ein Volkseigener Betrieb, über die staatsschädigende Handlung eines Betriebsangehörigen selbstverständlich informiert. Er könne sich dann weitere Schritte vorbehalten.

Nun wusste ich also Bescheid. Meine Bohrmaschine war ich los, mit einer Anzeige hatte ich zu rechnen, und an meinem Arbeitsplatz würde es in aller Munde sein. Ich war restlos bedient. Als ich endlich gehen durfte, nahm ich meinen ganzen Mut zusammen und fragte, was mit meiner Bohrmaschine nun passiere. Der Grenzer antwortete barsch, die käme auf einen Basar und würde für einen guten Zweck versteigert. Ohne ein Wort von dieser Auskunft zu glauben, verließ ich die Baracke und ließ die Tür ziemlich laut ins Schloss fallen."

„Was passierte denn dann noch bei dir zu Hause?" wollte Herr Vollmers wissen.

„Gleich in den frühen Morgenstunden meines ersten Arbeitstages wurde ich zur Parteileitung unseres Betriebes zitiert, obwohl ich überhaupt kein Mitglied der SED war. Was haben die mir schon zu sagen, dachte ich. Mein unmittelbarer Vorgesetzter war auch anwesend. Er sollte wohl dem Parteisekretär den Rücken stärken, aber er sagte kein Wort und schaute nur teilnahmslos zum Fenster hinaus. Der Genosse Parteisekretär wollte mich kraft seines Amtes auch noch einmal zu dem Vorfall verhören, aber ich sagte ihm gleich, dass sie den Sachverhalt doch schon schriftlich hätten. Mehr hätte ich nicht zu sagen, und es wäre schön, wenn die oberste Parteispitze sich dafür einsetzen würde, dass es bei uns auch bald so gutes und bewährtes Werkzeug gäbe, dann brauchte niemand mehr unsere Mark der deutschen Notenbank im Ausland auszugeben. Ich war stinksauer und konnte und wollte mein Unbehagen nicht unterdrücken. Ich unterschrieb so einen Wisch, eine Art Protokoll, und ging zurück an die Arbeit. Als ich nach Feierabend den Betrieb verließ, hatte sich der Vorfall schon wie ein Lauffeuer verbreitet, und so mancher Kollege sprach mich daraufhin an. 'Hast Pech gehabt mit deiner kapitalistischen

Bohrmaschine' und 'Bist also unter die Devisenschieber geraten', lachten sie.

Damit schien nun auch die ganze Angelegenheit abgeschlossen zu sein. Es war sowieso finanziell als Devisenschiebung nur eine Bagatelle, trotzdem ärgerte ich mich sehr, dass ich keine Bohrmaschine hatte und das Geld dafür auch weg war. Die angedrohte Anzeige gab es nicht."

„Aber ganz zu Ende war die Geschichte doch noch nicht, denn vierzehn Tage später kam der Vorgesetzte meines Mannes mit einem Polen zu uns", sagte Frau Groth. „Eine zwanzigköpfige polnische Delegation arbeitete zu der Zeit in seinem Betrieb. Der Pole packte aus seiner Tasche eine Bohrmaschine aus, die er von seiner letzten Heimfahrt mitgebracht hatte und nun meinem Manne zum Kauf anbot.

'Ich möchte helfen', sagte er. Es war genau so eine wie die, die sich der deutsche Zoll an der Landesgrenze unter den Nagel gerissen hatte", ergänzte Frau Groth. „Mein Mann war überglücklich. Wenn das keine deutsch-polnische Freundschaft war! Die begehrte Bohrmaschine nannte er nun endlich sein Eigentum. Allerdings war das Loch im Haushaltsgeld ungeplant enorm gewachsen."

Die Erwachsenen schüttelten über das Gehörte den Kopf. „Solch ein Erlebnis kann den schönsten Urlaub zunichtemachen", meinte Andreas. „ Das Schlimme ist ja nur, dass man sich in so einer Situation nicht wehren kann."

„Ich glaube jedenfalls nicht, dass die Bohrmaschine in einen Basar für einen guten Zweck gekommen ist. Von solchen Veranstaltungen habe ich jedenfalls noch nichts gehört", äußerte sich Anke.

„Da bin ich ganz deiner Meinung, Anke", stimmte ihr Frau

Vollmers zu.

„Wo sollen denn solche Basare sein? Ich habe davon in unserer Gegend auch noch nichts gehört", entrüstete sich Herr Vollmers.

„Wir hatten auch einmal ein Urlaubserlebnis, das sich für alle Zeiten in unsere Gehirne eingebrannt hat", begann nun Frau Vollmers zu erzählen. „Steffen war noch gar kein Jahr alt. Mein Mann hatte im Juli sein Studium beendet, und ich hatte einen Ferienplatz im Thüringer Wald bekommen, was für einen jungen Menschen, wie ich es damals war, etwas Besonderes war. Allerdings ging es nicht in einen schönen und bekannten Urlaubsort, sondern in ein nicht sehr großes Dorf. Uns war das aber egal. Wir waren gerade mal zwei Jahre verheiratet und die wenigste Zeit zusammen, weil, wie schon gesagt, mein Mann studierte und nur in den Ferien oder einmal im Monat übers Wochenende nach Hause kam. Er besaß ein Motorrad, mit dem fuhren wir also nach Thüringen. Steffen blieb bei meiner Mutter, er war ja auch noch viel zu klein, noch kein Jahr alt, und Mutti nahm ihn wirklich gern. Nun aber zu dem, was ich euch eigentlich erzählen will. An einem Tag wollten wir uns ein paar Thüringer Sehenswürdigkeiten ansehen. Dazu gehörten die Feengrotten bei Saalfeld, die Heidecksburg von Rudolstadt und noch ein paar andere kleinere Ziele. Wir machten uns also gleich nach dem Frühstück mit unserem Motorrad auf den Weg. Beim FDGB-Feriendienst hatten wir uns für das Mittagessen ordnungsgemäß abgemeldet. Günter hatte von seinem Großvater eine alte Deutschlandkarte dabei, auf der jedes kleine Nest drauf war. Wir konnten uns gut daran orientieren, alles klappte, und der Tag verlief prima. Es war ein richtig perfekter Urlaubstag. Um pünktlich zurück zu sein, machten wir uns so gegen sechzehn Uhr auf den Heimweg. Wir wollten jetzt einen anderen Weg nehmen, um so noch mehr von der schönen Gegend zu sehen. Wir studierten eingehend die Karte, und Günter legte die Route fest. Was wir dabei nicht bedachten und was uns zum Verhängnis werden sollte, war die Tatsache, dass auf dieser alten Karte die Grenze zwischen der DDR und Westdeutschland nicht eingetragen war und wir über ihren Verlauf keine Kenntnisse hatten. Wir fuhren also in bester Laune los und freuten uns über den gelungenen Ausflug, bis plötzlich auf einem Bahndamm wenige Meter neben der Straße ein Eilzug an uns vorbei raste. Ich konnte auf dem Schild, das an einem Waggon angebracht war, den Zielbahnhof Probstzella lesen. Doch schon entglitt der davonrasende Zug meinen Augen. Probstzella, das ist der Grenzübergang nach Süddeutschland, schoss es mir durch den Kopf. Ich schrie es Günter ins Ohr und forderte ihn auf anzuhalten, aber er wollte noch bis zum nächsten Dorf fahren, was er auch tat. Unterwegs fuhren wir durch einen geöffneten Schlagbaum. Da stimmt doch was nicht, dachte ich, und es war mir schon ganz mulmig zu Mute. Das konnte doch nicht gutgehen. Wir waren bestimmt, ohne es zu wissen, im Grenzgebiet gelandet. Meine Angst wurde immer größer. Man hatte ja schon einiges über gescheiterte Fluchtversuche und dafür verhängte Strafen gehört. So kamen wir in ein kleines Dorf und hielten an. Vor einem Haus wischte eine alte Frau die Treppenstufen ihres Eingangs, die sprach Günter an und fragte sie, ob es geradeaus nach Ludwigstadt ginge. Diesen Ortsnamen werde ich nie vergessen. Die Frau sagte nur 'ja', sonst nichts. Sie sah uns dabei nicht einmal an. Günter trat die Maschine wieder an, da kam ein mit den Händen fuchtelnder Mann aufgeregt auf uns zu gerannt. Er musste wohl die Frage gehört haben.

„Ihr seid hier im Sperrgebiet", flüsterte er aufgeregt. „Habt ihr

Passierscheine für das Grenzgebiet?" fragte er uns. Wir schüttelten erschrocken den Kopf und erklärten ihm unsere Situation. Er raufte sich die Haare und riet uns aufgeregt, dass wir uns ganz schnell von hier weg begeben sollten, um nicht als Grenzverletzer festgenommen zu werden. Mir klopfte das Herz wie wild. Nun saßen wir also richtig in der Patsche. Ich dachte an unseren kleinen Sohn und sah mich schon im Knast sitzen. Günter war jetzt auch nicht mehr so locker und zuversichtlich wie vorhin, als wir den Interzonenzug gesehen hatten. Der Mann mahnte zur Eile und wünschte uns viel Glück.

Günter trat die Maschine an, und los ging es. Ich winkte dem Mann noch kurz zu. Als wir wenig später den beschriebenen Weg erreicht hatten, sahen wir auch schon den Schlagbaum, allerdings geschlossen, und einen Grenzsoldaten, der sein Gewehr im Anschlag hielt.

Günter hielt sofort an, und wir stiegen ab. Wir versuchten unser Missgeschick zu erklären. Der Grenzer verlangte unsere Personalausweise und stellte fest, dass Stuttgart mein Geburtsort war. Das machte uns auf der Stelle verdächtig.

„Sie wollen hier also die Grenze passieren und die DDR illegal verlassen", behauptete er im scharfen Ton.

Günter beteuerte ihm, dass wir uns aus Unkenntnis verfahren hatten, und zeigte ihm die alte Deutschlandkarte. Wir erklärten ihm, dass wir FDGB-Feriengäste seien und reichten ihm die entsprechenden Papiere.

„Wir haben einen Ausflug zu den Feengrotten und zur Heidecksburg gemacht und wollen nun von unserem Ausflug zurück in unseren Ferienort. Es war falsch, dass wir uns nach der alten Landkarte gerichtet haben, auf der keine Grenze eingezeichnet ist", wiederholte auch ich noch einmal unser

Missgeschick. „Sie können uns glauben, dass wir unseren kleinen Sohn niemals hier zurücklassen würden. Er ist zu Hause bei meiner Mutter, sie betreut ihn für die Zeit unseres Urlaubs. Wir wollen überhaupt nicht nach dem Westen. Was sollen wir denn dort, wo unsere Angehörigen doch alle hier sind."

Ich war kreidebleich. Mir rannen bereits die Tränen übers Gesicht. Auch meinem Mann war nun der Ernst der Lage klar.

Der Grenzposten kontrollierte noch einmal unsere Personalausweise und überprüfte die Eintragungen zur Geburt unseres Sohnes, die hinten im Ausweis standen, ganz genau.

So streng und unnahbar wie es bis jetzt geschienen hatte, war der Mann wohl doch nicht, denn er drehte sich mehrfach um und spähte aufmerksam in die Umgebung. Es war niemand zu sehen, alles ringsum war menschenleer.

Plötzlich sagte er leise zu uns: „Macht ganz schnell, dass ihr hier wegkommt. Fahrt auf demselben Weg zurück, auf dem ihr gekommen seid und taucht hier bloß nicht wieder auf. Sonst kann ich nichts mehr für euch tun."

Wir steckten hastig unsere Ausweise ein, und Günter beeilte sich zu starten. Doch zu unserem Schrecken sprang das Motorrad nicht gleich an. Günter versuchte es erneut. Umsonst! Da schob uns der Grenzsoldat an, und die MZ belohnte seine Mühe mit lautem Knattern. Günter gab Gas, und wir fuhren los.

Ich hauchte schnell noch ein Dankeschön über meine Schulter zu dem Grenzposten hin und ohne uns noch einmal umzudrehen, machten wir, dass wir von hier verschwanden und auch das Dorf schnell hinter uns ließen. Uns fiel ein Stein vom Herzen. Wir hatten noch einmal Glück gehabt, unglaubliches Glück, das wir einzig und allein diesem Grenzer zu verdanken hatten. Wir waren ihm sehr, sehr dankbar dafür und hofften auch für ihn, dass ihn niemand beobachtet und angeschwärzt hatte. Es gab also auch unter den Grenzsoldaten Menschen mit Herz. Wir jedenfalls hatten gerade eine unglaubliche Risikobereitschaft erlebt. Für uns ist und bleibt der Mann einer von den stillen Helden, von denen es leider nicht genug gibt. Wir sind ihm heute noch sehr dankbar, und es ist schade, dass man ihm das nicht mitteilen kann.

Nun hatten wir noch eine lange Heimfahrt vor uns, denn noch einmal eine Abkürzung zu fahren, das hätten wir nicht gewagt. Als wir endlich in unserem Ferienort ankamen, war es bereits gegen zweiundzwanzig Uhr. In der FDGB-Verpflegungsstelle gab es kein Abendessen mehr, es war bereits alles abgeräumt und daran war nicht zu rütteln. Ausnahmen wurden nicht gemacht. Wo sollte man da hinkommen? Die Feriengäste hätten schließlich den ganzen Tag Zeit! Da könnte man Pünktlichkeit zur Essensausgabe erwarten! Eine andere Gaststätte, in der man vielleicht noch etwas Essbares bekommen hätte, gab es leider in diesem Ort nicht. Darum verzehrte Günter unsere restlichen Kekse. Mir war der Appetit ohnehin vergangen. Am nächsten Morgen erzählten uns unsere Tischnachbarn, dass unser Fernbleiben vom gestrigen Abendessen aufgefallen war und der Leiter der Ferieneinrichtung sich über unser undiszipliniertes Verhalten Notizen gemacht hätte.

Meine Güte, es war so ein herrlicher Tag, und wir wollten uns möglichst viele Sehenswürdigkeiten anschauen. Wer weiß, wann wir wieder einmal Gelegenheit haben, hierher zu kommen', verteidigte Günter schließlich unser sogenanntes Fehlverhalten. Wir wussten sofort, dass es nicht ohne Bedeutung war und erzählten niemandem, dass wir uns ins Grenzgebiet verirrt hatten. Auch im Urlaub galt „Vorsicht ist die Mutter der Porzellankiste" und „Reden ist Silber und Schweigen ist Gold". Das war mein einziger FDGB-Ferienplatz. In den nächsten zehn

Jahren wurde mein Antrag stets abgelehnt und später beantragte ich gar keinen mehr."

Frau Vollmers hatte ihren Erlebnisbericht beendet. Alle ihre Zuhörer hatten schweigend und mitunter kopfschüttelnd ihren Worten gelauscht.

Nun brach es aus ihnen heraus:

„Da habt ihr aber wirklich riesengroßes Glück gehabt, dass euch der Grenzer nicht hat abführen lassen."

„Bei solchen Vorkommnissen haben sie schon viele an der Grenze eingesperrt, und wenn es sich dann doch als Irrtum herausgestellt hat, haben die sich nicht einmal entschuldigt. Man hat auch schon davon gehört, dass die Eingesperrten zum Kartoffelschälen in die Kaserne gebracht worden sind oder eine Nacht in einem dunklen Keller sitzen mussten."

Herr Groth sagte voller Überzeugung: „Der Grenzsoldat hat eine ganze Menge riskiert. Es klingt fast unglaublich, was sich da zugetragen hat. Wenn er erwischt worden wäre, hätte das für ihn Konsequenzen gehabt, die wir uns gar nicht vorstellen können."

„Aber dass ihr kein Abendbrot mehr bekommen habt, das war ja auch ein starkes Stück vom FDGB-Feriendienst", meinte Andreas.

„Dieses Erlebnis liegt inzwischen schon viele Jahre zurück. Heute ist die Grenze ganz anders gesichert, da käme niemand bis in die Fünf- Kilometer- Zone", schlussfolgerte Frau Vollmers und setzte fort: „Zum Glück kann uns hier nichts dergleichen passieren. Wenn es bei uns auch manchmal einsam ist, so hat die Ruhe und Abgeschiedenheit doch auch viel Gutes."

Durch das Gehörte waren sie sich wieder ein Stück näher gekommen. Sie lagen alle auf der gleichen Wellenlänge und wussten, dass sie sich vertrauen konnten. Aus Fremden waren hier in wenigen Tagen Freunde geworden, und ihre Freundschaft sollte viele Jahrzehnte andauern.

„So, ihr Lieben", sagte nun Simone, „ wollen wir heute eigentlich nicht zum Strand?"

„Doch, doch! Es geht gleich los! Aber vorher räumen wir noch gemeinsam den Tisch ab", antwortete Frau Groth.

Die Überraschung nach einem schönen Tag am Ostseestrand

Auch die nächsten Tage verliefen für alle erholsam und in schönster Harmonie. Die Kinder verstanden sich wunderbar miteinander und auch Florians Verhalten hatte sich durch den Einfluss aller spürbar positiv verändert. Er quengelte und nörgelte nicht und zeigte nicht mehr die Marotten des verwöhnten Einzelkindes wie in den ersten Urlaubstagen. Er wirkte schon nach dieser kurzen gemeinsamen Zeit freundlich und ausgeglichen. Jetzt befasste sich sogar Karsten gern mit ihm.

Die Tage am Strand verliefen so, wie es sich jeder Urlauber wünscht, voller Sonnenschein, in lustiger Gesellschaft mit wunderbaren Freunden und bei guten Gesprächen über die kleinen Probleme des Alltags. Es war einfach herrlich, das gute Wetter und den Urlaub zu genießen. Man hatte längst die Adressen ausgetauscht und gegenseitig Besuchseinladungen ausgesprochen, denn für Familie Groth sowie Anke und Florian gingen diese schönen Tage leider schon zu Ende. Für Andreas, Simone, Heike und Karsten hingegen war der Urlaub erst in einer Woche vorbei.

Als sie alle zufrieden mit dem schönen Tag am Strand am späten Nachmittag zu Familie Vollmers zurückkehrten, überraschte sie die Hausherrin mit einer Einladung in ihren Garten.

„Wir möchten euch zu einem gemeinsamen Abendessen

einladen. Bevor morgen unsere Brandenburger Freunde wieder abreisen, wollen wir den letzten Abend gerne gemeinsam verbringen. Ich hoffe, ihr habt nicht schon etwas Besseres vor."

„ Was meinst du, Florian, wollen wir alle zusammen hier zu Abend essen oder willst du lieber in die Gaststätte gehen?" wandte sie sich an den Jüngsten.

„Nee, ich bleibe lieber hier. Was gibt es denn Schönes zu essen?" wollte er wissen.

„Das wird noch nicht verraten", antwortete Frau Vollmers lachend. „Also, bis neunzehn Uhr!"

Sie eilte zurück ins Haus.

„Danke für die Einladung, Frau Vollmers!" rief Simone der davon stürmenden Hausfrau nach.

Die beiden Männer sahen sich an. „Wir fahren am besten in die Kaufhalle und holen für alle Getränke zum Abendessen. Was meint ihr?" wandte sich Andreas an die Frauen.

Anke, Simone und Frau Groth waren sofort einverstanden.

„Bringt aber auch für die Kinder Limo und Cola mit", bat Simone.

„Na klar doch", antwortete ihr Mann, bevor er sein Auto anließ und mit Herrn Groth losfuhr.

„Wir waschen erst einmal unsere Badesachen aus", schlug Anke vor. „Vielleicht können wir ja auch Frau Vollmers ein bisschen helfen."

Doch Frau Groth meinte: „Ich würde aber gern mit dem Packen beginnen. Das mache ich immer selbst, weil mein Mann und die Kinder das so unqualifiziert anstellen, dass wir die doppelte Menge an Koffern bräuchten."

„Na klar, mach das", riet ihr Simone. „ Ich kenne übrigens das Problem. Meine Leute stellen sich genauso ungeschickt an. Da packe ich auch lieber selbst für alle die Klamotten ein. Mach du jetzt also erst, was wegen eurer Heimfahrt Vorrang hat, und ich werde mal sehen, wie ich Frau Vollmers helfen kann."

Als Simone in die Küche kam, war Frau Vollmers dabei, einen Berg von Gemüse zu putzen. Jede Menge Paprika, Tomaten, Möhren, Zwiebeln, Kartoffeln und Lauch lagen auf dem Tisch. Alles war bereits gewaschen und fein ordentlich voneinander getrennt. Die Kartoffeln hatte Frau Vollmers schon geschält und war jetzt dabei, sie in kleine Stücke zu schneiden.

„Ich möchte mich ein bisschen nützlich machen", sagte Simone. „Das geht doch nicht, dass Sie allein für uns alle arbeiten!"

Sie nahm sich aus der Schublade des Küchenschrankes einen Schnitzer und vom Wandregal ein großes hölzernes Brett.

Ohne viele Fragen machte sie sich an die Arbeit und schälte die Möhren und Zwiebeln.

Frau Vollmers freute sich über Simones Hilfsbereitschaft.

„So war das aber nicht vorgesehen, dass Sie jetzt in der Küche stehen und arbeiten. Sie haben ja schließlich Urlaub, und außerdem wollen wir Sie mit dem Abendessen heute einmal überraschen", lachte Frau Vollmers.

Jetzt kam auch der Hausherr in die Küche. „Oh, du hast Hilfe bekommen", rief er erfreut aus, „da werde ich wohl gar nicht mehr gebraucht."

„Hier nicht, aber im Garten hast du deine Aufgabe. Pass gut auf, dass nicht alles verkocht oder gar das Fleisch anbrennt."

Herr Vollmers nickte und ging mit fröhlichem Gesicht wieder nach draußen.

Simone war nun aber neugierig geworden. Was sollte da nicht 'verkochen' oder 'anbrennen'?

„Was haben Sie eigentlich Schönes mit uns vor?" wollte sie

deshalb von Frau Vollmers wissen.

Aber die lachte bloß und meinte: „Es soll doch eine Überraschung werden. Also, abwarten!"

Die beiden Frauen verstanden sich ausgezeichnet, wie überhaupt alle hier. Es waren zurzeit vierzehn Personen unter einem Dach, und es gab nur Harmonie und Eintracht.

Das war schon etwas ganz Besonderes. Wenn Simone manchmal an die Ankunft in ihrem Urlaubsquartier zurückdachte, musste sie unwillkürlich lächeln. Die Kinder hatten gar nicht aussteigen wollen, und nun würden sie in einigen Tagen ein ganz anderes Gefühl haben, wenn es um die Abreise ginge. Trennungsschmerz würde Heike und Karsten den Abschied von den liebgewordenen Menschen schwer werden lassen. Erwachsene sind in der Beziehung rationaler, nicht so emotional wie ihre Kinder. Das glaubte sie zu wissen.

Bald schon war der gesamte Gemüseberg geputzt und geschnitten.

„Wer soll das bloß alles essen?" fragte Simone und schüttelte leicht den Kopf.

„Das kocht ja noch zusammen. Sie werden sehen, für uns alle ist es nicht zu viel", lautete die überzeugte Antwort von Frau Vollmers. „So, nun noch die Gewürze und den Ketchup, und dann gehen wir beide mal raus und sehen nach, was mein Mann dort so vollbracht hat."

Sie nahm die benötigten Zutaten aus ihrem Küchenbüfett und stellte alles in einen Korb.

Simone schob den Rest des geputzten und zerkleinerten Gemüses in die beiden großen Emailleschüsseln, und dann gingen sie zusammen nach draußen. Erst jetzt fiel ihr die Ruhe im Haus und auch hier draußen auf.

„Wo stecken eigentlich die Kinder? Weder die Großen noch Karsten und Florian sind zu sehen oder zu hören."

Frau Vollmers lächelte verschmitzt: „Die Kinder erfüllen auch einen Auftrag. Steffen und Frank sind mit ihnen in den Wald gegangen, um Himbeeren zu sammeln."

„Was? Das ist ja toll! Haben sie denn auch Gefäße dabei?" wollte Simone wissen.

„Ja, natürlich, das haben Steffen und Frank organisiert. Die beiden kennen die Stellen im Wald, wo Himbeeren wachsen, ganz genau und weit von hier entfernt ist es sowieso nicht. Spätestens in einer halben Stunde sind sie wieder zurück."

„Sie überraschen mich am laufenden Band, Frau Vollmers. Ich muss Ihnen ein ganz großes Kompliment machen. Dieser Urlaub hier bei Ihnen ist der schönste, den wir je hatten."

„Wenn das so ist, dann kommen Sie doch einfach im nächsten oder übernächsten Jahr wieder. Darüber lässt sich doch reden. Aber jetzt bleiben Sie ja noch ein paar Tage bei uns, Ihr Urlaub ist zum Glück noch nicht zu Ende."

Die beiden Frauen schauten sich lächelnd an.

„Sie sind alle so nett zu uns, ich muss Sie jetzt ganz einfach mal umarmen", sagte Simone dankbar. Sie stellte die Schüsseln auf den Terrassentisch und umarmte die Hausherrin wie eine liebgewordene Freundin.

Dann gingen sie in den Garten. Doch von Herrn Vollmers war weit und breit nichts zu sehen. Während sich Simone suchend nach ihm umschaute, ohne den Hausherrn zu entdecken, ging Frau Vollmers um das Haus herum und rief: „Kommen Sie, Simone!"

Als auch Simone um die Hausecke bog, strömte ihr schon ein leckerer Duft entgegen. Dort, wo neulich die Kinder ihre Stockwürstchen über dem offenen Feuer gegrillt hatten, loderte jetzt wieder das Feuer. An einem eisernen Ständer, der in der Feuerstelle stand, hing ein großer, glänzender Kupferkessel, aus dem es dampfte und appetitanregend duftete.

„Ich bin sprachlos! Sie überraschen mich erneut!" rief Simone.

„Das ist ja eine tolle Sache. Woher haben Sie denn den wunderbaren Kupferkessel?"

„Der ist ein Erbstück von meinen Eltern. Er ist wirklich etwas ganz Besonderes. Wenn nur das zeitaufwändige Putzen nicht wäre. Wir benutzen ihn selten, nur zu besonderen Anlässen und das ist nicht allzu oft im Jahr", lautete die Auskunft von Herrn Vollmers. Dann rührte er mit einem langen hölzernen Schöpflöffel den Inhalt in seinem Kupferkessel um.

Frau Vollmers beugte sich vorsichtig nach vorn und schaute über den Kesselrand. Sie stellte zufrieden fest, dass ihr Mann seinen Auftrag bestens erfüllt hatte. Eine leckere Bouillon brodelte in dem großen Topf. „Hm, das duftet schon ganz lecker", stellte sie zufrieden fest und fragte anschließend: „Hast du probiert, ob das Fleisch weich ist?"

„Ja, es ist fast gut. Nun kann das Gemüse hinein und auch die Gewürze. Soll ich alles aus der Küche holen?" fragte Herr Vollmers.

„Nein, das bringen wir dir gleich. Wir haben es schon auf den Terrassentisch gestellt", antwortete seine Frau. Wenig später brachten sie alles, was für den leckeren Kesselgulasch noch benötigt wurde.

„Nun dauert es nicht mehr lange bis alles gar ist. Ich bleibe hier am Feuer stehen und passe auf, dass nichts anbrennt." Herr Vollmers griff nach dem langen Holzlöffel und stellte sich neben das Feuer.

Seine Frau schaute sich um. „Wenn Steffen und Frank mit den

Kindern zurück sind, müssen sie noch die Biergartengarnituren aus dem Schuppen holen und hier aufstellen."

„Na, das dauert doch nicht lange", warf ihr Mann ein.

„Wir können ja schon mal das Geschirr bereitstellen", schlug Simone vor, und als Frau Vollmers nickte, gingen sie zusammen zurück ins Haus.

Wenig später stellten sich auch die Himbeerpflücker aus dem Wald wieder ein.

Alle hatten sich angestrengt, möglichst viele Himbeeren in ihre Gefäße zu bekommen. Sogar Florian hatte sich große Mühe gegeben, auch sein Töpfchen war fast voll. Allerdings hatte er immer mit Steffen an demselben Busch gepflückt, und der hatte ihm manchmal eine Handvoll Beeren zugesteckt. Nun konnten sie alle von den beiden Frauen gelobt werden.

„Was haltet ihr davon, wenn es zur Belohnung als Nachtisch Vanilleeis mit Himbeeren gibt?" wandte sich Frau Vollmers an die Kinder.

„Das ist klasse, super!"

„Hm, saulecker!" rief Florian sofort begeistert aus und leckte sich mit der Zunge über den Mund.

„Aber woher kriegen wir Eis?" wollte Karsten wissen.

„Lasst euch überraschen!" lautete Frau Vollmers Antwort.

„Gut, dann bereite ich die Himbeeren vor. Heike und Conni, habt ihr Lust mir zu helfen?" wandte sich Simone an die beiden Mädchen.

Sie waren sofort einverstanden. Im Team machte sogar den Mädchen das Helfen Spaß.

Inzwischen waren auch Anke und Frau Groth im Garten aufgetaucht, und auch Andreas kam mit Herrn Groth vom Einkauf zurück.

Während die Männer rasch die Getränke ausluden, holten Steffen und Frank die Tische und Sitzbänke aus dem Schuppen und stellten sie bei der Feuerstelle auf. Die beiden Frauen deckten die Tische und wenig später war alles zum Abendessen bereit.

„Hier ist es jetzt so wie in einem Kirmeszelt, nur ohne Zelt", rief Florian, worüber alle wieder einmal lachen mussten.

„Nee, es ist wie in der ungarischen Puszta, mit einem Kessel über dem Feuer und daraus duftet ein tolles Essen", meinte Michael. „Jetzt müssten nur noch zwanzig oder dreißig Pferde am Garten vorbei galoppieren."

„Bloß das nicht. Wer möchte schon in einer Staubwolke sitzen!" entrüstete sich Conni.

„Egal ob Kirmeszelt oder Puszta!" rief Herr Vollmers lachend, „Jetzt heißt es Essen fassen. Jeder kommt mit seinem Teller hierher, wir fangen mit den Kindern an."

Diese folgten ihm aufs Wort.

Steffen nahm sich in weiser Voraussicht des Jüngsten an. „Florian such du dir schon einmal einen Sitzplatz aus. Ich bringe dir dein Essen, sonst verbrennst du dich noch an dem heißen Kesselgulasch."

Florian setzte sich neben Karsten. Er wollte bei den Kindern sitzen, ihre Nähe war ihm in diesem Urlaub sehr wichtig geworden.

Es gefiel ihm hier so sehr. Das tägliche Zusammensein mit Karsten, den Jugendlichen und allen Erwachsenen, die auch immer für ihn da waren, war für das Einzelkind eine ganz neue Erfahrung. Es war anders als zu Hause allein mit der Oma oder der Mutter.

Nun rief Frau Vollmers, sodass es alle hören konnten: „Nehmt euch Weißbrot oder Brötchen zum Kesselgulasch." Sie überflog mit dem geübten Blick der Hausfrau die beiden Tische und rief erschrocken: „Ach, um Gottes Willen, ich habe ja die Körbchen mit dem Brot noch gar nicht mit raus gebracht!" Sie wandte sich dem Haus zu und rannte so schnell sie konnte hinein.

Andreas und Herr Groth betätigten sich inzwischen als Mundschenke, sie füllten je nach Wunsch und Geschmack die ausgewählten Getränke in die Gläser.

So nach und nach hatten alle ihre Teller mit dem leckeren Essen und jeder sein Lieblingsgetränk vor sich stehen. Nun konnte das gemeinsame Mahl beginnen. Es schmeckte so wunderbar wie es duftete, und Herr Vollmers wurde überschwänglich gelobt, aber natürlich zollten auch alle seiner Frau die verdiente Anerkennung.

„Das wird zu Hause eine Umstellung werden", sagte plötzlich Anke, „ich mag gar nicht daran denken. Mir und Florian hat es hier bei euch so gut gefallen, dass ich mir eine Fortsetzung des schönen Urlaubs im nächsten Jahr wünsche."

Sofort waren alle Augen auf Frau Vollmers gerichtet.

„Wenn wir gesund bleiben, steht dem nichts im Wege, oder was meinst du, Vati?" wandte sie sich an ihren Mann.

„Na ja", antwortete Herr Vollmers verschmitzt, „das geht nur, wenn uns nicht die Räuber wegfangen und uns im Winter die Wildschweine nicht auffressen."

„Hurra, dann geht es!" schrie Florian aus Leibeskräften, und Michael jubelte: „Dann freue ich mich heute schon auf den nächsten Sommer."

Alle waren begeistert von der Zusage ihrer Wirtsleute. Andreas erhob sich und sagte feierlich: „Lasst uns darauf anstoßen, dass wir uns in einem Jahr alle gesund bei Familie Vollmers wieder einfinden dürfen. Unser Jüngster, der Florian, hat es ja schon zum Ausdruck gebracht, es ist ein sehr, sehr schöner Urlaub, den wir alle nicht vergessen werden. Also, auf das Wohl unserer Familie Vollmers!" Die Gläser klangen aneinander und alle prosteten ihrer Gastgeberfamilie zu.

Frau Vollmers bat nun: „Heike und Conni, würdet ihr beide mal mit ins Haus kommen?"

Die beiden Mädchen waren, ohne nach dem Warum zu fragen, sofort bereit.

Als sie zurückkamen, trug jedes ein Tablett mit Dessertschälchen, die mit Vanilleeis und gezuckerten Himbeeren gefüllt waren.

„Hurra, jetzt gibt's noch Eis mit Himbeeren", frohlockte Florian und freute sich schon darauf.

„Diesen Nachtisch verdanken wir unseren fleißigen Kindern", lobte Frau Vollmers die tüchtigen Beerenpflücker.

„Ach, ist das schön hier, wir werden verwöhnt wie im Schlaraffenland", schwärmte Frau Groth und Simone pflichtete ihr bei: „So schön wie hier kann es in keinem Ferienheim sein."

Darüber waren sich alle einig, und es wurde wieder ein wunderbarer Abend.

Am nächsten Morgen trafen sich alle, bis auf Herrn Vollmers, der bereits zur Arbeit gefahren war, zum letzten gemeinsamen Frühstück auf der Terrasse. Die beiden Mädchen wirkten traurig, sie hatten in der kurzen Zeit eine richtig feste Freundschaft geschlossen, und nun fiel ihnen der Abschied schwer. Aber die Eltern ließen ihnen für eine aufkommende Abschiedsstimmung nicht viel Zeit. Gleich nach dem Frühstück mussten noch die Postleitzahlen zu den Adressen aufgeschrieben werden, damit man in Kontakt bleiben konnte, und außerdem wollten sie Urlaubsfotos austauschen. Heike und Conni bestanden darauf, auch die Geburtstage zu notieren.

Dann halfen Andreas, Simone, Heike und Karsten, das Gepäck von Familie Groth und Anke zu den Trabis zu tragen und zu verstauen.

Nach herzlichen Umarmungen und guten Wünschen für die Heimreise starteten Anke und Herr Groth ihre Autos.

Die Zurückbleibenden standen vor Vollmers Haus und winkten den Davonfahrenden nach, bis diese, noch einmal laut hupend, auf dem Weg durch den Wald verschwanden.

Heike wischte sich heimlich ein paar Tränen aus den Augenwinkeln. Abschiednehmen von Menschen, die sie liebgewonnen hatte, fiel ihr schon immer schwer.

Der traurigen Stimmung schien sich heute auch das Wetter anzupassen, denn es blieb trübe und windig.

Später als sonst machten sich Simone, Andreas, Heike und Karsten heute auf den Weg zum Strand. Ein wenig komisch kam es ihnen ohne ihre Freunde schon vor. Die Kinder vermissten die Kameraden, mit denen sie am Wasser so viel unternommen und so viel Spaß gehabt hatten. Als Heike ihre Gedanken der Mutter mitteilte, erinnerte diese sie daran, dass auch ihr Urlaub in wenigen Tagen vorbei sei.

„Es ist alles ein Kommen und ein Gehen. Die schönen Dinge des Lebens vergehen immer viel zu schnell, " warf Andreas ein, der auch sehr gern in der Gemeinschaft mit netten Menschen war.

„Ich glaube, der Himmel wird heute noch ein paar Abschiedstränen weinen. Es sieht so aus, als bekomme Florian Recht. Er hat nämlich vorhin zu Karsten gesagt, wenn sie abreisen, beginnt es zu regnen", erzählte Heike.

„Ach, er wollte mich bestimmt nur ärgern, weil er nicht mehr hier bleiben konnte und sicherlich neidisch war, dass wir noch nicht abreisen müssen", meinte Karsten.

„Darüber sollten wir nicht weiter spekulieren, sondern uns Gedanken machen, was wir unternehmen wollen, wenn es tatsächlich zu regnen beginnt", warf Andreas ein. Er hatte vorhin seinen Blick in alle Himmelsrichtungen schweifen lassen und befürchtete auch, zumindest für heute einen Regentag.

Heike hatte als Erste einige gute Einfälle. „Wir könnten uns hier an der Küste ein paar Ortschaften anschauen. Da soll es ja ein Künstlerdorf geben, das würde mich schon interessieren und von einem Freilichtmuseum habe ich etwas gelesen. Den Prospekt dazu habe ich neulich am Fährhafen eingesteckt. Der ist noch in meiner Umhängetasche."

„Das sind doch schon gute Ideen, Heike", lobte Simone. „Ich habe auch einen Vorschlag. In der Kreisstadt gibt es ein Bernsteinmuseum, das ich mir gern einmal ansehen würde. Das ist bestimmt auch für euch Männer interessant", wandte sie sich an Andreas und Karsten. „Da kann man nämlich im Bernstein eingeschlossene Fossilien sehen. Würde dich das interessieren und weißt du, was Fossilien sind?" Fragend schaute sie ihren Jüngsten an.

„Na klar, Hauptsache es geht nicht nur um Halsketten und Fingerringe." Er sah ein wenig argwöhnisch zu seiner Schwester hinüber, die ein besonderes Interesse für Schmuck hatte.

Doch Heike reagierte gelassen auf seine Anspielung. „Weißt du eigentlich, wie teuer solcher Schmuck ist? Außerdem ist Bernstein mehr für ältere Leute und nicht für Jugendliche, und in einem Museum werden keine Exponate verkauft. Ein Museum ist kein Kaufhaus!"

„So, nun ist ja alles geklärt", sagte Andreas lachend, „wir werden auf jeden Fall etwas Interessantes unternehmen und so einem Regentag auch seine gute Seite abgewinnen."

Bevor sie losfuhren, legte Simone für die Kinder die Regencapes und für sich und Andreas die Schirme in den Kofferraum des Autos. Sie wollten auf jeden Fall für einen „Schlechtwettertag" gewappnet sein.

Sie fuhren zunächst den üblichen Weg durch den Wald. Hier war es heute düsterer als sonst. Kein Sonnenstrahl blitzte durch das Laub, und die Lichtung machte nicht den einladenden und beschaulichen Eindruck wie an den anderen Tagen. Nun klatschten die ersten Regentropfen auf die Heckscheibe ihres Autos. Es schien auch windig geworden zu sein, denn die Baumwipfel rechts und links des Weges bewegten kräftig ihre Äste und Zweige und ließen das bereits trockene Laub lautlos auf den Waldboden hernieder flattern.

„Florian hat also doch recht mit dem Wetter. Hoffentlich haben sie eine gute Heimfahrt", sagte Karsten.

„Sie sitzen doch im Trocknen, da wird ihnen der Regen nichts ausmachen", meinte Heike.

„Trotzdem ist es nicht schön, eine längere Strecke nur bei Regenwetter fahren zu müssen", mischte sich jetzt auch Simone in das Gespräch ihrer Kinder. „Mich stört es auch, wenn der Scheibenwischer stundenlang vor meinem Gesicht hin- und herfährt."

„Es wird schon alles klappen. Sie wollten an Familie Vollmers gleich nach ihrer Ankunft eine Karte schreiben. Da erfahren wir es doch auch, ob sie gut angekommen sind. Macht euch mal keine Sorgen", beruhigte Andreas seine Lieben.

„Wo wollt ihr denn nun heute eigentlich zuerst hin?" gab er nach kurzer Pause dem Gespräch eine Wende.

Heike schlug vor, zuerst in die nahe Kreisstadt zu fahren und sich das Bernsteinmuseum anzuschauen. Alle waren damit einverstanden, und so erfüllte Andreas ihnen diesen Wunsch und fuhr dorthin.

Nach etwa einer halben Stunde hielten sie vor dem Museum, parkten und reihten sich in eine an der Kasse stehende Personengruppe von zirka zehn Besuchern ein.

Der Kartenverkauf ging sehr schnell, sodass sie sich bald die Ausstellungsräume mit den wundervollen Bernsteinexponaten und den aus diesem edlen Naturmaterial gefertigten Schmuck ansehen konnten. Simone und Heike waren begeistert von den herrlichen Farben, die von hellem Gelb über Ocker bis zu wunderschönem Rotbraun reichten.

Sie bestaunten kleine und große Ausstellungsstücke mit eingelagerten pflanzlichen und tierischen Einschlüssen, die dem fossilen Harz ein wunderbares Aussehen gaben und ein jahrtausendealtes Geheimnis zu umschließen schienen.

Karsten und Andreas interessierten sich besonders für die biologischen Einlagerungen, die so bizarr waren, so vollkommen, dass man keinem Künstler der Welt ein so gelungenes Werk hätte zutrauen können. Diese Glanzleistung war einzig und allein das Werk der Natur. Sie hatte das Wunder vollbracht und mit den Einschlüssen der Nachwelt Einblicke in längst vergangene Zeiten ermöglicht. Sie hatte einzigartige Unikate geschaffen.

Karsten staunte immer wieder über die versteinerten Fliegen, Mücken und andere Insekten, die in unterschiedlichen Größen vollständig erhalten zu sehen waren und so manchen Fund zu einem unverwechselbaren und einzigartigen Unikat machten. Aber auch die pflanzlichen Einschlüsse riefen Bewunderung und Staunen bei den faszinierten Betrachtern hervor.

Andreas hatten es aber auch die erdgeschichtlichen

Informationen angetan, und er las sie mit großem Interesse.

Bei Simone und Heike löste vor allem der Schmuck Bewunderung aus. Er widerspiegelte den modischen Zeitgeschmack mehrerer Jahrhunderte.

Das galt natürlich auch für die Intarsienarbeiten. Aus Bernstein gestaltete Bilder, Brettspiele, kleine Tischplatten und all die anderen kostbaren Ziergegenstände begeisterten Andreas und Karsten ebenso wie Simone und Heike.

Als sie das Museum wieder verließen, waren alle noch eine Weile mit ihren Eindrücken und neuen Erkenntnissen beschäftigt, bis sich Karsten plötzlich an seine Eltern wandte und sagte: „Wisst ihr, was ich so besonders toll finde? Der Fundort des Bernsteins ist doch die Ostseeküste. Ich habe mir nämlich die Erläuterungen zu den Ausstellungsstücken genau durchgelesen. Darin steht, dass sogar an unserem Badestrand Bernstein angeschwemmt worden ist."

„Wenn hier richtige Herbststürme wüten, dann wird mitunter auch an unserem Strandabschnitt Bernstein angespült, das ist vollkommen richtig. Deshalb gibt es ja auch gerade hier und nicht in Sachsen oder sonst wo das Bernsteinmuseum", erklärte Andreas.

Karsten hatte plötzlich so eine Idee: „Vielleicht haben wir heute Nacht viel Wind oder besser noch einen richtigen Sturm. Dann schlagen bestimmt mächtige Wellen an den Strand und morgen früh suchen wir die Küste ab. Mal sehen, was das Meer dem Land so alles übergeben hat. Vielleicht finden wir Bernstein, das wäre doch eine Sensation." Er ereiferte sich geradezu an seiner Idee.

„Da willst du wohl keinen Sonnenschein und kein Badewetter mehr?" fragte Heike ironisch und setzte dann fort: „Dann musst du aber bestimmt schon morgens um fünf Uhr am Strand sein. Langschläfer finden garantiert nichts, denn die richtigen Profis sind sicher schon kurz nach Sonnenaufgang auf Schatzsuche."

„Na ja", resignierte Karsten, „ dann wird es wohl doch nichts mit einem eigenen Bernsteinfund, aber es wäre bestimmt mal ganz interessant, selbst danach zu suchen."

„Vielleicht bleibt das Wetter auch morgen noch so unbeständig wie heute, dann machen wir mal eine Wanderung am Strand und schauen, was das Meer so alles ans Ufer geschwemmt hat, und du, Heike, du wolltest doch sowieso noch ein paar schöne Hühnergötter für zu Hause sammeln."

„Ja, für Oma und für meine Freundinnen, die habe ich ihnen nämlich versprochen", erinnerte sich Heike. „Aber die größten Hühnergötter behalte ich selbst als Andenken an die Ostsee und den schönen Urlaub, die werde ich dann als Dekoration in meinem Zimmer verteilen. Vielleicht kann ich damit ja auch etwas Schönes basteln. Da fällt mir schon noch was ein."

„Du kannst dir ja eine Halskette machen", neckte ihr Bruder sie, „die ist auf gar keinen Fall zu übersehen, und du brauchst sie nicht zu suchen wie deinen anderen Klimbim, den du immer verlegst."

„Haha, Blödmann!" ärgerte sich Heike über die Anspielung auf ihre manchmal fatale Unordnung, wandte ihr Gesicht in die andere Richtung und hüllte sich in den nächsten Minuten beleidigt in Schweigen.

„Nun hört schon auf damit, sagt lieber, was wir heute noch unternehmen wollen", lenkte Simone ein.

Sie überquerten gerade den Marktplatz und wurden fast magisch von einer Litfaßsäule angezogen, die sich breit und majestätisch in ihren Weg stellte.

„Ach, guckt mal, eine Litfaßsäule!" rief Simone aus. „So etwas sieht man in unserer Gegend schon gar nicht mehr!"

Ein großes Zirkusplakat lockte mit grellen, fröhlichen Farben die Betrachter an, zu denen auch sie sofort gehörten.

„Können wir nicht heute in die Nachmittagsvorstellung gehen? Dann wäre der Schlechtwettertag voll ausgefüllt, und wir hätten bestimmt noch viel Vergnügen, denn in einem Zirkus sind wir mindestens zehn Jahre nicht mehr gewesen", bettelte Heike als Erste.

„Ich war ja noch nie in einem Zirkus, bei uns zu Hause war seit einer Ewigkeit keiner mehr, jedenfalls nicht, solange ich lebe", gab Karsten zu bedenken und hoffte, seine Eltern gnädig zu stimmen.

„Also gut, ihr Quälgeister, gehen wir heute Nachmittag in die erste Vorstellung", willigte Simone ein, nachdem sie ihren Mann angeschaut und sein zustimmendes Nicken wahrgenommen hatte.

„Prima, das wird bestimmt schön!" jubelte Karsten und war jetzt schon gespannt wie ein Regenschirm, aber auch Heike freute sich über die schnelle Entscheidung ihrer Eltern.

Einige Stunden später verließen sie zufrieden und sehr beeindruckt von den Darbietungen der Artisten und von den Dressurleistungen der Dompteure und ihrer Tiere den Zirkus.

Während der Rückfahrt zum „Schwalbennest" gab es viel darüber zu erzählen und auszuwerten.

Karstens Wangen glühten jetzt noch vor Begeisterung. Ihm hatten die Reiterkunststücke am besten gefallen, und Heike war begeistert von der unglaublichen Geschicklichkeit der Turner und Turnerinnen am Trapez, unter ihnen ein etwa sieben- bis achtjähriges blondes Mädchen, das mit einer scheinbaren Leichtigkeit turnte und dafür mit viel Beifall von den Zuschauern belohnt worden war.

Aber auch der Clown mit seinen lustigen und überraschenden Einfällen hatte sehr für beste Unterhaltung der kleinen und großen

Zuschauer gesorgt und viel Heiterkeit erzeugt.

„Dann seid ihr mit dem Besuch im Zirkus also zufrieden?" fragte Simone, nachdem die Kinder noch weitere artistische Glanzleistungen gelobt hatten.

„Ja, mir hat alles super gut gefallen. Es ist schon richtig toll, im Zirkuszelt zu sitzen und alles live zu erleben, viel schöner, als wenn man es im Fernsehen sieht", antwortete Heike, und Karsten nickte zustimmend und fragte: „Habt ihr gesehen, wie unter den Hufen der Pferde die Sägespäne flogen? Die hatten ein wahnsinniges Tempo drauf. Aber den Löwen und Tigern möchte ich nicht zu nahe kommen. Vor denen hatte ich richtig Angst. Da war ich froh, dass wir nicht in den ersten Reihen saßen."

Alle lachten über seine ehrliche Aussage.

„Ich würde zu jeder Zeit wieder in einen Zirkus gehen. Die Atmosphäre war einfach toll. Allein schon die Luft in dem Zirkuszelt war ganz anders als zum Beispiel in einem Kino. Es roch richtig nach den Tieren", meinte Heike.

„Ja, vor allem, als die Pferde ihre „Äpfel" fallen gelassen hatten", ergänzte Karsten. Alle lachten über diese Bemerkung.

Wenig später kamen sie bestens gelaunt bei Frau Vollmers im „Schwalbennest" an.

Sie erwartete ihre Gäste schon an der Haustür, denn sie hatte ihr Kommen durch das Motorengeräusch des nahenden Autos gehört, als sie wieder einmal ein paar Blumen von den Stauden in ihrer Rabatte abgeschnitten hatte.

„Na, wie war der Tag?" fragte sie in ihrer freundlichen Art.

Karsten und Heike berichteten ihr begeistert und detailliert von dem schönen und erlebnisreichen Tag, an dem trotz des Regens keine Langeweile aufgekommen war und der voll schöner neuer Erkenntnisse und Eindrücke war.

Frau Vollmers freute sich mit ihnen. „Ja, so schnell kommt hier keine Langeweile auf. Man muss nur selbst ein bisschen aktiv werden. Anzuschauen gibt es in der Umgebung noch eine ganze Menge. Da reichen die Urlaubstage gar nicht aus", meinte sie voller Überzeugung.

„Kommt ihr mal mit in die Waschküche", sagte sie dann zu den Kindern, „ich möchte euch etwas zeigen."

„Das klingt ja richtig geheimnisvoll", meinte Heike.

Frau Vollmers schmunzelte. Dann ergänzte sie: „Ach, eure Eltern können sich das auch ansehen, wenn sie wollen." Sie nickte Simone und Andreas zu und ging allen voraus in die Waschküche.

Dort lag auf dem Tisch ein ganz eigenartiges Gebilde. Es hatte etwa die Größe eines sehr dicken Buches und schien ein ziemliches Geflecht von grauen Fäden zu sein und doch war es ein festes zusammenhängendes Stück. Es roch ein wenig nach Erde.

Andreas nahm es in die Hand und hob es hoch, um es von allen Seiten betrachten zu können.

„Nein", sagte er dann, „ich habe keine Ahnung, was das sein könnte. So ein Teil habe ich noch nie gesehen." Er legte es zurück auf den Tisch und sah Frau Vollmers fragend an.

Auch Simone zuckte ratlos mit den Achseln. „Hm, was könnte das sein?" fragte sie.

„Frau Vollmers, verraten Sie uns doch, was das ist", bat Heike.

„Das ist ein Pilz, sogar ein essbarer", klärte diese die ratlosen Betrachter auf. „Dieser Pilz heißt 'Krause Glucke', und mein Mann hat ihn heute im Wald gefunden, als er Bäume markiert hat, die gefällt werden sollen. Er hat mir seinen Fund dann auch gleich vorbei gebracht."

„Wollen Sie den Pilz etwa essen? Ich kann gar nicht glauben, dass das ein Pilz ist. Er sieht ja auch gar nicht so aus. Er hat zum

Beispiel keinen Hut, was doch sonst immer ein typisches Merkmal des Pilzes ist", meinte Heike, die sich immer sehr für Pflanzen und Tiere interessierte und in Biologie beste Noten nach Hause brachte.

„Doch, doch Heike, es ist wirklich ein Pilz. Du kannst ja heute Abend mal probieren, wenn er gebraten ist", antwortete Frau Vollmers.

„Nein danke, ich bin kein Pilzesser oder besser gesagt, ich esse nur Pilze aus der Dose", wehrte Heike ab, die immer noch kein Vertrauen in die 'Krause Glucke' hatte.

„Warum eigentlich heißt der Pilz denn 'Krause Glucke' ", wollte Karsten wissen. „Er sieht doch gar nicht aus wie eine Glucke. Kraus ist er allerdings", meinte er, nachdem er ihn noch einmal von allen Seiten betrachtet hatte.

„Den Namen kann ich euch auch nicht erklären", gab Frau Vollmers zu.

Dann wandte sie sich an Simone und Andreas: „Wenn das Regenwetter noch anhält und Sie Lust haben, mit mir und Steffen morgen im Wald Pilze zu sammeln, denn warm und feucht, das ist richtiges Wachswetter, dann könnten Sie sich von der Vielfalt der Pilze überzeugen. Es gibt hier natürlich auch Steinpilze, echte Champignons, Reizker und noch andere Sorten. Wir kennen die Stellen, wo sie wachsen, und wenn es Sie beruhigt, mein Mann ist Pilzsachverständiger mit Zertifikat. Da brauchen Sie wirklich keine Angst zu haben."

Sie sah uns der Reihe nach an, als wolle sie prüfen, ob wir ihr auch glauben.

„Und was wollen wir dann mit den ganzen Pilzen machen?" wollte Karsten wissen.

„Eine leckere Mahlzeit für uns alle", lachte Frau Vollmers.

„Da gibt es nur noch ein Problem, ich habe wohl nicht die richtigen Schuhe dabei, um bei Nässe im Wald herumzulaufen. Aber ich ginge wirklich gern mit, Frau Vollmers." Simone schaute ein bisschen ratlos auf ihre bereits durchnässten Sandalen. „Ihr drei habt ja zumindest feste Turnschuhe dabei", sagte sie an ihre Familie gewandt.

Doch Frau Vollmers hatte auch für dieses Problem eine Lösung: „Wir haben genügend Gummistiefel, da kann ich Sie alle versorgen. Das Schuhproblem wäre damit also gelöst."

„Gut, dann machen wir morgen alle zusammen eine Waldwanderung mit ökonomischem Nutzen. Vielleicht finden wir ja noch so eine 'krausige' Glucke", meinte Andreas, worauf sie alle amüsiert lachten.

Als Simone und Heike nach dem Abendessen das benutzte Geschirr aus der Diele in Frau Vollmers Küche zurück brachten, fragte der Hausherr, ob sie Lust auf eine Partie Schach hätten oder lieber Rommé spielen würden. Irgendwie müssten sie sich doch alle die Langeweile eines regennassen Abends vertreiben.

„Schach spielt bei uns nur mein Mann, der steht Ihnen bestimmt gern zur Verfügung. Die Kinder und ich begnügen uns eher mit „Mensch ärgere dich nicht". Ich habe auch schon Rommé gespielt, aber das ist lange her. Ich glaube, ich kann es gar nicht mehr", erwiderte Simone.

„Das sind doch schon mal gute Ansätze", meinte Herr Vollmers. „Was man schon gekonnt hat, das ist schnell wieder aufgefrischt."

Eine Stunde später saßen die beiden Familien um den ausgezogenen Küchentisch herum.

„Kommen Sie, Andreas, wir zwei setzen uns ins Wohnzimmer und spielen eine Partie Schach, während Steffen den Frauen und Kindern die Spielregeln des Rommé erläutert." Sie gingen beide in das angrenzende Wohnzimmer, wo das Schachbrett schon auf dem Couchtisch stand.

In der Küche erläuterte Steffen inzwischen anhand der Karten die Spielregeln.

Simone nickte ab und zu leicht mit dem Kopf, denn sie erinnerte sich wieder. Aber Heike schaute hilflos in die Runde und Karsten meinte zaghaft: „Ich habe überhaupt nichts kapiert."

„Du, min Jung, setze dich zu mir, damit ich dir beim Spiel helfen kann", sagte Frau Vollmers zu Karsten. „Du wirst sehen, dass Rommé gar nicht so schwer ist."

„Ich schaue Heike ein bisschen in die Karten und gebe ihr am Anfang ein paar Tipps", versprach Steffen. Und zu Heike gewandt sagte er: „ Du wirst sehen, dass es ein leichtes Spiel ist."

Doch Heikes Zweifel an ihren Spielfähigkeiten waren damit nicht beseitigt.

„Ich kann dir auch helfen, Heike. Schließlich habe ich beim Rommé sogar schon meinen Bruder geschlagen", mischte sich jetzt auch Frank ein.

„Wir fangen einfach mal an. Man lernt es am besten beim Spiel", beendete Frau Vollmers die Diskussion.

Nach etwa zwei Stunden herrschte in der Küche die beste Stimmung. Alle hatten sich große Mühe gegeben. Heike und Karsten hatten die Spielregeln schneller begriffen als sie es gedacht hatten, und ihre Mutter hatte sich sogar als eine gute Spielerin erwiesen.

Von den beiden Männern im Wohnzimmer war nichts zu hören. Sie hatten sich förmlich an ihrem Schachspiel festgebissen. Als Frau Vollmers und Simone zu ihnen herein schauten, waren sie ganz überrascht, wie schnell doch die Zeit vergangen war.

„Wir wollen unseren Spielabend für heute beenden", sagte

Simone.

Frau Vollmers hingegen winkte leicht ab, als sie die Anzahl der Figuren auf dem Schachbrett sah.

„Kommen Sie, Simone, wir genehmigen uns noch ein Likörchen. Unsere Männer werden mit ihrem Spiel heute nicht mehr fertig. Sie werden bestimmt abbrechen und die Partie morgen zu Ende führen."

Sie gingen zurück in die Küche.

„Ich bin müde", sagte Heike und gähnte. „Ich gehe jetzt schlafen. Aber es hat Spaß gemacht, und ich habe etwas gelernt, was ich noch nicht konnte."

„Vielleicht können wir morgen Abend wieder Karten spielen. Das wäre prima, und ich würde dann bestimmt auch schon allein, das heißt ohne Hilfe, mitspielen können", meinte Karsten.

„Ja, und mir könnte Steffen noch ein paar Tricks verraten", sagte Heike und schaute ihn dabei bittend an.

„Prost, Simone!" Frau Vollmers stieß mit ihr an. „Trinken wir auf unsere klugen Kinder!"

„Prost, Frau Vollmers, und vielen Dank für den schönen Abend", entgegnete Simone, und an die Kinder gewandt sagte sie: „So, nun aber ab ins Bett, sonst haben wir morgen nicht ausgeschlafen, wo wir doch Pilze sammeln wollen".

„Also dann, Gute Nacht allerseits und schlafen Sie gut", sagte Simone.

„Ich wünsche Ihnen ebenfalls eine gute Nacht!" erwiderte lächelnd Frau Vollmers.

„Gute Nacht, bis morgen", verabschiedeten sich nun auch Steffen und Frank.

In der Nacht regnete es tatsächlich weiter, so dass sich Simone und Andreas auf die morgige Pilzsuche einstellten. Für einen

Bummel am Strand und den geplanten Besuch des Künstlerdorfes wäre am Nachmittag noch Zeit genug.

Am nächsten Morgen nach dem Frühstück machten sich alle zum Pilzesammeln bereit. Frau Vollmers hatte, wie versprochen, Regenbekleidung und Gummistiefel bereitgestellt.

„Wer noch etwas benötigt, kann sich gern bedienen. Die Sachen liegen alle in der Waschküche", sagte sie zu Familie Bauer.

Heike und Karsten hatten ihre eigenen Capes, aber ihre Eltern gingen hinüber in die Waschküche, suchten sich etwas Passendes aus und schlüpften in die Regenmäntel von Familie Vollmers. Auch unter der großen Auswahl an Gummistiefeln fanden sie die richtigen Größen und rüsteten sich damit aus.

Als sie ins Wohnhaus zurückkamen, verteilte Frau Vollmers gerade die Körbe, in die das Sammelgut gelegt werden sollte.

„Wir müssen immer zu zweit einen Korb nehmen, denn sieben Körbe habe ich nicht.

„Also, für Familie Bauer zwei Körbe und für uns auch zwei", sagte sie bestimmt.

„Ich möchte aber gern mit Frank zusammen sammeln. Er kennt doch die Pilze und kann mir helfen, dass ich keine giftigen sammle", sagte Karsten.

„Dann sammle ich zusammen mit Steffen", entschied Heike sofort. „Oder magst du nicht?" wandte sie sich an ihn. Steffen stieg eine leichte Röte ins Gesicht. „Doch, doch, gern", erwiderte er. „Wir bleiben doch alle dicht beieinander."

Frau Vollmers verschloss rasch das Haus und die Gartenpforte, und dann begaben sich die mit Körben und Messern ausgerüsteten und in Regenzeug vermummten Pilzsucher auf den Weg.

Der Regen hatte inzwischen nachgelassen, aber von den nächtlichen starken Güssen war es im Wald triefend nass. Schwere

Regentropfen fielen noch immer von den Bäumen, und im Gras hinterließ jeder Schritt einen tiefen Abdruck. Trotzdem schimpfte oder jammerte niemand von dem kleinen Trupp. Sie waren dank Frau Vollmers Weitblick und Organisationstalent bestens ausgerüstet für dieses Wetter und hatten nur ein Ziel, möglichst viele Pilze zu finden.

Als sie bereits ein ganzes Stück in den Wald vorgedrungen waren, schlug Frau Vollmers vor, sich nun zu verteilen, aber immer nur so weit auseinander, dass man sich noch sehen konnte.

„Also, nun viel Erfolg beim Sammeln!" sagte sie und nickte lächelnd Simone zu.

„Hoffentlich finden wir überhaupt Pilze", antwortete diese ein bisschen skeptisch.

Doch wenig später entdeckte Andreas die ersten Steinpilze. Sofort erwachte auch in Simone die Sammelleidenschaft. Je genauer sie unter den Bäumen und im Gras suchte, umso mehr Pilze fand sie.

Auch Karsten und Frank sah sie in gebückter Stellung. Sie mussten wohl auch einen günstigen Fundort haben.

Steffen und Heike waren am weitesten entfernt. Ob die beiden überhaupt nach Pilzen suchen? Ihr war aufgefallen, dass Heike sich seit Cornelias Abreise jetzt häufig in Steffens Nähe aufhielt, und Steffen verwickelte Heike in lange und fröhliche Gespräche, bei denen ihr Lachen durch den Garten schallte.

„Simone, komm mal hierher!" riss Andreas sie aus ihren Gedanken.

Er hatte eine Stelle gefunden, an der eine ganze Menge Waldchampignons standen.

„Das ist ja toll", freute sich Simone. „Wenn wir die alle geerntet haben, ist unser Korb bestimmt schon voll."

„Das sind aber auch herrliche Exemplare", begeisterte sich Andreas. „Mit der Ausbeute können wir wirklich sehr zufrieden sein."

An einer anderen Stelle fanden sie ebenso viele Pilze, aber einige sahen so ganz anders aus. Weder ihre Form noch die Farbe glichen den Steinpilzen oder den Champignons. Andreas hielt seine Frau zurück: „Von denen nehmen wir keinen einzigen. Ich kenne sie nicht, und sie könnten giftig sein."

Auch Simone hatte ein ungutes Gefühl, sodass sie lieber die Finger davon ließen.

Plötzlich ertönte ein greller Pfiff durch die Stille des Waldes. Das war Frau Vollmers Signal, dass sich alle wieder bei ihr einfinden sollten.

Simone drehte sich suchend nach Frank und Karsten um, konnte sie aber nicht gleich entdecken. Steffen und Heike hatten den Pfiff ebenfalls gehört.

Als Andreas und Simone bei Frau Vollmers eintrafen, kamen auch Frank und Karsten mit ihrem Korb.

Nachdem nun alle wieder beisammen waren, sagte Frau Vollmers: „Wir wollen uns nicht überstrapazieren, immerhin ist es ja sehr nass hier im Wald, und es soll sich niemand erkälten. Wir wollen uns mal kurz anschauen, wie es mit unserem Sammelergebnis aussieht."

Alle stellten ihre Körbe vor sich ab, und jeder sah sich auch das Ergebnis der anderen an.

„Das ist ja der Wahnsinn! In einer so kurzen Zeit haben wir zusammen eine so große Menge an Pilzen gefunden", rief Heike erfreut aus. „Das hätte ich nie gedacht!"

„Ich hätte mit so vielen Pilzen auch nicht gerechnet, das muss ich ehrlich zugeben", gestand Frau Vollmers.

„Da sieht man wieder, was man in einer Gemeinschaft alles schaffen kann", beurteilte nun auch Frank das ausgezeichnete Sammelergebnis.

Alle freuten sich, war doch jeder an dem Erfolg beteiligt.

„Jetzt gibt es zur Belohnung erst einmal eine Kleinigkeit", sagte Frau Vollmers und zog aus der Tasche ihres Regenmantels vier kleine Fläschchen Kräuterlikör heraus. „Die Kinder bekommen Bonbons, das ist für euch gesünder", wandte sie sich an Karsten.

„Wie lange zähle ich eigentlich noch zu den Kindern?" wollte Frank von seiner Mutter wissen.

„Ach, da will jemand auch schon erwachsen sein. Das werde ich mir aber merken. Du bist doch sonst gern noch ein Kind, soweit ich mich an so manchen Auftrag erinnere", konterte Steffen.

Alle lachten.

„So ist es ja wohl überall", sagte Simone, „aber Frank, deine Zeit kommt auch noch. Sei froh, dass du noch Kind sein darfst."

„Tröste dich, Frank, mir geht es auch immer so", meinte Heike. „Mal bin ich schon die Große, die Vernünftige. Vor allem ist es so, wenn ich mal Streit mit Karsten habe. Ich soll immer nachgeben. Wenn es aber um die Disco oder so etwas geht, dann bin ich noch viel zu jung und muss zu Hause bleiben."

Dann sagte sie lachend zu den Erwachsenen: „Wir gönnen euch ja euren Lütten, und wir lassen uns die Bonbons schmecken. Danke, Frau Vollmers!"

„So ist es auch richtig, Heike. Du bist doch ein gescheites Mädchen", lobte Andreas lachend seine Tochter.

Frank teilte die Bonbons gerecht auf und gab Heike und Karsten ihre Anteile.

„Ach, ist das schön, dass sich immer alles in Harmonie und Wohlgefallen auflöst. Ich glaube, Simone, unsere Familien liegen da auf derselben Wellenlänge", meinte Frau Vollmers und lächelte. Dann schaute sie zu ihrem Sohn Steffen, der gerade ein Bonbon aus Heikes Hand nahm.

Mütter sind doch gute Beobachter, wenn es um ihre Kinder geht, dachte sie in diesem Augenblick. Auch Simone schmunzelte.

„Also, zum Wohl, trinken wir auf unseren enormen Sammelerfolg", sagte Frau Vollmers und stieß mit Simone, Andreas und Steffen an.

„Was meint ihr, wollen wir über die Lichtung zurückgehen? Dort könnten wir vielleicht noch ein paar Wiesen-Champignons finden", schlug Steffen vor.

„Meinetwegen, es ist ja kein Umweg", stimmten Frau Vollmers und Frank zu. Familie Bauer war sowieso einverstanden, da sie hier keine Ortskenntnisse besaß.

Auf dem Rückweg fragte Karsten: „Was wird denn nun mit den vielen Pilzen?"

„Die müssen geputzt und dann zubereitet werden, damit wir sie heute Abend gemeinsam verzehren können", gab ihm Frau Vollmers bereitwillig Auskunft.

„Dazu mache ich jetzt gleich mal einen Vorschlag", sagte Simone. „Da es voraussichtlich noch den ganzen Vormittag regnen wird, bleiben wir erst einmal zu Hause. Ich werde also auf alle Fälle beim Säubern der Pilze helfen. Was ihr macht, muss jeder selbst entscheiden. Ihr könnt lesen oder an Oma einen Brief schreiben. Ihr findet schon eine Beschäftigung."

„Seid ihr euch denn eigentlich sicher, dass die Pilze auch alle in Ordnung sind, ich meine dass keine giftigen darunter sind?" gab Karsten zu bedenken.

„Da musst du keine Angst haben, Karsten, wir verwenden nur Maronen, Steinpilze und Champignons, weil wir die ganz genau kennen. Sollte in einem Korb ein anderer Pilz sein, so wird er aussortiert. Außerdem kommt mein Mann in einer Stunde nach Hause, weil er ein paar Überstunden abfeiern will. Er ist Pilzsachverständiger. Er sieht sich natürlich unsere Pilze genau an. Du musst also keine Angst haben. Wir vertrauen meinem Mann und keiner von euch sollte jemals den Gerüchten vertrauen, dass ein Silberlöffel anzeigen kann, ob alle Pilze in Ordnung sind."

„Wieso ein Silberlöffel?" wollte Heike wissen.

„Es ist so ein altes Gerücht, dass ein Silberlöffel beim Zubereiten der Pilze mit in den Topf oder die Pfanne gelegt werden soll und wenn er seine Farbe nicht verändert, seien alle Pilze in Ordnung. Das ist aber falsch und gefährlich, ja lebensgefährlich", unterstrich Frau Vollmers ihre Warnung. „Bei Pilzen kann man nicht vorsichtig genug sein. Ohne hundertprozentige Sicherheit sollte man keine Pilze zubereiten und essen. Mein Mann sagt immer, ein giftiger Pilz kann eine ganze Kompanie außer Kraft setzen."

Zufrieden mit ihrem Sammelergebnis und dem Vertrauen auf Herrn Vollmers Sachkenntnisse begaben sie sich nun auf den Heimweg.

„Ihr Mann wird staunen, dass wir so viele Pilze gefunden haben", meinte Heike, „und wenn ich darf, möchte ich gern zuschauen, wenn er die Pilze kontrolliert."

„Das kannst du gerne tun und dabei bestimmt noch einiges erfahren, was du noch nicht weißt." Frau Vollmers freute sich über Heikes Interesse.

Auf der Lichtung fanden sie dann tatsächlich einige Wiesenchampignons, sogar ein paar besonders große Exemplare, und alle freuten sich, dass sie den richtigen Heimweg gewählt hatten.

Als der kleine Trupp sich vor Familie Vollmers Haustür der Gummistiefel und Regenmäntel entledigte, meinte Andreas: „Das war ein schöner Zeitvertreib heute Vormittag, für uns alle nützlich und obendrein noch sehr lehrreich, nicht nur für Karsten und Heike, sondern auch für uns. Stimmt doch, Simone?"

„Ja, es war eine gelungene Waldwanderung mit Nutzen und neuen Erkenntnissen. Ich muss schon sagen, auch bei Regen kann es im Wald schön sein. Danke, Frau Vollmers!"

Diese lachte und fragte: „Wofür denn? Hauptsache, es hat allen Spaß gemacht."

Inzwischen klarte der Himmel auf.

„Ich glaube, das Wetter wird heute doch noch gut, und wir können an den Strand gehen", meinte Heike.

Und so war es dann auch. Gegen Mittag waren alle Regenwolken abgezogen, und die Sonne kam hervor.

Herr Vollmers war inzwischen auch zu Hause eingetroffen. Als er den großen Sammelertrag sah, war er sichtlich erstaunt.

„So viele Pilze hätte ich trotz des guten Pilzwachswetters nicht erwartet", sagte er. „Da müssen aber viele fleißige Helfer unterwegs gewesen sein."

„Wir waren doch alle im Wald, und es hat richtig Spaß gemacht, die Pilze zu sammeln", erklärte ihm daraufhin Karsten.

„Ihr zwei", wandte sich der Hausherr nun an Heike und ihren Bruder, „könntet mir jetzt eigentlich beim Überprüfen der Pilze helfen. Habt ihr Lust dazu?"

„Ja, schon, aber ich garantiere für nichts. Ich kenne mich immer noch nicht so richtig aus. Wenn Steffen mir nicht gesagt hätte, welche Pilze giftig sind und welche nicht, dann hätte ich bestimmt immer die falschen genommen. Nur gut, dass Steffen dabei war", stellte Heike ehrlich fest.

Herr Vollmers schmunzelte. „So, da fangen wir jetzt mal an."

Die Kinder reichten ihm die Pilze, die er auf den großen Küchentisch legte und sogleich bestimmte. Sie erfuhren eine Menge über die Farbe und Beschaffenheit des Pilzes, sahen sich den Hut, den Stiel und die Lamellen genau an und rochen auch an ihrem Sammelgut. Herr Vollmers erklärte ihnen jede Besonderheit ganz genau. Bald schon ließ er Heike und Karsten selbst die Bestimmung vornehmen. Nach mehreren Fehlversuchen klappte es bald fast fehlerfrei. Als sie dann ihre Arbeit beendeten, sagte Karsten: „Sie sind ja ein richtiger Lehrer, ein Lehrer für Pilze." Mit diesen Worten zollte er Herrn Vollmers Respekt und Anerkennung zugleich.

„Ich bin stolz auf euch", lobte dieser die Kinder, „aber denkt immer daran, ein einziger falscher, das heißt giftiger Pilz, kann das Leben einer ganzen Familie auslöschen. Deshalb darf es beim Sammeln von Pilzen keinen Leichtsinn geben. Und noch etwas müsst ihr euch merken: Pilze werden nicht aufgewärmt! Man isst sie frisch zubereitet." Er legte eine kleine Pause ein und sagte dann: „Aber ein Kochseminar wollen wir heute nicht auch noch abhalten."

Er lachte und legte alle Pilze zurück in den Korb.

Eine Stunde später schien die Sonne und leckte die Regentropfen aus dem Gras.

Karsten und Heike waren inzwischen zufrieden und gut gelaunt in das Zimmer ihrer Eltern gegangen und hatten ihnen vom „Pilzseminar" mit Herrn Vollmers und dessen anerkennenden Worten berichtet.

„Schön", sagte Simone, „es war ein interessanter und wirklich lehrreicher Vormittag. Aber nun werden wir bald aufbrechen. Den Rest des Tages wollen wir nicht vertrödeln, sondern einen

Abstecher in das nahegelegene Künstlerdorf machen. Mal sehen, was es dort alles zu besichtigen gibt."

„Das ist ja prima, darauf freue ich mich", rief Heike.

„Unsere Badesachen habe ich aber trotzdem im Kofferraum verstaut. Vielleicht können wir ja noch zum Strand gehen. Mal sehen, wie sich das Wetter so entwickelt. Papa und ich denken, wir fahren in etwa zwanzig Minuten los."

„Schön, ich muss mich nur noch umziehen, und Steffen muss ich auch noch was sagen", rief Heike und ging zur Tür.

„Was denn?" wollte Karsten wissen.

„Das muss mein Bruderherz nicht wissen", rief Heike geheimnisvoll und verschwand.

„Muss ich mein Geld mitnehmen?" fragte Karsten seine Eltern.

„Willst du uns etwas spendieren?" neckte ihn daraufhin sein Vater.

„Nein, das nicht, aber vielleicht kann ich mir in dem Künstlerdorf ein schönes Andenken kaufen", gab Karsten bereitwillig Auskunft.

„Lass dein Geld lieber hier, damit du es nicht verlierst. Wenn du dir etwas Schönes kaufen willst, borge ich dir das Geld, und du gibst es mir später wieder", antwortete ihm sein Papa.

Damit war Karsten sofort einverstanden.

Als sie später, nach etwa einer Stunde, das Auto in dem Künstlerdorf abstellten, staunten sie über die vielen Urlauber, die sich hier überall tummelten, und Karsten meinte: „Die hatten wohl alle die gleiche Idee wie wir."

„Ein Regentag ist für solche Unternehmungen genau das Richtige. Bei schönem Wetter liegen alle lieber am Strand, genau wie wir auch", antwortete Heike etwas gereizt.

„Also reihen wir uns ein in die Schar der Neugierigen oder

Interessierten, egal wie wir sie auch nennen", schlug Andreas vor und legte seine Hand um Karstens Schultern.

Sie schlenderten durch den Ort und waren von den schönen Häusern mit ihren Reetdächern wieder genauso begeistert wie an ihren ersten Urlaubstagen hier an der Küste. Heute fielen ihnen aber besonders die von Ginster und Heckenrosen gesäumten Gärten auf.

„Habt ihr schon mal so große Hagebutten gesehen? Das ist ja der Wahnsinn! Papa, die musst du unbedingt fotografieren", rief Heike ganz begeistert.

Andreas erfüllte ihr gern diesen Wunsch und sagte dann: „Vielleicht sind unsere Fotos die besten Andenken, die wir von dem Künstlerdorf mitnehmen."

Im Ort fielen ihnen aber auch die farbenfrohen Häuser der ortsansässigen Künstler auf, die in den unteren Etagen ihre Ateliers und Ausstellungsräume hatten und größtenteils darüber die Wohnräume.

Eine Modedesignerin stellte sowohl in einem großen Schaufenster als auch auf lustig bunten Kleiderbügeln, die an einem originellen Ständer neben der Eingangstür hingen, ihre einzigartigen und unverwechselbaren selbstgeschneiderten Kleidungsstücke aus.

„Mutti, wer soll denn solche Sachen anziehen?" wollte Heike wissen und runzelte die Stirn. „Wenn du zu Hause damit herumlaufen würdest, würden dich die Leute auslachen oder meinen, du feierst Fasching."

„Ganz normale Bürger werden sich bei diesen Preisen wohl kaum solche Klamotten kaufen", lachte Simone und zeigte Heike und Andreas das an einer kunterbunten Bluse baumelnde Etikett.

Heike sperrte vor Schreck den Mund auf, als sie den geforderten

Betrag las.

„Lasst uns weitergehen", forderte Andreas seine Familie auf. „Hier gibt es sowieso nichts für euch."

„Du hast recht, solche Boutiquen sind nichts für uns", stimmte ihm Simone zu.

Wenig später kamen sie zu einer ehemaligen Fischerkate, die gleich zwei Werkstätten beherbergte. In der einen wurde getöpfert und in der anderen wurde die alte Kunst des Schmuckhandwerks gezeigt.

„Da gehen wir aber hinein", meinte Heike sofort, die an fast jeder Herstellung von Kunstgegenständen interessiert war.

„Muss das sein?" maulte Karsten, der die Interessen seiner Schwester nicht teilte.

„Ja, Karsten, uns etwas anzuschauen, dazu sind wir doch hierher gefahren. Auch du kannst dabei sicher noch etwas lernen", sagte Simone bestimmt.

Sie besichtigten zuerst die Töpferwerkstatt, und ihr Aufenthalt machte wider Erwarten sogar Karsten Spaß. Sie konnten nicht nur dem Töpfer, einem Mann von etwa vierzig Jahren, braungebrannt und mit einer lockigen blonden Mähne, bei seiner Arbeit zuschauen, sondern gegen einen geringen Obolus sich selbst einmal an die Töpferscheibe setzen und unter der Anleitung des Künstlers versuchen, etwas herzustellen.

Das war natürlich nicht so einfach, wenn man noch nie an der rotierenden Scheibe gesessen und mit Ton gearbeitet hatte, aber sowohl Heike als auch Karsten gelang es, so etwas Ähnliches wie eine kleine Schale zu formen. Der Töpfer lobte sie für ihren ersten und gar nicht so schlechten Versuch.

Nachdem er sah, dass sich Simone eine hübsche Vase ausgesucht hatte, die sie gern käuflich erwerben wollte, schlug er den Kindern vor, ihre kleinen Kunstwerke mit seinen und den Töpferwaren anderer Besucher im eigenen Brennofen zu brennen.

„Das ist doch für einen ersten Versuch gar nicht so übel, was ihr zwei da getöpfert habt. Übermorgen sind dann eure Kunstwerke abholbereit", sagte er freundlich und unterhielt sich noch ein wenig mit Simone und Andreas, während sich die beiden Kinder die Exponate seiner Ausstellung anschauten.

„Meine Schale könnte man vielleicht als Kerzenständer verwenden. Auf jeden Fall ist es kein totaler Schrott geworden. Darüber bin ich schon mal richtig froh! Aber einfach ist das Töpfern nicht! Man muss ja auch mit dem Tempo der Scheibe zurechtkommen. Jedenfalls hat es mir richtig Spaß gemacht", freute sich Karsten.

Heike stimmte ihrem Bruder zu. „Schade, dass man so etwas bei uns nicht machen kann. Ich glaube, Töpfern könnte meine Lieblingsbeschäftigung werden. Es wäre jedenfalls ein schönes Hobby", schwächte sie ihre Euphorie ein wenig ab.

Karsten lachte. „Das sieht dir ähnlich, mal sehen, was du sagst, wenn wir bei dem Schmuckhersteller waren."

Sie betraten die nächste Werkstatt. Hier arbeiteten gleich zwei Personen, eine junge Frau von etwa fünfunddreißig Jahren und ein etwas älterer Mann. So vertraut wie sie miteinander sprachen schien es ein Ehepaar zu sein.

Sie schauten von ihrer Arbeit auf und begrüßten freundlich die eintretenden Besucher.

„Können wir Ihnen behilflich sein? Oder möchten Sie sich erst einmal umschauen?" fragte dienstbeflissen der Mann.

„Vielen Dank, ja, wir würden uns gern ein bisschen umschauen", antwortete Simone.

„Natürlich, sehr gern", erwiderte er.

Sie sahen auch hier wieder Bernsteinschmuck, wie sie ihn schon im Museum bewundert hatten. Aber es gab auch viele andere Schmuckstücke. Für jede Altersgruppe war da etwas vorhanden. Hier wurden vor allem Steine verarbeitet, die sie vom Strand her kannten. Es waren sowohl einfarbige als auch mehrfarbige Steine in allen möglichen Farben und Schattierungen, die hier zur Herstellung wunderschöner Schmuckstücke verwendet wurden.

In gläsernen Vitrinen und Schaukästen lagen Kettenanhänger, Fingerringe, Halsketten, Armbänder und Broschen.

„Sind die ausgestellten Schmuckstücke von Ihnen angefertigt worden?" wandte sich Simone fragend an die junge Frau.

„Ja, das sind alles eigene Arbeiten von meinem Mann und mir", bestätigte diese. „Wir schleifen die Steine bis zur gewünschten Größe und polieren sie anschließend. Für Kettenanhänger und Broschen müssen sie dann noch eine entsprechende Fassung erhalten. Das ist die Aufgabe meines Mannes."

Da jetzt weitere Besucher den Laden betraten, unterbrachen sie das Gespräch. Die junge Frau wandte sich zunächst den neuen Besuchern zu.

Simone und Heike suchten sich inzwischen etwas Hübsches aus, das sie gern kaufen wollten. Heike hatte es ein buntes Armband mit mittelgroßen Steinen in verschiedenen Farben angetan und Simone liebäugelte, noch ein wenig unentschlossen, mit einem Kettenanhänger, der aus einem fein geschliffenen ovalen Bernstein in einer silbernen Fassung bestand und im Schein der hellen Vitrinenbeleuchtung wunderschön schillerte.

Sie winkte Andreas zu sich heran und fragte ihn nach seiner Meinung. Da auch ihm der Anhänger gefiel, ging sie zurück zur Geschäftsinhaberin und äußerte ihren und Heikes Wunsch.

Nachdem sie die beiden Schmuckstücke bezahlt hatte,

verabschiedeten sie sich von den Geschäftsleuten, die ihnen noch schöne Urlaubstage und wieder sonniges Wetter wünschten. Dann verließen sie zufrieden die Werkstatt.

„Eigentlich haben wir von der ganzen Schmuckherstellung nichts gesehen", schmollte Heike.

„Das muss auch nicht sein oder willst du mal so einen Beruf erlernen?" fragte Karsten in einem leicht ironischen Ton, denn er wusste, dass sich Heike stundenlang Schmuck ansehen konnte und sehr gern schöne Schmuckstücke trug.

„Fangt nicht an zu streiten", ermahnte Andreas. „Wir schauen uns da drüben noch die Bilder des Kunstmalers an." Er wies mit der Hand auf ein Haus mit bunten Plakaten, die den Betrachter über den Maler und die Öffnungszeiten seines Ateliers und des Verkaufsraumes informierten.

„Vielleicht finden wir da ja etwas für unseren Karsten", meinte Andreas in versöhnlichem Ton und legte seine Hand auf die Schulter seines Sohnes.

Sie überquerten die Straße und betraten den Laden.

Hier fiel ihnen sofort ein großes Ölgemälde auf, das auf einer Staffelei gegenüber der Eingangstür stand. Es zeigte ein Fischerboot, das am Ufer lag. Gischt schäumende Wellen schlugen gegen seine Planken und hinterließen nasse Spuren auf dem Boot und im Sand. Fußabdrücke von großen Männerstiefeln führten vom Boot weg und ließen ahnen, dass der Fischer seinen Kahn wohl erst vor kurzem verlassen hatte. Der Himmel war mit dunklen Wolken überzogen, die von stürmischen Winden über das Meer getrieben wurden. Über dem Boot zankten sich zwei Möwen um irgendetwas. Wahrscheinlich hatten sie einen Fisch ergattert und jede missgönnte ihn nun der anderen.

„Das Bild ist ganz realistisch gemalt. Man kann sich das

ungemütliche Wetter richtig gut vorstellen, und auch die beiden Möwen sind total naturgetreu. Es ist wirklich ein gutes Gemälde", begeisterte sich Heike.

„Ja, der Maler kann was", stimmte Andreas zu. „Doch lasst uns weitergehen, wir wollen uns auch die anderen Bilder anschauen."

An den Wänden hingen viele Reproduktionen in unterschiedlichen Größen. Sie stellten allesamt Typisches aus der Küstenregion dar, gut beobachtet und ausgezeichnet gemalt. So konnte der aufmerksame Betrachter auf den Bildern Dünen, bewachsen mit Strandhafer, und fröhliche Menschen am Strand sehen. Fischerkaten, manche im erbarmungswürdigen Zustand und andere gut erhalten, standen hinter dem Deich und gaben dieser Landschaft ihr einzigartiges Gepräge. Mehrere Porträts von Fischern und Kindern waren ebenfalls zu sehen.

Weil die vier Jahreszeiten für die Menschen in dieser Region eine große Rolle spielen, waren sie vom Maler zum Inhalt mehrerer Bilder gewählt worden.

Mit seinen künstlerischen Mitteln, allein schon mit der Wahl der Farben und der Pinselführung, verriet er seine Kunstfertigkeit und Genialität.

„So möchte ich auch malen können", schwärmte Heike.

„Wer so malt, der hat ganz gewiss großes Talent. Aber ohne ein Kunststudium erreicht man nicht so eine Genialität", meinte ihre Mutter.

„So, meine Lieben, ich glaube, wir müssen uns jetzt von den schönen Bildern verabschieden", mahnte Andreas. „Wir haben schließlich noch einiges vor."

In diesem Augenblick kam ein etwa vierzigjähriger Mann mit langen mittelblonden Haaren aus dem hinteren Raum in das Atelier. An seinem mit vielen Farbklecksen beschmierten Kittel erkannten sie sofort den Maler. Er grüßte die Besucher und setzte sich dann vor seine Staffelei.

„Haben Sie sich meine Bilder angesehen? Ja, natürlich, dazu sind Sie ja hierhergekommen", beantwortete er seine Frage selbst.

„Wir finden Ihre Bilder sehr interessant. Alles ist so natürlich dargestellt. Man kann es sich gut vorstellen und fühlt sich fast in das Geschehen mit hinein versetzt", sagte Andreas. „Zum Beispiel die Natur, das Wetter und die Menschen, alles sieht völlig realistisch aus. Wir finden es wunderbar, wenn jemand solch eine Begabung hat und mit seinem Schaffen anderen Menschen Freude bereiten kann", schwärmte er. „Entschuldigen Sie, wenn ich mich mit so einfachen Worten über Ihre Kunstwerke äußere. Sie sind wirklich naturgetreu gemalt und gefallen mir wunderbar. Ausgezeichnet!"

„Danke für so viel Lob", murmelte der Maler. „Mit meinen Bildern treffe ich aber nicht den Geschmack mancher Zeitgenossen. Denen ist mein Schaffen zu simpel. Da fehlt sozusagen der Klassenkampf. Na ja", resignierte er, „ich kann auf deren Orden und Beurteilungen gut verzichten. Nur mit dem richtigen Bonbon am Revers findet man hier Anerkennung von oben. Aber nichts für ungut, ich möchte Sie mit meinen Problemen nicht belasten."

„Waren Sie schon öfter hier an der Küste?" Mit diesen Worten wechselte er das Thema.

„Es ist unser erster Ostseeurlaub, und wir sind restlos begeistert vom Meer, der Landschaft und von unseren netten Wirtsleuten. Außerdem war das Wetter bisher traumhaft schön. Schade nur, dass der Urlaub so schnell vorbei ist, in ein paar Tagen reisen wir schon wieder ab", antwortete Simone.

„Ja, so ist es wohl immer, wenn es am schönsten ist, muss man schon wieder Abschied nehmen", antwortete er und nickte mehrfach mit dem Kopf.

Dann wandte er sich den Kindern zu: „Habt ihr zwei euch nicht gelangweilt, meine Bilder betrachten zu müssen?"

„Nein, überhaupt nicht. Sie gefallen uns sehr", gab Heike bereitwillig Auskunft. „Es war doch auch unser Wunsch, einmal in ein richtiges Atelier gehen zu dürfen, und nun haben Sie sich sogar noch mit uns unterhalten. Das ist doch ein schönes Erlebnis."

Karsten nickte zustimmend zu den Worten seiner Schwester.

Der Künstler schmunzelte und erhob sich von seinem Hocker, legte den Pinsel aus der Hand und ging zu einem Schrank. In ihm bewahrte er wohl seine Materialien auf, denn er nahm etwas heraus und kam zu ihnen zurück.

„Hier habe ich was für euch", sagte er und reichte Heike und Karsten je ein Heft. „Darin sind Kopien meiner Bilder, natürlich im Kleinformat. Vielleicht gefallen sie euch, oder ihr könnt sie für euren Zeichenunterricht gebrauchen."

„Das ist ja toll. Vielen Dank, darüber freue ich mich sehr", sagte Karsten ganz begeistert und blätterte in dem Heft.

„Danke schön, da werden meine Freundinnen aber staunen, wenn ich ihnen Ihr Heft mit den Reproduktionen zeige, vielen, vielen Dank", schloss sich Heike ihrem Bruder an.

„Na, wenn das so ist, dann signiere ich euch die Prospekte, damit eure Freunde es euch auch glauben, dass wir uns kennengelernt haben."

Er schrieb die Namen der Kinder in die Kataloge, signierte mit seinem Namen, reichte sie Heike und Karsten zurück und setzte sich wieder an seine Staffelei.

„Wir danken Ihnen herzlich für Ihr Geschenk an unsere Kinder und auch für das nette Gespräch. Nun wollen wir Sie aber nicht länger stören", sagte Simone, und Andreas schloss sich an, indem er sagte: „Wir wünschen Ihnen für die Zukunft noch viele schöne Bilder und den Erfolg, den Sie ganz bestimmt verdient haben. Auch Ihre Zeit wird kommen, dessen bin ich mir ganz sicher. Nochmals vielen Dank!"

Sie reichten dem Künstler zum Abschied die Hand und verließen danach das Atelier.

„Das war ein richtig tolles Erlebnis. Ich bin froh, dass wir zu dem Maler gegangen sind", sagte Karsten, der von der Begegnung sichtlich berührt war.

„Ja, da muss ich dir ausnahmsweise mal recht geben", stimmte auch Heike zu. „Ich glaube nämlich nicht, dass alle Künstler so nett sind."

Sie bummelten ein Weilchen durch das Dorf, ohne noch irgendwo etwas ganz Besonderes zu sehen. Deshalb machte Andreas den Vorschlag, zum Café auf dem Steilhang der Küste zu fahren, dort gemütlich Kaffee zu trinken und danach noch einen kleinen Strandspaziergang zu unternehmen.

Simone war von seinem Vorschlag sofort begeistert, und auch die Kinder willigten freudig ein.

„Das Café wollte ich sowieso mal kennenlernen. Es ist auf ganz vielen Postkarten abgebildet, und es soll dort schön sein, vor allem auch der Blick über die Ostsee. Das hat mir Steffen erzählt", berichtete Heike.

„Du freust dich doch schon auf einen großen Windbeutel oder fette Sahnetorte. Gib es ruhig zu!" neckte Karsten seine Schwester.

„Na klar, du kannst ja draußen bleiben und die Küste betrachten, während wir drinnen schlemmen", gab Heike schlagfertig zurück.

Auf dem Weg zum Café vertieften sich die beiden Kinder in die

Kataloge des Malers, und es herrschte völlige Ruhe im Auto.

Der Besuch des Cafés war dann für alle enttäuschend, denn die Kuchenauswahl war nur noch so gering, dass sie lediglich zwischen Apfeltaschen und Streuselkuchen wählen konnten.

„Hier sind wir wohl zu spät gekommen", resignierte Simone.

„Das macht gar nichts", tröstete Karsten, „bei Frau Vollmers gibt es heute Abend doch noch die Pilze."

„Deswegen dürfen wir auch nicht so spät zurück sein. Ich möchte ihr nämlich bei der Zubereitung helfen", informierte Simone ihre Familie.

Nach dem Besuch des Cafés wanderten sie noch ein Stück an der Steilküste entlang. Von hier war der Blick über die Ostsee besonders schön. Der Himmel war inzwischen fast wolkenlos, und unten am Strand tummelten sich schon wieder die ganz hartgesottenen Urlauber. Einige wagten sich sogar ins kühle Nass, andere hingegen hatten sich mit warmen Pullovern ausgerüstet und spielten Beachvolleyball.

In der Ferne entdeckte Karsten einen Bagger, der einige Meter vom Strand entfernt im Ostseewasser stand.

„Papa, was machen die dort?" fragte er und wies mit dem ausgestreckten Arm in westliche Richtung.

Andreas folgte mit den Augen der Armbewegung und erklärte dann:

„Das ist ein Bugsierbagger, der holt Sand zurück auf den Strand. Wenn bei starken Winden oder Unwettern das Meer sehr viel Sand von der Küste wegspült, ist das immer ein Verlust. Würde der Mensch da nicht eingreifen, wäre das Meer im Laufe der Zeit immer größer, denn der Strand würde überspült und abgetragen. Morgen zeige ich euch an unserem Strandabschnitt mal den Flutsaum und erkläre es euch genauer, wenn ihr es wissen wollt.

Was die Männer dort tun, ist eine ganz wichtige Aufgabe zur Erhaltung der Küste."

Karsten wiederholte mit seinen eigenen Worten noch einmal die Erläuterungen seines Vaters, indem er sagte: „Sie sorgen also dafür, dass die Ostsee sich nicht vergrößert und den Menschen das Land raubt."

Sie schauten alle vier noch ein Weilchen in die Ferne, denn es war interessant zu sehen, wie Sand auf den Strandabschnitt zurück geblasen wurde.

„Ob wir morgen auch wieder an den Strand gehen können?" wollte nun Heike wissen.

„Das glaube ich ganz bestimmt. Morgen scheint die Sonne wieder, und der Regen ist vorbei", meinte Simone. „Ich habe es heute früh im Wetterbericht gehört."

„Das ist gut. Nur schade, dass wir in drei Tagen schon wieder nach Hause fahren. Ich wäre gern noch länger hier. Es ist alles so schön", äußerte Heike in aufkommender Abschiedsstimmung.

Noch bevor jemand seiner Tochter beipflichten konnte, sagte Andreas: „Sei froh, dass wir noch ein paar Tage bleiben können. Denk an deine Freundin Conni, für die schon längst der Alltag wieder eingekehrt ist. Aber jetzt machen wir uns erst einmal auf den Heimweg, sonst wird es zu spät, und Mutti kann Frau Vollmers nicht mehr beim Kochen helfen."

Als sie dann nach fast einer Stunde in ihrer Ferienunterkunft ankamen, zog ein verführerisch guter Duft durch das ganze Haus.

„Oh, riecht das hier lecker", schwärmte Andreas, und zu seiner Frau gewandt sagte er: „Nun aber schnell in die Küche!"

Dort wurde sie von Frau Vollmers freudig empfangen: „Ach wie schön, dass Sie schon da sind, Simone. Ich habe noch eine Frage an Sie und zwar möchte ich gern wissen, wie Ihre Familie das

Fleisch am liebsten isst. Wollen Sie Rostbrätl nach Thüringer Art oder lieber panierte Schnitzel essen?"

„Das ist eigentlich egal", antwortete Simone ohne lange überlegen zu müssen, „wir essen beides gern und richten uns da ganz nach Ihnen."

„Dann machen wir Rostbrätl. Sie schmecken wunderbar zu unseren Pilzen. Als Beilage essen wir Toastbrot oder möchten Sie lieber Kartoffeln?"

„Nein, Toastbrot ist schon in Ordnung. Das wird ja ein richtiges Festessen.

Aber jetzt sagen Sie mir bitte, wie ich Ihnen helfen kann."

Simone ging Frau Vollmers geschickt zur Hand, und bald war alles für das gemeinsame Abendessen fertig.

Als Heike in die Küche kam, um sich ebenfalls nützlich zu machen, war bereits alle Arbeit getan, so dass sie nur noch beim Eindecken des Tisches helfen konnte.

„Heike, würdest du nun alle zum Essen rufen", sagte Frau Vollmers, „und damit du nicht jeden einzeln rufen musst, habe ich ein Hilfsmittel für dich."

Sie öffnete die Schranktür und entnahm einem Karton eine wunderschöne Messingglocke.

„Wenn du damit läutest, werden dich alle hören, auch mein Mann, der sich noch im Garten zu schaffen macht."

Heike nahm ihr die Glocke ab und betrachtete sie von allen Seiten.

„Die ist ja toll. Wo gibt es denn so etwas Schönes zu kaufen?" wollte sie wissen.

„Bei uns leider nirgends. Sie ist ein Geschenk meiner Hamburger Cousine. Sie hat uns die Glocke bei ihrem letzten Besuch mitgebracht."

Auch Simone bestaunte nun das schöne Stück und meinte anerkennend: „Das ist wirklich ein ganz besonderes Geschenk, geschmackvoll, formschön und wertvoll."

Heike ging nach draußen und läutete ein paarmal kräftig. Schon nach wenigen Minuten kamen Steffen, Frank und Herr Vollmers von draußen herein.

„Hm, wie das bei euch duftet", rief Steffen, und Frank erkundigte sich, wann es mit dem Galadiner denn endlich so weit sei.

„Was meint ihr, warum Heike geläutet hat? Wir warten jetzt nur noch auf Karsten und seinen Papa", lautete die knappe Antwort seiner Mutter.

„Ich verschwinde noch mal kurz im Bad", sagte Herr Vollmers.

„Und ich läute noch mal für Papa und meinen Bruder", erklärte Heike und ging in den Flur. Dort öffnete sie ein wenig die Tür zum Schlafzimmer der Eltern, streckte den Arm mit der Glocke durch den Spalt und läutete ein paar Mal sehr kräftig.

„Hallo, schlaft ihr?" rief sie dann laut in den Raum hinein.

„Nein, wir kommen schon", lautete die Antwort wie aus einem Munde.

Andreas und Karsten betrachteten nun ebenfalls staunend und bewundernd die schöne Glocke, die Karsten ebenfalls einmal läuten musste, und gingen dann zusammen mit Heike in die Küche zu den anderen.

Der große Küchentisch war für alle acht Personen festlich gedeckt, und der Duft von leckerem Essen tat sein Übriges, so dass die Gerufenen schnell Platz nahmen.

Frau Vollmers füllte die Teller, und Simone ging ihr dabei zur Hand. Das gemeinsame Essen und der Gedanke, dass jeder seinen Beitrag geleistet hatte, war Grund genug, dass es allen wunderbar schmeckte. Sogar dem vor dem Essen noch skeptischen Karsten mundeten die Pilze ausgezeichnet.

Seine Angst vor einer Vergiftung war beim Anblick der fröhlich speisenden Tafelrunde verschwunden.

Als das gemeinsame Abendessen beendet war, sagte Heike: „Weil die beiden Frauen, vor allem Frau Vollmers, so wunderbar für uns alle gekocht haben, schlage ich vor, Steffen, Frank, Karsten und ich räumen gemeinsam den Tisch ab und spülen das Geschirr. Als unser kleines Dankeschön sozusagen."

„Das ist eine gute Idee, dann können wir uns im Wohnzimmer einen Verdauungsschnaps genehmigen", begrüßte Herr Vollmers fröhlich diesen Vorschlag.

„Ja, so wird es gemacht", willigte Frau Vollmers ein.

„Sie verwöhnen uns über alle Maßen. Wie können wir das nur wieder gutmachen?" fragte Andreas.

„Kommen Sie, wir gehen schon ins Wohnzimmer", forderte Herr Vollmers Simone und Andreas auf. „Unsere Kinder machen das schon. Komm, Mutti, du hast doch gehört, was Heike gesagt hat."

Doch bevor Frau Vollmers folgte, schaute sie Heike fragend an.

„Ja, ja wir machen das schon. Ruhen Sie sich mal ein bisschen aus", antwortete Heike bestimmt und begann, den Tisch abzuräumen.

Später, als das blitzblank gespülte Geschirr wieder in den Schränken stand, holte Frank seinen ungarischen Zauberwürfel und führte Karsten vor, wie flink und geschickt er die bunten Reihen drehen konnte, um jede der sechs Seiten des Würfels mit einer anderen Farbe zu bekommen. Das gelang ihm in Windeseile. Karsten staunte und wollte es seinem neuen Freund gleichtun, aber es gelang ihm nicht. Er drehte an allen Seiten, aber es war nicht leicht und erforderte so viel Geschick und Geduld. Doch Karsten gab so schnell nicht auf.

Weil alle beschäftigt waren, fiel es niemandem auf, dass Heike und Steffen die Küche verlasen hatten und gemeinsam zu einem kleinen Abendspaziergang aufgebrochen waren.

Als sie nach einer Weile mit roten Wangen und gut gelaunt wieder eintrafen, holte Steffen den Kasten mit den Brettspielen und bald schallte lautes Lachen zu den Erwachsenen ins Wohnzimmer hinüber, weil es beim „Mensch ärgere dich nicht" keine Gnade gab und jeder Rauswurf mit lautem Lachen gefeiert wurde. Gegen zweiundzwanzig Uhr wünschten sich alle eine „Gute Nacht", denn für Herrn Vollmers klingelte am nächsten Morgen bereits um fünf Uhr der Wecker, und darauf nahmen alle Rücksicht. Die nächsten Tage verliefen wieder ganz nach Plan. Die Sonne schien bereits am frühen Morgen. Am blauen Himmel war kein einziges Wölkchen zu sehen, und dem Urlaubsvergnügen am Strand stand nichts im Wege.

Für Familie Bauer waren es leider schon die letzten Urlaubstage, die sie an der Ostsee genießen konnten, und so langsam beschlich sie Wehmut. Jeder würde gern noch länger hier bleiben. Aber das ging nicht. Deshalb genossen sie die letzten Tage am Meer ausgiebig. Wenn gegen Abend fast alle Strandbesucher schon gegangen waren, kehrte völlige Ruhe ein, Stille, die zu genießen man fähig sein musste. Jetzt gehörte das herrliche Stück Natur ihnen ganz allein. Vom Wasser her wehte eine leichte Brise, und kühle Luft zog heran und legte sich über den Strand, so dass Simone die Kinder ermahnte, ihre Pullis überzuziehen. Sie selbst setzte sich dann auf die Mole, die aus stabilen, dicht an dicht in den Meeresboden gerammten Holzstämmen bestand, und schaute zu, wie die Sonne im Westen unterzugehen begann und mit ihren gelb-roten Strahlen das Wasser glitzern und gleißen ließ. Manchmal ließ sich, nur eine Armlänge von ihr entfernt, eine Möwe nieder. Sie schien sich ein Abendessen von Simone zu erhoffen und manchmal hatte sie sogar Glück, denn die Kinder warfen ihr das übrig gebliebene Essen zu, welches sie gierig in sich hinein schlang, um anschließend mit leisem Flügelschlag wieder davon zu fliegen.

Simone genoss die abendliche Stimmung am Meer. Sie genoss jetzt diese wunderbare Stille um sich herum, schaute über die Weite der See und betrachtete das Firmament, das mit dem Meer zusammenzustoßen schien. Sie hörte den leichten Wellenschlag des Wassers, das klatschend ans Ufer schwappte und nahm seinen Geruch nach Salz wahr, der sich hin und wieder direkt hier an der Mole mit einem leichten Geruch nach Moder vermischte. Sie sah im Sand die Spuren von großen und kleinen Füßen, die Reste von verlassenen Sandburgen und die Abdrücke der Liegeplätze von den Badegästen und wusste, dass am nächsten Morgen alles wieder sauber und frisch aussehen würde, weil Meer und Wind dafür sorgten. Dann würde das gleiche frohe Treiben wieder beginnen wie an all den anderen Tagen zuvor.

Sie dachte darüber nach, welch großes Glück für sie alle doch die herzliche Atmosphäre im Hause der Familie Vollmers ist und auch die Bekanntschaft mit Familie Groth, mit Anke und Florian stimmte sie froh. Sie erinnerte sich an den Ankunftstag und das Verhalten ihrer Kinder, die am liebsten gar nicht aus dem Auto gestiegen wären, weil sie sich einen Urlaub an der Ostsee ganz anders vorgestellt hatten. Simone schmunzelte ein wenig bei diesem Gedanken. Nun war alles gut, besser hätten sie es gar nicht treffen können.

Andreas riss Simone aus ihren Gedanken. Er schoss noch ein

paar Erinnerungsfotos von seiner Frau und den Kindern und mahnte dann zum Aufbruch.

Den letzten Abend verbrachten sie wieder mit Familie Vollmers. Sie saßen gemeinsam in der gemütlichen Küche am großen Tisch aus alter stabiler Eiche, spielten Rommé und redeten und lachten viel. Allerdings fiel auf, dass Heike nicht so fröhlich und unbeschwert war wie an allen anderen Tagen.

Da sagte plötzlich Steffen: „Heike, du musst nicht traurig sein, nächsten Sommer sehen wir uns alle wieder. Ich hoffe jedenfalls, dass ihr euren Urlaub dann auch wieder hier verbringen wollt."

„Wenn deine Eltern uns unterbringen können, wäre das traumhaft schön", antwortete Heike.

„Na klar, mein Mädchen", wandte sich nun auch Frau Vollmers an Heike, „das habe ich alles schon mit deinen Eltern abgemacht. Nun sei mal nicht traurig, sonst fangen meine Jungs gleich noch an zu weinen."

Alle schmunzelten. Sie hatte die Stimmung wieder einmal gerettet. Was aber niemand sah: Steffen hatte unter dem Tisch Heikes Hand ergriffen und drückte sie fest.

Am nächsten Morgen nach dem Frühstück hieß es Abschied nehmen. Andreas wollte möglichst früh starten, weil er eine weite Fahrt vor sich hatte.

Als das Gepäck verstaut war, umarmten sich alle herzlich. „Bis nächstes Jahr. Bleibt alle gesund und für heute eine gute Heimfahrt!" wünschten Herr und Frau Vollmers.

„Vielen, vielen Dank für alles! Das war unser schönster Urlaub, den wir je hatten, und das verdanken wir Ihnen", sagte Simone und umarmte Frau Vollmers herzlich. „Bleiben auch Sie gesund. Wir lassen bald von uns hören." Ihr Abschied von Herrn Vollmers fiel ebenso herzlich aus.

Obwohl Heike tapfer sein wollte, rannen ihr ein paar Tränen über die Wangen.

„Ein Jahr ist doch gar nicht so lang", meinte Steffen und nahm sie in den Arm. „Wir schreiben uns, abgemacht?"

Heike nickte. „Ja, ganz bestimmt!" Ihre Stimme klang weinerlich.

Nachdem sich alle verabschiedet hatten, stiegen Andreas, Simone, Heike und Karsten ein.

Familie Vollmers nahm auf dem Weg vor ihrem Haus Aufstellung und winkte, bis das Auto mit ihren Urlaubsgästen im Wald verschwand.

„Schade, von lieben Menschen trennt man sich nur ungern", sagte Herr Vollmers.

Frank nickte, schaute Steffen an und meinte: „Was soll da erst mein Brüderchen sagen? Er ist doch total verknallt!"

„Davon verstehst du noch nichts, also rede nicht so", belehrte ihn seine Mutter. „Kommt mit, jetzt gibt es erst mal im Haus zu tun. Da brauche ich eure Hilfe."

Sie hakte sich bei ihren Söhnen ein und verschwand mit ihnen im Flur, während ihr Mann in den Garten ging.

Wenige Tage später steckte eine Postkarte im Briefkasten. Heike schrieb im Namen der ganzen Familie. Sie teilte mit, dass die Heimfahrt gut verlaufen war und kündigte einen baldigen Brief an.

Frau Vollmers reichte die Karte an Steffen weiter, der sie leicht errötend las und dann lächelnd zu seinem Vater in den Garten ging.

Träume weiter, Eva!

Eva Kremberg schob den Stapel der aufeinander geschichteten Ordner zur Seite. Auf ihrem Schreibtisch war wieder einmal alles in Unordnung geraten.

Ständig wurden Informationen benötigt, was in einem großen Medienunternehmen wie diesem an der Tagesordnung und selbstverständlich war. Doch jetzt hoffte sie, nicht gleich wieder gestört zu werden. Bis zum Feierabend wollte sie unbedingt ihren Bericht für den Chefredakteur fertig haben. Sie strich sich die blonden Haare aus dem Gesicht und setzte sich an den Computer. Die Arbeit ging ihr flink von der Hand. Alle aussagekräftigen, notwendigen Informationen aus ihren Recherchen arbeitete sie geschickt in die Berichte ein. Sie hatte es sich von Anfang an zum obersten Prinzip gemacht, alles Wichtige aus Interviews oder aus eigenen Recherchen zu bedeutsamen Bauvorhaben in der Region und zu deren späteren Ausführungen, Fertigstellungen und Einweihungen zu notieren. Genauso hielt sie es auch mit imposanten Begegnungen mit interessanten Menschen. Sowohl über kulturelle Events als auch über sportliche Großveranstaltungen und über Interviews mit den einfachen Menschen auf der Straße hatte sie sich stets Notizen gemacht. Sie waren für ihre Arbeit ebenso wichtig wie ihre eigenen Eindrücke und persönlichen Meinungen, die sie stets als Randbemerkungen auf ihren Kladden festhielt.

Gemeinsam mit dem Kollegen Bach hatte sie das letzte Event besucht, doch den Pressebericht hatte der Chef ihr übertragen, während Kollege Bach mit der Fotodokumentation beauftragt wurde.

Eva wusste, dass er ihre Arbeit schätzte, denn er hatte sie für ihren großen Arbeitseifer und ihre Genauigkeit in der Recherche ebenso wie für ihre gut verfassten journalistischen Texte und ihre Redegewandtheit in Redaktionssitzungen schon gelobt, was bei ihm eine außerordentlich seltene Maßnahme war. Obwohl sie sich darüber freute, war es ihr den Kollegen gegenüber manchmal peinlich. Schließlich verrichteten sie alle gute Arbeit. Doch niemand in ihrem Arbeitsteam missgönnte ihr das Lob.

Nun arbeitete Eva schon das dritte Jahr mit ihnen zusammen, und alle schätzten sie wegen ihres freundlichen Auftretens und ihrer großen Hilfsbereitschaft, wegen ihrer Zuverlässigkeit und Gründlichkeit bei der Arbeit. Sie selbst war glücklich, dass sie diesen Arbeitsplatz bekommen hatte.

Sie fühlte sich hier, in dieser ehemaligen Männerdomäne, rundum wohl.

Sie konnte sich noch gut erinnern, wie sie sich vor drei Jahren als junge Absolventin beworben hatte. Sie hatte gerade ihr Journalistikstudium erfolgreich abgeschlossen und suchte dringend eine Stelle als Redaktionsvolontärin.

Also hatte sie mehrere Bewerbungsschreiben zusammen mit den notwendigen Zeugniskopien an verschiedene Unternehmen verschickt und war glücklich gewesen, als sie nach einigen Absagen endlich eine Einladung zum Vorstellungsgespräch von ihrem jetzigen Arbeitgeber erhalten hatte.

Bereits wenige Tage nach Eintreffen des Briefes war sie mit dem Auto ihres Vaters in die fränkische Stadt gefahren.

Eine halbe Stunde vor dem angegebenen Termin hatte sie pünktlich ihren Zielort erreicht gehabt. Sie hatte das Auto auf dem Parkplatz des Unternehmens abgestellt und sich die Fassaden des Gebäudekomplexes und die schönen Grünanlagen mit den

Blumenrabatten angesehen. Nicht schlecht, hier könnte es mir gefallen, das war ihr erster Eindruck gewesen. Nach einem kurzen Blick in ihren Taschenspiegel hatte sie sich die Lippen nachgezogen, die Haare gekämmt, sie hatte die Hose ihres besten Anzuges glatt gestrichen, obwohl das gar nicht notwendig gewesen wäre, und sich zum Eingang des Hauptgebäudes begeben.

Eva war eine couragierte junge Frau, die immer und überall ihren Mann gestanden hatte, aber jetzt, so kurz vor einem so entscheidenden Gespräch, war ihr ein wenig mulmig zu Mute geworden. Doch dann hatte sie sich an die Worte ihres Vaters erinnert, die er ihr mit auf den Weg gegeben hatte.

„Keine Bange, Eva. Du schaffst das!" hatte er gesagt. Also gut, hatte sie gedacht und mit gemischten Gefühlen das Gebäude betreten. An einer Orientierungstafel hatte sie schnell das Büro des Chefredakteurs gefunden und sich sofort dorthin begeben.

Die Sekretärin war über den Termin des Vorstellungsgespräches informiert gewesen, hatte sie freundlich begrüßt und beim Chef angemeldet. Wenig später hatte Eva dann dem Chefredakteur gegenüber Platz nehmen dürfen und ihm Rede und Antwort stehen müssen.

„Sie müssen wissen, dass unsere Arbeit kein Honigschlecken ist" und „Hier wird mit harten Bandagen gekämpft" waren zwei seiner Aussagen gewesen, die Eva wie Kampfansagen vorgekommen waren und lange im Gedächtnis gehaftet hatten. Doch das Wichtigste des Gespräches war die Zusage gewesen, als Volontärin in diesem Medienunternehmen arbeiten zu dürfen.

Eva schob ihre Gedanken von sich und beendete den Bericht. Sie las ihn noch einmal durch und war mit ihrer Arbeit zufrieden.

So, mal sehen, wie weit Kollege Bach ist, dachte sie und erhob sich. Sie druckte schnell noch das Geschriebene aus und begab sich zum Schreibtisch ihres Mitarbeiters, auf dessen Arbeitsplatz es genauso chaotisch aussah wie auf ihrem.

Neben Laptop und Drucker, Heftern, Ordnern und Zeitungen häuften sich jede Menge Fotos von verschiedenen Einsätzen. Hier in ihrem großen Gemeinschaftsbüro mit fünf Schreibtischen, mit großen lichtdurchfluteten Fenstern und einem angenehmen Raumklima herrschte stets eine günstige Arbeitsatmosphäre.

„Ich habe meinen Bericht fertig und wollte mal fragen, wie es mit den Fotos aussieht", wandte sich Eva an Kollegen Bach.

„Gut sieht es aus", lautete seine fröhliche Antwort. „Ich lege Ihnen mal eine Auswahl vor, und Sie bestimmen, welche am besten zum Bericht passen."

Er nahm seine Mappe mit den Fotos aus einer Schreibtischschublade und breitete sie vor Eva aus.

Diese sah sich in aller Ruhe die Bilder an, während er ihren Bericht las.

„Gute Arbeit", lobte er anschließend den journalistischen Text seiner jungen Kollegin.

„Und prima Fotos, das muss ich schon sagen. Ich würde diese als besonders gut zum Text passend bezeichnen. Ja, sie sind wirklich perfekt."

Sie hatte aus der Vielzahl der Fotos fünf ausgewählt und reichte sie ihrem Kollegen.

„Was meinen Sie, diese Fotos unterstreichen doch ausgezeichnet die Aussagen des Textes."

„Hm, okay! Der Chef wird zufrieden sein. Ihr Bericht ist wie immer spitze!"

Er klopfte ihr anerkennend auf die Schulter und setzte sich wieder hinter seinen Schreibtisch.

Eva wollte gerade gehen, da erschien Frau Schmidt, die

Chefsekretärin, mit einem jungen Mann in der Tür des Büros.

„Ich möchte Ihnen unseren neuen Volontär vorstellen. Er wird einige Zeit bei uns sein und soll zunächst in diesem Büro seinen Arbeitsplatz haben", sagte sie. „ Da seit Montag Kollege Niemeyer im Urlaub ist, kann er zunächst an dessen Schreibtisch arbeiten. Alles andere wird noch geregelt. Ich denke, Sie machen sich mit unseren Mitarbeitern erst einmal bekannt", wandte sie sich an den Neuen, „und wenn es noch Fragen gibt, kommen Sie zu mir. Ich muss zurück in mein Büro."

Sie drehte sich um und ging.

Der Neue stellte sich den vier anwesenden Kollegen vor. „Ich heiße Ronald Schradel, bin sechsundzwanzig Jahre alt und habe Medienwissenschaften studiert. Ich bin zurzeit Diplomand, das heißt, ich bereite mich auf meine Diplomarbeit vor. Dazu möchte ich während des Volontariats hier im Unternehmen Medienerfahrungen im journalistischen Bereich sammeln. Sie wissen schon: Recherchieren, Beschaffen von Informationen, Interviews führen und natürlich Texte schreiben. Aber das muss ich Ihnen ja nicht erläutern. Sie machen diese Dinge jeden Tag."

Er machte eine kurze Pause und setzte dann fort: „Übrigens, für meine Freunde bin ich Ron. Wenn Sie wollen, können Sie mich auch so nennen."

Er ging von einem zum anderen und reichte jedem die Hand.

Als er sich Eva vorstellte, sagte er: „Ich schätze, wir sind ungefähr gleich alt. Also, ich bin Ron."

„Und ich heiße Eva und bin sofort wieder weg. Ich muss nämlich etwas schreiben."

Ohne noch weiter auf ihn einzugehen, ging sie zurück an ihren Schreibtisch.

Sie hatte an einer Kolumne zu arbeiten und vertiefte sich sofort in diese Aufgabe. Hin und wieder ging ihr Blick jedoch durch die gläsernen Abtrennungen zwischen den Arbeitsplätzen hinüber zu dem Neuen.

Ein ganz sympathischer Kerl, dachte sie, und mit dem Alter, das könnte hinkommen.

Er hat gesagt, er ist sechsundzwanzig. Na ja, dann ist er also zwei Jahre jünger als ich.

Ron stand gerade am Schreibtisch des Kollegen Wiesner, der ihn in irgendein interessantes Gespräch verwickelt zu haben schien. Sie wirkten beide recht fröhlich, was bei Heinz Wiesner eigentlich fast nie vorkam.

Eva hatte sogar auf Grund seines förmlichen Verhaltens immer eine gewisse Scheu vor ihm gehabt, bis Frau Schmidt, die Chefsekretärin, ihr einmal erzählt hatte, dass Wiesner seit ein paar Jahren verwitwet ist und dass sein einziger Sohn von einer Reise nach Australien nicht nach Deutschland zurück gekommen sei. Wiesner lebe nun allein in seinem Haus und habe jede Menge Arbeit mit dem großen Anwesen.

Von diesem Tag an konnte Eva seine Verbitterung über das Leben verstehen, zumal er bereits die Sechzig überschritten und sich seinen Lebensabend in gemütlicher Runde mit Frau und Enkelkindern ausgemalt hatte. Er war vom Leben enttäuscht. Alles was ihm geblieben war, war seine Arbeit. Sein gesamtes Berufsleben hatte er hier in diesem Unternehmen verbracht und war stets ein zuverlässiger und einsatzfreudiger Mitarbeiter gewesen, auf den sich alle verlassen konnten.

Es freute Eva, als sie sah, dass der Neue ihn mit irgendetwas zum Lachen gebracht hatte.

Er scheint ein netter Mensch zu sein, dachte sie. Er ist fast so alt wie ich, das hat er ja schon herausgefunden. Mit seiner schlanken, aber keineswegs dünnen Gestalt und den dunkelblonden kurz geschnittenen Haaren könnte er mir sogar gefallen. Seine graublauen Augen hatten auch so etwas Besonderes, so ein Strahlen, das mir gleich aufgefallen ist. Er hat auf jeden Fall einen guten Eindruck auf mich gemacht.

Es kann ja auch nicht schaden, wenn mal wieder ein frischer Wind in unserem Laden weht, dachte sie. Manchmal ist es hier mit den alten Herren ziemlich trist. Na ja, Kollege Bach hat oft kesse Sprüche auf Lager. Ansonsten ist er aber ein braver Familienvater. Da ist es mit dem Kollegen Niemeyer schon anders. Vor ihm sollte man sich in acht nehmen. Er hat seit Jahren schon den Ruf eines Weiberhelden, was mich aber völlig kalt lässt, weil er sowieso nicht mein Typ ist. Mir kann er jedenfalls nicht gefährlich werden. Ich finde ihn einfach nur arrogant. Von dem habe ich mich von Anfang an ferngehalten, und so wird es auch bleiben.

Außer unserem bedauernswerten Herrn Wiesner sitzt da drüben noch Kollege Jeschke. Er ist zweifellos eine ausgezeichnete Fachkraft, von dem Ronald Schradel eine ganze Menge lernen kann. Seine Reportagen sind stets von besonderer Qualität. Sie zeichnen sich durch großes Fachwissen und sprachliche Brillanz aus, was jedem Leser sofort auffallen muss. Ansonsten ist mit dem Jeschke nicht viel los.

Sie schaute zu ihm hinüber und schüttelte leicht mit dem Kopf. Vielleicht bemerken Männer es gar nicht, dass er wenig Wert auf sein Äußeres legt, dachte sie. Seine viel zu langen Haare sind schon eine ganze Ewigkeit nicht mehr geschnitten worden, und seine speckige Hose und die abgelatschten Absätze seiner Schuhe sind geradezu Zeugnis von mangelnder Pflege. Ich weiß gar nicht, ob der überhaupt Hobbys hat, Vereinsleben, einen Garten oder sonst irgendetwas?

Als Privatperson ist er jedenfalls ein Langweiler. Na ja, das kann mir auch egal sein.

Der Neue wird schon seine eigenen Erfahrungen machen. Ich werde jedenfalls meine Meinung über die Kollegen für mich behalten, beschloss Eva.

Kurz vor Dienstschluss kam der Chefredakteur zu ihnen herein.

„Ich nehme an, dass Sie sich mit unserem neuen Mitarbeiter schon bekannt gemacht haben. Frau Kremberg, Sie haben nun die ehrenvolle Aufgabe, einen qualifizierten Fachkader mit auszubilden und somit vielleicht sogar für geeigneten Nachwuchs in unserer Branche zu sorgen."

Was soll das Gesäusel, dachte Eva. Steht der Neue unter seinem persönlichen Schutz?

„Herr Schradel wird während seines Volontariats alle Abteilungen durchlaufen. Da er in Ihrer beginnt, ist er zunächst Ihnen zugeordnet. Leider hatte ich noch keine Zeit, mit Ihnen darüber zu sprechen, liebe Kollegin. Ich möchte Sie bitten, heute eine halbe Stunde vor Dienstschluss zusammen mit Herrn Schradel zu mir zu kommen."

Er nickte ihr freundlich zu und verließ das Büro.

Eva schluckte, ihr war als hätte sie einen Kloß im Hals. Das hatte ihr gerade noch gefehlt. Da würde sie sich aber umstellen müssen, denn zum Lehrer war sie nicht geboren. Also habe ich jetzt noch eine Aufgabe mehr, resümierte sie. Leichter Ärger stieg in ihr auf.

Eine Viertelstunde nach Dienstschluss war das Gespräch zwischen ihr, dem Chefredakteur und Ron Schradel beendet, und sie verließ zusammen mit dem Neuen das Gebäude.

„Ich möchte mich bei Ihnen bedanken, dass Sie sich meiner

annehmen wollen. Also dann, auf eine gute Zusammenarbeit!" sagte Ron und reichte ihr die Hand.

„Von 'wollen' kann nicht die Rede sein. Ich wurde nicht gefragt. Also, bis morgen", antwortete sie ein wenig bissig und verabschiedete sich.

„Schönen Feierabend!"

„Den wünsche ich Ihnen auch!" sagte Ron ein wenig betreten.

Eva wandte sich um und ging zum Parkplatz. Als sie das Betriebsgelände verließ, überholte sie einen Radfahrer. Es war Ron, der in Richtung Stadt radelte.

In Gedanken überflog er noch einmal diesen ersten Tag seines Volontariats. Alles in allem gefällt es mir hier gut. Es ist ein renommiertes Medienunternehmen, in dem ich eine Menge lernen kann. Die Mitarbeiter sind sehr engagiert. Hoffentlich kann ich die Kollegin Kremberg davon überzeugen, dass ich nicht ganz unfähig bin. Sie scheint jedenfalls nicht begeistert zu sein, dass ich ihr zugeteilt wurde.

Als Eva am nächsten Morgen ins Büro kam, stand auf ihrem Schreibtisch eine Vase mit leuchtenden orangefarbenen Gerberas.

„Nanu, wie komme ich denn zu dieser Ehre? Ich habe doch noch gar nicht Geburtstag", sagte Eva erstaunt.

Außer ihr waren nur Kollege Jeschke und Ron anwesend, denn ihre Arbeitszeit begann erst in zehn Minuten.

Jeschke schaute auf den Neuen und grinste vielsagend.

„Die Blumen sind von mir. Ich möchte mich für den gestrigen Überfall entschuldigen. Ich hatte ja keine Ahnung, dass niemand wusste, dass ich in dieser Abteilung mit meinem Volontariat beginne. Es war deutlich zu merken, dass Sie nicht begeistert davon sind."

Ron hatte sich von seinem Stuhl erhoben und war zu Evas

Schreibtisch gekommen. „Ich verspreche Ihnen, dass ich mir Mühe gebe und Sie nicht mehr belaste als unbedingt nötig."

Eva war von der Direktheit seiner Worte verblüfft.

„Danke für die schönen Blumen. Aber das ist eine einmalige Sache, die nicht nötig gewesen wäre. Und dass Sie sich Mühe geben wollen, das erwarten wir sowieso von Ihnen. Also, in fünf Minuten besprechen wir, was Sie heute machen werden."

Ron war ein wenig verlegen geworden. Die Frau weiß, was sie will, dachte er sich und ging zurück zu Niemeyers Schreibtisch. Ganz schön emanzipiert und auch ein bisschen kratzbürstig, gefällt mir aber trotzdem, resümierte er.

Dann nahm er die Schreibutensilien aus seiner Tasche und legte sie ordentlich auf den Schreibtisch.

Wenig später winkte ihn Eva zu ihrem Arbeitsplatz. Sie erklärte ihm seine Aufgabe, gab ihm Hinweise, welche Aspekte zu berücksichtigen seien, nannte ihm Textquellen, wo er recherchieren konnte und verwies auf Leserbriefe, auf die er in seinem Bericht für die Tageszeitung eingehen könnte. Es war eine sehr umfassende Aufgabe. „Wenn Sie Fragen haben, kommen Sie zu mir."

Ron machte sich Notizen, während Eva die Aufgabe weiter erläuterte.

„Gut, dann bin ich wohl für heute versorgt", sagte er und ging zurück an Niemeyers Schreibtisch.

Als später die Mittagspause begann, gingen Eva, Ron und die Kollegen Bach und Jeschke gemeinsam in die Kantine. Eva bemerkte sofort, wie einige junge Kolleginnen aus anderen Büros den Neuen musterten und über ihn sprachen. Aha, das Interesse ist groß, dachte Eva belustigt. Doch Ron schien nichts bemerkt zu haben. Er hatte Eva gegenüber Platz genommen und ließ sich sein

Mittagessen schmecken.

Da sich nach der Mahlzeit die Raucher auf die Terrasse begaben, erhoben sich auch Eva und Ron und verließen die Kantine.

„Gehen Sie auch eine rauchen?" fragte Ron.

„Nein, solch ein Laster habe ich zum Glück nicht. Wie steht es denn mit Ihnen?"

„Meine Eltern waren in diesem Punkt immer sehr streng. Mein Vater ist Arzt, er hätte das Rauchen niemals geduldet. Er und natürlich auch meine Mutter haben meine Schwester und mich sehr gesundheitsbewusst erzogen.

Außerdem habe ich immer Sport getrieben, und da wäre Rauchen sowieso kein Thema gewesen."

„Welche Sportart haben Sie denn betrieben?" fragte Eva interessiert.

„Das war sehr unterschiedlich, bis zum Abi war es die Leichtathletik. Später ging ich zum Tennis, und im Winter war ich zum Skifahren oft in den Bergen. Jetzt bleibt es meistens beim Joggen oder Schwimmen. Es kommt ganz darauf an, wie viel Zeit ich habe."

„Schön", sagte Eva, „Bewegung ist auf jeden Fall gut." Sie gingen gemeinsam noch ein Stück durch die Anlagen und kehrten dann in ihr Büro zurück.

Als Eva sich eine Stunde vor Dienstschluss bei Ron erkundigte, wie weit er mit seiner Arbeit sei, reichte er ihr seinen fertigen Bericht. Er hatte alle Hinweise beachtet und sich sowohl in seinen Formulierungen als auch im Satzbau nicht einen einzigen Lapsus geleistet. Die inhaltlichen Ausführungen entsprachen genau dem, was Eva gefordert hatte, so dass sie mit seiner Arbeit sehr zufrieden sein konnte.

„Ich bin beeindruckt, Ron. Ich sehe, Sie haben heute Morgen

verstanden, worauf es hier ankommt. Der Bericht kann so bleiben. Ich nehme ihn gleich mit zum Chefredakteur."

Eva legte ihn zu den anderen Unterlagen in ihrer Mappe und verließ das Büro.

Kurz vor Dienstschluss kehrte sie an ihren Arbeitsplatz zurück. Sie nickte ihrem jungen Kollegen zu und sagte: „Alles okay!"

In den nächsten Wochen erwies sich Ron als ein kluger und selbständig arbeitender Kollege, der alle im Büro angenehm überraschte. Wie an seinem ersten Arbeitstag versprochen, bereitete er Eva wenig zusätzliche Arbeit.

Von Kollegen aus anderen Abteilungen war sie schon mehrfach gefragt worden: „Na, wie macht sich denn der Neue?" Sie hatte immer die gleiche Antwort geben können: „Er arbeitet selbständig, ist zuverlässig und gewissenhaft. Wir sind zufrieden mit ihm."

Eva erwischte sich jetzt des Öfteren dabei, dass sie nach Feierabend an Ron dachte. Jede freundliche Geste von ihm bekam mehr Gewicht als die der anderen Kollegen. Es war zur Gewohnheit geworden, dass sie gemeinsam in die Kantine zum Essen gingen. Als eine Regenperiode einsetzte und Ron noch kein eigenes Auto besaß, nahm Eva ihn mit ihrem Auto mit zur Arbeit und setzte ihn nach Feierabend vor seiner Wohnung, die genau auf ihrer Strecke lag, wieder ab.

An einem Freitag sagte Ron zu ihr: „Es wird nun langsam Zeit, dass ich mich für das Mitfahren revanchiere. Ich möchte Sie gerne heute Abend zum Essen einladen. Darf ich Sie so gegen neunzehn Uhr abholen?"

„Das ist ja eine Überraschung! Für das Mitfahren müssen Sie sich aber nicht revanchieren, das habe ich gern getan. Außerdem ist es kein Umweg für mich", antwortete Eva.

„Trotzdem", beharrte Ron, „ich hole Sie gegen sieben ab."

„Na gut, ich freue mich", war Evas ehrliche Antwort. Sie bemerkte, dass ihr eine leichte Röte ins Gesicht stieg.

Zu Hause stand sie dann vor ihrem geöffneten Kleiderschrank und überlegte, für welche Garderobe sie sich entscheiden sollte. Sie hatte genügend Auswahl. Sollte sie ein schickes Kostüm tragen oder lieber einen Hosenanzug? Nach kurzem Überlegen entschied sie sich aber für das kleine Schwarze, ein Kleid, das sie bisher nur einmal getragen hatte und das ihr ausgezeichnet gefiel.

Als es gegen sieben an der Wohnungstür klingelte, öffnete dem überraschten Ron eine sehr elegante junge Frau. Eva hatte sich eine zarte silberne Kette mit einem wunderschönen Anhänger umgelegt. Sie trug über ihrem schwarzen Kleid einen breiten lachsroten Seidenschal und dazu passend schwarze Pumps. Ihre Haare hatte sie zu einer lockigen Hochsteckfrisur sehr geschickt frisiert.

„Wow. Sie sehen fantastisch aus, einfach umwerfend!" rief Ron begeistert. „Entschuldigung, erst einmal Guten Abend, Eva!"

Eva errötete. „Kommen Sie herein. Ich bin gleich so weit."

Sie bat Ron Platz zu nehmen, während sie sich ihren hellen Sommermantel holte.

Nur gut, dass ich wenigstens meinen grauen Anzug angezogen habe, dachte er und schaute sich im Wohnzimmer um. Er war begeistert von der Farbharmonie und der geschmackvollen Einrichtung des Raumes, der sehr viel Gemütlichkeit ausstrahlte.

Als Eva eintrat, sagte er: „Eva, Sie überraschen mich mit ihrem guten Geschmack immer wieder. Schön haben Sie es hier."

„Danke, klein aber mein. Ja, ich fühle mich hier auch wohl. Für mich reicht diese kleine Wohnung", antwortete sie.

Während sie die Wohnungstür abschloss, fragte sie: „Wohin entführen Sie mich eigentlich?"

„Ich habe beim Italiener einen Tisch bestellt. Hoffentlich ist Ihnen das recht", räumte er ein.

„Dort war ich bisher nur ein einziges Mal. Es ist ein Nobelrestaurant, Ron, das sollten Sie wissen."

„Keine Sorge, ich habe mich vorher erkundigt, wo es Ihnen gefallen könnte und wo wir lecker essen können. Dieser Abend soll ja etwas Besonderes sein. Da muss das Ambiente stimmen. Ich freue mich jedenfalls, dass es mit der Tischreservierung beim Italiener geklappt hat."

Er musterte Eva von der Seite und stellte erneut fest, dass sie wunderschön aussah.

Während sie zu Fuß durch die abendlichen Straßen gingen, unterhielten sie sich über die kulturellen Möglichkeiten, die es hier gab.

„Mir gefällt diese Stadt richtig gut. Mit zwei Kinos, einem Theater, dem Sportstadion, dem schönen Stadtpark und seinen Erholungsmöglichkeiten und natürlich auch mit den vielen Geschäften lässt es sich hier gut leben", schwärmte Eva, „und außerdem bin ich mit meinem Arbeitsplatz rundum zufrieden."

„Ich würde in Zukunft auch gern hier leben, aber das hängt natürlich davon ab, ob ich in unserem Medienunternehmen einen Arbeitsvertrag bekommen kann. Es hat ja noch ein Weilchen Zeit, zunächst bin ich froh, dass ich mein Volontariat hier machen kann", erwiderte Ron.

Sie waren inzwischen in die Straße eingebogen, in der sich das italienische Restaurant befand und mit großen elektrisch beleuchteten Lettern seine Besucher begrüßte.

Ron und Eva betraten das Gebäude, wo sie sofort von einem freundlichen Kellner, der mit einem schicken weißen Hemd, mit roter Fliege, schwarzer Weste und gleichfarbiger Hose bekleidet war, empfangen wurden. Mit seinem pechschwarzen Haar und seiner sonnengebräunten Haut ließ sich die italienische Herkunft nicht leugnen.

Er führte sie zu einem freien Tisch und nahm Eva dienstbeflissen den Mantel ab, um ihn zur Garderobe zu bringen.

Eva und Ron nahmen Platz. Sie schauten sich im Lokal um und waren angenehm überrascht. Alle Tische waren komplett eingedeckt. Das Porzellan war vom Feinsten, und die Gläser mit ihren großen Kelchen blitzten und blinkten im Lichtschein der Lampen. Wertvolle silberne Bestecke fanden ebenso Bewunderung wie die blütenweißen Servietten aus edlem Leinen, die in silbernen Serviettenringen steckten.

Noch bevor Eva und Ron ihre Umgebung weiter in Augenschein nehmen konnten, brachte ihnen der Kellner die Speisekarten. Obwohl die Auswahl riesengroß war, konnten sie sich schnell entscheiden. Eva wählte Tagliatelle mit Lachs und Ron bestellte Tagliatelle „Lombardia". Für den Wein zum Hauptgang ließ er sich vom Kellner beraten, da ihm die entsprechenden Kenntnisse fehlten. Dieser bedankte sich höflich bei seinen Gästen für die Bestellungen und eilte in die Küche.

Wenig später servierte er ihnen einen Begrüßungsschnaps und gleich danach die Vorsuppe, beides auf Kosten des Hauses. Ron und Eva waren angenehm überrascht. Nachdem sie die leckere Suppe gegessen hatten, schauten sie sich ein wenig im Restaurant um.

Hier in diesem vornehmen italienischen Ambiente gefiel es ihnen sehr. An den Wänden hingen stilvoll gerahmte Kopien von Kunstwerken bekannter italienischer Maler wie Michelangelo, Bellini und Leonardo da Vinci, die in vergangenen Jahrhunderten gelebt hatten. Auf weißen Säulen standen ein paar edle Statuen aus echtem Marmor. Zusammen mit anderen Dekorationen widerspiegelten sie hervorragende italienische Kunst und vornehmen landestypischen Geschmack. Im Hintergrund erklangen leise Gitarrenmusik und italienischer Gesang.

„Mir gefällt es hier ausgezeichnet. Es ist alles wunderschön. So ein Restaurant hat doch besonderes Flair! Selbst die Gäste haben sich mit ihrer Garderobe der Vornehmheit der Lokalität angepasst", sagte Eva, deren Blick noch immer durch dieses ganz besonders vornehme Lokal schweifte.

„Es freut mich, dass es Ihnen auch so gut gefällt wie mir." Ron war sichtlich erleichtert, denn er hatte bisher Evas Geschmack in solchen Dingen nicht gekannt.

Der Kellner kam und servierte ihnen den Hauptgang. Dann füllte er den Weißwein in die Gläser und wünschte ihnen einen guten Appetit.

Ron hob sein Glas und sprach einen Toast aus. Er bedankte sich bei Eva für alles, was sie für ihn getan hatte, für die große Hilfsbereitschaft und Geduld bei der Arbeit und für die häufige Mitfahrgelegenheit in ihrem Auto. Sogar ihre interessanten und manchmal auch amüsanten Gespräche vergaß er nicht zu erwähnen. Eva lachte und bat ihn nicht zu übertreiben.

Dann ließen sie sich das Essen schmecken. Beide waren mit der Wahl ihres Gerichtes sehr zufrieden. Auch der Wein war ausgezeichnet.

Der Kellner kam und erkundigte sich, ob alles in Ordnung sei.

„Alles bestens, wir sind begeistert", sagte Ron, und Eva bestätigte seine Antwort: „Es schmeckt ausgezeichnet."

Er lächelte zufrieden und fragte: „Darf es zum Abschluss noch ein Nachtisch sein? Vielleicht ein kleines Champagnertörtchen?"

Ron schaute Eva fragend an und sagte: „Heute dürfen wir mal

schlemmen, Eva."

Ohne eine Antwort abzuwarten, nickte er dem Kellner bestätigend zu. Dieser dankte für die Bestellung und sagte: „Sie werden es nicht bereuen" und wandte sich neuen Gästen zu, die am Eingang standen.

„Das Lokal ist gut besucht. Es sind kaum noch Plätze frei", sagte Eva.

Ron drehte sich ein wenig um und schaute zu den Neuankömmlingen.

„Ach nee, der Jeschke! Hoffentlich platziert ihn der Kellner nicht in unserer Nähe."

Neugierig geworden schaute Eva zu den drei Personen hin, denen gerade ein Tisch zugewiesen wurde. Außer Jeschke kannte sie niemanden. Er war in Begleitung von zwei älteren Frauen. Sie nahmen an einem Tisch auf der gegenüber liegenden Seite des Raumes Platz. Jeschke setzte sich mit dem Rücken zu ihnen.

„Wie ich Jeschke einschätze, wird er uns gar nicht bemerken. Ich habe auch keine Lust ihn zu begrüßen", sagte Eva.

„Das denke ich auch. Wir lassen uns den schönen Abend nicht verderben, wir tun einfach so, als hätten wir ihn nicht gesehen."

Eva musste sich ein Lachen verkneifen. Sie nickte. Genau das hatte sie auch gedacht.

Sie prosteten sich zu und genossen ihr leckeres Essen. Nach dem zweiten Glas Wein waren sie in einer so fröhlichen Stimmung, dass Eva Ron fragte: „Können Sie sich noch an ihren ersten Tag in unserem Büro erinnern? Wissen Sie noch, was Sie damals zu mir gesagt haben?"

Ron schaute sie ein wenig unsicher an und zuckte mit den Schultern. „Sagen Sie es mir. Ich habe keine Ahnung."

„Dass wir fast gleichaltrig sind", erwiderte Eva lachend, „darum schlage ich vor, dass wir uns von nun an duzen."

Ron strahlte: „Du bist großartig! Das müssen wir begießen."

Sie tranken Brüderschaft, und Ron küsste Eva zum ersten Mal.

Der Kellner brachte ihnen den Nachtisch, er war der Höhepunkt eines fantastischen Diners. Auf geschwungenen weißen Schalen stand jeweils ein feines rundes Törtchen, das mit Sahnehäubchen und Locken aus weißer und brauner Schokolade garniert war. Ein paar raffiniert platzierte Himbeeren auf fruchtiger Himbeersauce, fein dekoriert mit frischer Minze, umringten das köstliche Naschwerk. Es war nicht nur schön anzusehen, sondern auch der krönende Abschluss eines ausgezeichneten Essens.

Der Kellner erfreute sich jedes Mal beim Servieren dieser lukullischen Spezialität an den überraschten Gesichtern seiner Gäste.

„Guten Appetit", wünschte er, „es wird Ihnen ganz bestimmt schmecken."

„Prego!" versuchte Ron sich in dürftigem Italienisch zu bedanken, worauf der Kellner sie lächelnd verließ.

„Also, Eva, wenn die Törtchen nur halb so gut sind wie sie aussehen, dann erwartet uns jetzt ein Hochgenuss. Lass es dir gut schmecken", sagte er und schaute sie liebevoll an. „Es ist ein wunderschöner Abend. Ich freue mich sehr, dass wir zusammen hier sein können."

„Hm, lecker! Nein, lecker ist nicht der richtige Ausdruck. Himmlisch!"

Eva ließ die Köstlichkeit auf der Zunge zergehen. Auf das, was Ron da eben gesagt hatte, erwiderte sie nichts.

Gegen zweiundzwanzig Uhr mahnte Eva zum Aufbruch.

„Wollen wir wirklich schon gehen? Der Abend hat doch erst begonnen." Ron tat, als sei er sehr enttäuscht.

„Ich weiß da so eine kleine Bar in der Nähe. Was hältst du davon, wenn wir dort noch mal reinschauen?" erwiderte Eva.

„Ja, das ist die Idee!" Ron war sofort einverstanden. Er winkte den Kellner an ihren Tisch und bat um die Rechnung.

Wenig später gingen sie zur Tür, um das Lokal zu verlassen. Der freundliche Italiener begleitete sie und bedankte sich für ihren Besuch.

Ron legte seine Hand um Evas Schultern und sagte ihr noch einmal, wie sehr es ihm gefallen hat. Eva lächelte ihn an. Beide bemerkten nicht, dass Jeschke ihnen mit großen, erstaunten Augen nachsah.

Etwa zehn Minuten später betraten sie die Bar. Hier herrschte eine gediegene Stimmung bei leiser Musik und bengalischer Beleuchtung.

Ein kleiner Tisch mit zwei Sesseln war noch frei. Hier nahmen sie Platz. Die meisten Gäste befanden sich auf der Tanzfläche. Andere saßen auf hohen Hockern an der Bar und tranken Cocktails.

„Wollen wir tanzen?" fragte Ron.

„Sehr gern", war Evas ehrliche Antwort.

Sie begaben sich auf die Tanzfläche und bewegten sich nach den Klängen der dreiköpfigen Band, die in ihrer Musikauswahl leise und romantische Weisen bevorzugte und damit die Tanzpaare, überwiegend junge, verliebte Leute, in die richtige Stimmung brachte.

Ron hielt Eva fest im Arm. Er drückte sie leicht an sich. Sie tanzten enger als sie es sonst gewohnt war. Aber sie wehrte sich nicht, sie ließ es geschehen. Ron war ein ausgezeichneter Tänzer, was sie erstaunte und worauf sie ihn auch gleich ansprach.

Er lächelte: „Das ist das Ergebnis eines Tanzkurses, den ich zusammen mit meiner Schwester vor zwei Jahren besucht habe. Cornelia wollte unbedingt teilnehmen. Da aber ihre Freundinnen die Tanzstunden schon hinter sich hatten und sie nicht allein hingehen wollte, musste ich ihr Begleiter sein."

Eva lächelte: „Ja, ein großer Bruder ist manchmal unbezahlbar. Schade, dass ich keinen habe."

„Ich habe aber auch davon profitiert, denn sonst könnte ich heute nicht mit dir tanzen." Er umfasste Eva noch etwas enger, so dass sie ihren Kopf an seine Schulter lehnte. Als der Tanz zu Ende ging, wandte Ron sein Gesicht ganz dicht an das ihre und küsste Eva liebevoll auf den Mund.

An ihrem Tisch angekommen, bestellte er beim Ober eine Flasche Sekt.

„Ron, der Sekt geht auf meine Rechnung", sagte Eva entschieden.

„Meinst du, ich bin pleite?" lachte Ron. „Meine Eltern unterstützen mich immer noch großzügig. Du musst wissen, dass mein Vater eine Praxis hat, in der auch meine Mutter als Fachärztin mitarbeitet. Selbstverständlich bin ich froh, dass ich mit dem Studium fertig bin. Aber trotzdem wollen meine Eltern mir noch unter die Arme greifen bis ich eine Festanstellung habe. Also, kein Wort mehr über den schnöden Mammon, verstanden?"

Eva gab zunächst keine Antwort. Sie dachte kurz über das eben Gehörte nach. So, so, begüterte Eltern, die ihren Sohn großzügig sponsern, dachte sie. Hoffentlich verdirbt das nicht den Charakter.

Ron riss sie aus ihren Gedanken. Er hatte vom Kellner die Sektflasche entgegen genommen, weil er selbst eingießen wollte. Nun reichte er Eva das Glas und stieß mit ihr auf den schönen Abend an.

Als die Band wieder zu spielen begann, forderte Ron sie erneut auf. Er hatte beim ersten Tanz schon gemerkt, wie gern und gut Eva tanzte. Auf der Tanzfläche bewegten sich jetzt nur wenige Paare. Darum hatte er den nötigen Platz, eine 'flotte Sohle auf's Parkett' zu legen. Eva hielt er dabei fest im Arm und führte sicher nach den Rhythmen der Musik. Sie spürte seinen Körper nahe an ihrem. Es kam ihr so vor, als schwebe sie. Liebevoll schaute Ron sie an und drückte leicht ihre Hand. Diese Berührung löste etwas in ihr aus, ein Gefühl, eine Empfindung, gegen die sie sich nicht wehren konnte. Sie kannte dieses unbeschreibliche Gefühl nicht und vergaß die Menschen um sich herum. Sie küsste Ron hier in aller Öffentlichkeit.

Als die Musiker eine Pause einlegten, begab sich Eva auf die Toilette, um sich ein wenig frisch zu machen. Ihr Gemütszustand war in Aufruhr. So etwas war ihr bisher noch nie passiert. Was ist los mit mir? Habe ich den Verstand verloren? Was weiß ich schon von Ron? Ihre Gedanken kreisten um das, was eben geschehen war. Habe ich mich in ihn verliebt?

Ein wenig trotzig dachte sie: Warum eigentlich nicht! Er ist so einfühlsam und lieb, er sieht sehr gut aus, ist intelligent und nicht gebunden. Ich will es genießen, wenn Ron genauso denkt und empfindet wie ich.

Sie ging zurück in die Bar.

Die Zeit verging wie im Fluge. Als Eva zufällig auf ihre Armbanduhr schaute, erschrak sie. Es war bereits zwei Uhr dreißig.

„Wir sollten den schönen Abend beenden, Ron. Es ist bereits sehr spät."

„Ist das dein Ernst?" erwiderte er entrüstet und bettelte geradezu:

„Ich könnte noch stundenlang mit dir tanzen und reden, Eva. Morgen ist doch Samstag, und wir müssen nicht ins Büro."

„Du weißt doch, wenn es am schönsten ist, soll man gehen. Aber nun mal im Ernst. Ich habe mir für morgen eine Menge liegengebliebene Hausarbeit vorgenommen und eine Freundin will auch am Nachmittag vorbeischauen."

Ron sah man ein bisschen die Enttäuschung an, aber er akzeptierte Evas Argumente.

„Lass uns aber wenigstens noch einmal tanzen, bitte."

Eva erhob sich und sagte lächelnd: „Aber gern, Ron. Du schmollst aber nicht mehr. Traurige Männer bringen mich zum Weinen."

Ron musste lachen. Er war ebenfalls aufgestanden. „Weißt du eigentlich, was für ein Schatz du bist?"

Eva gab keine Antwort. Sie zuckte mit den Achseln und nahm es als Kompliment.

Er legte seinen Arm um sie und führte sie zur Tanzfläche.

Als die Musiker dann eine Pause einlegten, gingen sie zurück zum Tisch.

Wenig später verließen sie die Bar.

„Es war ein wunderschöner Abend, für den ich mich bei dir bedanken möchte, Ron", sagte Eva. Sie meinte es ehrlich, denn sie war schon lange nicht mehr in Begleitung eines Mannes ausgegangen. Seit ihre Jugendliebe kurz nach dem Abitur zerbrochen war, hatte sie keine feste Beziehung mehr gewollt. Ihre Enttäuschung war damals zu groß gewesen.

„Wir können es doch bald wiederholen", erwiderte Ron erfreut.

Als sie vor Evas Wohnung ankamen, fragte sie höflich: „Möchtest du noch einen Kaffee bei mir trinken?"

Doch Ron verneinte: „Du hast morgen einiges vor und inzwischen ist es schon drei Uhr. Es ist lieb von dir, aber es ist besser, wenn ich jetzt gehe. Also, Eva, schlafe gut und träume was Schönes."

Er umarmte und küsste sie noch einmal. Dann wartete er noch, bis sie hinter der Eingangstür verschwand.

Am Montagmorgen, als Eva ins Büro kam, war Jeschke schon da.

Er sah sie kritisch, ein wenig hämisch grinsend an und fragte: „Na, ein schönes Wochenende gehabt?"

„Ja, wunderbar, Kollege Jeschke. Danke der Nachfrage", antwortete sie freundlich, ohne auch nur ein wenig Verlegenheit zu zeigen. Jeschke setzte sich an seinen Schreibtisch und stellte seinen Computer an, ohne noch einmal nachzufragen.

Eva machte sich ebenfalls daran, mit ihrer Arbeit zu beginnen.

Nach etwa zwanzig Minuten erschien endlich auch Ron. Er wirkte ein wenig niedergeschlagen, fast traurig.

„Ah, die Jugend kommt wohl montags nicht so gut aus dem Bett?" begrüßte ihn Jeschke.

Ron warf ihm nur einen unfreundlichen Blick zu und trat an Evas Schreibtisch.

„Guten Morgen, Eva", sagte er, aber nicht so fröhlich wie sonst und wie sie es gerade heute erwartet hätte. Irgendetwas schien anders zu sein. Eva hatte ein feines Gespür für solche Feinheiten.

„Frau Schmidt hat mich in ihr Büro gerufen und mir offeriert, dass ich ab heute für die nächsten Tage oder sogar Wochen bei ihr aushelfen muss, weil eine Kollegin erkrankt ist. Darüber bin ich nicht sehr erfreut, aber ich sehe die Notwendigkeit natürlich ein. Also, Kollege Jeschke, jetzt gibt es für Sie wieder mehr zu tun."

Eva verkniff sich ein Grinsen. Zu Ron gewandt sagte sie: „Da wollen wir mal hoffen, dass die Kollegin nicht allzu lange krank ist und wir dich schnell wieder haben."

Ron packte seine Sachen zusammen und sagte: „Also, dann gehe ich mal. Wir sehen uns in der Mittagspause."

Er nickte Eva zu und verließ das Büro.

Diese tat so, als vergrabe sie sich in ihre Arbeit. In Wirklichkeit aber dachte sie über das eben Gehörte nach.

So ein Mist, dachte sie. Oder ist es gerade jetzt besser, dass wir nicht den ganzen Tag im gleichen Raum sind? Der Jeschke mit seinen Anspielungen geht mir sowieso auf den Geist.

Sie gab sich innerlich einen Ruck und bereitete sich auf die Redaktionssitzung vor, die in zwei Stunden beginnen würde.

Von nun an sah sie Ron nicht mehr regelmäßig. Als er die Vertretung im Sekretariat beendet hatte, weil die erkrankte Frau Sommer wieder gesund war, wurde er für einige Wochen in der Herstellungsabteilung eingesetzt.

Doch an einem Freitag gab es für Eva eine Überraschung. Sie war erst vor einer Stunde nach Hause gekommen, als es laut an ihrer Wohnungstür klingelte. Besuch erwartete sie nicht. Wer sollte es schon sein? Vielleicht wollte die Nachbarin ihr etwas mitteilen oder sie um einen Gefallen bitten, wie sie es manchmal tat. Eva öffnete also nichtsahnend die Wohnungstür.

Vor ihr stand Ron. Mit einem strahlenden Lächeln im Gesicht begrüßte er Eva und sagte: „Hast du vielleicht etwas Zeit für mich?"

„Hallo, Ron", erwiderte Eva und reichte ihm die Hand. „Das ist ja eine echte Überraschung. Mit dir hätte ich jetzt nicht gerechnet. Aber komm doch erst mal rein."

Sie gingen ins Wohnzimmer, wo Eva ihren Gast bat, Platz zu nehmen, während sie sich in der Küche der Putzhandschuhe entledigte und sich vor dem großen Spiegel im Flur schnell ihre Haare ordnete.

Dann ging sie ins Wohnzimmer zurück und nahm Ron gegenüber Platz.

„Was hast du auf dem Herzen? Es muss etwas Außerordentliches sein, wenn du mich zu Hause aufsuchst", sagte sie, und ein kleiner Vorwurf klang in ihrer Stimme.

„Ja, das ist es auch. Hast du ein bisschen Zeit oder ist dein Feierabend schon verplant?"

„Ich gehe heute Abend mit meiner Freundin ins Kino. Wir sind für neunzehn Uhr dreißig miteinander verabredet. Aber warum fragst du?"

„Schau mal aus dem Fenster auf die Straße. Direkt vor deiner Wohnung steht meine Überraschung", sagte Ron und strahlte wie ein glückliches Kind.

„Du machst mich neugierig", erwiderte Eva und ging zum Fenster.

„Wow, ist das dein Auto?" fragte sie mit erstauntem Gesicht. „Seit wann hast du es? Und dann gleich so eine Nobelmarke! Herzlichen Glückwunsch!" Sie sah Ron an und bemerkte erneut, wie sehr er sich freute.

„Ich wollte dich zu einer kleinen Spritztour einladen, denn zu zweit macht es mehr Freude als allein."

„Eigentlich dürfte ich nicht mitkommen, aber es wird sich ja nicht um Stunden handeln. Also gut, ich hole nur schnell noch meine Jacke."

Wenig später stiegen Eva und Ron in seinen Wagen.

„Du bist mein erster Beifahrer", strahlte Ron.

Sie fuhren durch die belebte Innenstadt und bogen dann in die Ortsumgehungsstraße ein, um anschließend durch die schöne fränkische Landschaft ins nächste Dorf zu fahren.

Dort kehrten sie um, denn Eva bestand darauf, dass sie wegen des geplanten Kinobesuches zurück müsse.

Während der Fahrt sprachen sie über die Besonderheiten dieses Autos, über den Spritverbrauch, über Neuheiten gegenüber dem Vorgänger, über den Kaufpreis und vieles andere. Ron berichtete von der Großzügigkeit seiner Eltern, die ihn ganz selbstverständlich unterstützt hatten. Eva hörte ihm interessiert zu. Sie hätte dem Gespräch gern eine andere Richtung gegeben. Aber sie unterließ es. Darüber, dass sie sich schon eine längere Zeit privat nicht mehr getroffen und nur sehr selten miteinander telefoniert hatten, fiel kein Wort.

Als Ron vor Evas Wohnung hielt, meinte er ganz beiläufig: „Ich habe so etwas gehört, dass wir zwei demnächst zur Einweihung eines Ferienparks geschickt werden. Es soll an einem Freitag sein. Das genaue Datum weiß ich allerdings noch nicht. Du sollst mir helfen, eine ordentliche Reportage zustande zu bringen. Aber alles Weitere darüber wird dir der Chef selbst sagen."

„So, so, davon weiß ich noch nichts", gab Eva ziemlich wortkarg zur Antwort und stieg aus.

Ron stieg ebenfalls aus dem Wagen. „Danke, dass du mitgekommen bist. Also dann, viel Spaß mit deiner Freundin im Kino."

„Danke! Tschüss, Ron, bis Montag!"

Sie wandte sich um und ging ins Haus.

Eva war froh, wieder in ihrer Wohnung zu sein. Sie ärgerte sich über sich selbst. Doch zum Glück hatte sie ihre Gefühle unter Kontrolle. Niemals wieder würde sie Ron zeigen, dass sie sich in ihn verliebt hatte. Das war an jenem Abend ein einmaliges Ereignis gewesen und würde es auch bleiben. Wie war das wohl bei Ron? Sie empfand so viel für ihn, aber war es bei ihm auch so? Der gemeinsame Abend damals beim Italiener und anschließend in der kleinen Bar war unauslöschlich in ihren Erinnerungen. Sie hatte sich in ihn verliebt und sich mit ihm so gut gefühlt. Aber er schien alles schnell vergessen zu haben. War es für ihn nur eine Episode?

Warum holt er mich überhaupt zu einer Spritztour mit seiner Nobelkarosse ab? Was wollte er damit bezwecken? Sollte ich nur sehen, wie begütert seine Eltern sind und damit auch er?

Fragen über Fragen wirbelten Eva durch den Kopf. Sie konnte sich keinen Reim darauf machen.

Schließlich ärgerte sie sich, überhaupt mitgefahren zu sein.

Schluss, jetzt wird nicht mehr gegrübelt, dachte sie. Am besten, ich vergesse Ron.

Als sie am Montagmorgen ihren PKW auf dem Firmenparkplatz abstellte, parkte auch der Chefredakteur gerade sein Auto. Er kam auf Eva zu, begrüßte sie und bat sie, im Laufe des Vormittags doch in sein Büro zu kommen.

„Ja, selbstverständlich", antwortete Eva. Sie ahnte, dass es sich um die Dienstreise handelte, von der Ron etwas angedeutet hatte.

Am Nachmittag wusste sie mehr. Sie sollte mit Ron der Übergabe des neuen Ferienparks beiwohnen und ihn zuvor auf die Reportagen und das Führen der Interviews vorbereiten.

„Natürlich sollen nicht Sie die Texte verfassen, sondern Ronald Schradel soll beweisen, dass er bei uns schon einiges gelernt hat. Sie sollen ihm die nötige Hilfestellung geben. Wir wissen, dass wir uns hundertprozentig auf Sie verlassen können, Frau Kremberg. Außerdem sind Sie beide die jüngsten Mitarbeiter unter unseren Journalisten. Deshalb denke ich, dass Sie sich noch gut an eigene Ferienerlebnisse in ähnlichen Anlagen erinnern.

Dazu kommt noch, dass es an einem Wochenende ist. Da sind die verheirateten Mitarbeiter gerne bei ihren Familien. Ich hoffe, ich habe Ihr volles Verständnis. Sollte es noch Fragen geben, bin ich gerne für Sie da."

Damit war alles gesagt, und Eva war in ihr Büro gegangen.

In der Mittagspause hatte sie sich dann mit Ron verabredet und erste Absprachen getroffen.

Zwar hatten sie bis zu dem festgelegten Termin noch vierzehn Tage Zeit, die Ron für alle Recherchen sinnvoll nutzen sollte. Sie hatte sich, seit sie von ihm über diesen Auftrag informiert worden war, bereits Gedanken gemacht, worauf es in so einer Reportage ankam. Darum gab sie ihm jetzt schon alle notwendigen Hinweise und Informationen, damit auch er genügend Zeit zur Vorbereitung hatte.

Einen Tag vor der Einweihungsveranstaltung trafen sie sich nach Feierabend in Evas Wohnung, um alles durchzugehen, worauf es ankommen würde. Eva wollte hundertprozentig sichergehen, dass nichts Wesentliches vergessen würde.

Als alles besprochen war, fragte Ron, ob es Eva recht sei, dann in seinem Auto mitzufahren.

„Zwei Autos für zwei Personen auf einer Dienstreise, das vergütet die Firma nicht. Da müssen wir uns schon einigen. Mir ist es egal, wer fährt. Ich kann auch fahren, das macht mir nichts aus", war ihre sachliche Antwort.

„Also, dann fahre ich", antwortete Ron. „Ich hole dich morgen um zehn Uhr ab. Die Einweihungsfeierlichkeiten beginnen um vierzehn Uhr. Ich rechne mit zwei Fahrstunden. Dann müssten wir sogar noch genügend Zeit haben, uns ein bisschen umzuschauen."

„Ich darf meine Kamera nicht vergessen. Fotos sind ganz wichtig bei so einer Berichterstattung", sagte Eva.

Wenig später verabschiedete sich Ron.

Am nächsten Morgen klingelte es pünktlich zur verabredeten Zeit. Eva war bereits startklar. Sie verschloss ihre Wohnungstür, verließ das Haus und stieg in Rons Auto.

Es war ein schöner Morgen, vielleicht etwas zu warm für Mitte September.

Ron fuhr recht zügig, und so ließen sie bald die Stadt hinter sich. Doch die Ortsdurchfahrten durch größere und kleine Dörfer beanspruchten mehr Zeit als Ron gedacht hatte. Als sie endlich die Bundesstraße verlassen konnten und auf die Autobahn aufgefahren waren, kamen sie zügiger voran. Eva stellte fest, dass Ron die ersten kleinen Schwierigkeiten als Fahranfänger mit seinem fabrikneuen Auto überwunden hatte. Deshalb sagte sie: „Du fährst schon sehr sicher mit dem neuen Auto."

„Na ja, ich habe ja wochenlang neben der Arbeit in unserem Betrieb nichts anderes gemacht, als für die Fahrschule zu pauken und mich mit den praktischen Dingen rund ums Auto zu beschäftigen. Manchmal habe ich schon geglaubt, du bist mir böse, weil ich mich kaum bei dir gemeldet habe.

Aber ich wollte nichts von meiner Fahrschule verraten und habe deshalb ganz im Stillen die Theorie gebüffelt, bevor es dann ans Fahren ging."

Eva begriff erst jetzt, dass dies der Grund für sein wochenlanges Stillschweigen war.

„Mir hättest du aber etwas von der Fahrschule erzählen können. Vielleicht hätte ich dir sogar ein paar brauchbare Tipps geben können", meinte Eva.

„Das ist lieb von dir, aber ich wollte nicht, dass jemand etwas davon weiß. Nur für den Fall, dass ich die praktische Prüfung nicht bestehe", antwortete er ganz ehrlich und schaute Eva schmunzelnd von der Seite an.

„Männer sind doch manchmal richtige Feiglinge", lachte Eva.

Nun war ihr klar, warum Stille zwischen ihnen geherrscht hatte. Trotzdem wäre es ihr lieber gewesen, wenn Ron ihr etwas von der Fahrschule erzählt hätte. Dann hätte sie nicht versucht ihn immer wieder anzurufen und hätte sich nicht die sonderbarsten Dinge ausgedacht, warum er für sie nicht erreichbar war. Er hatte also für die Fahrschule gepaukt. Alle ihre Zweifel waren vollkommen unbegründet gewesen.

Sie hatte Ron völlig falsch eingeschätzt, was ihr nun im Nachhinein leid tat. Jetzt freute sie sich über das soeben Gehörte. Sie war erleichtert und sah auf einmal dem Tag mit gutem Gefühl entgegen.

Als sie die Hälfte der Strecke hinter sich hatten, legten sie eine kurze Pause ein.

Ron hielt auf einem Rastplatz an der Autobahn, denn nach weiteren dreißig Kilometern würde ihre Fahrroute auf der Bundesstraße weitergehen und dort würden sie keinen Rastplatz vorfinden. Sie vertraten sich ein wenig die Füße, aßen ein paar saftige Äpfel, die Ron aus seiner Tasche nahm und setzten dann ihre Fahrt fort.

Pünktlich zur vorgesehenen Zeit hatten sie das Ziel ihrer Reise erreicht. Die Vielzahl der bereits am Ferienpark stehenden Autos ließ sie erahnen, dass es sich hier um ein ganz besonderes Ereignis handeln musste, dass keiner versäumen wollte.

Die neue Anlage lag auf einem Plateau, umgeben von mehreren Berggipfeln, die sich in einer stattlicher Höhe von circa fünf- bis sechshundert Metern präsentierten. Riesige Mischwälder gaben hier auch bei Hitze viel Sauerstoff an die Luft ab. Damit befand sich die Anlage in einer ausgesprochen gesunden Bergregion.

Vom ersten Augenblick an waren Eva und Ron von dem neuen Objekt begeistert.

„Das ist eine fabelhafte Umgebung für einen Ferienpark", sagte Eva.

„Ja, schade, dass wir sie nicht nutzen können. Da möchte man gern gleich wieder Kind sein", stimmte auch Ron zu.

Sie hatten sich beide ihre Presseausweise umgehängt und betraten nun das Areal. Was sie alles zu sehen bekamen, überstieg ihre Erwartungen. Etwa fünfzig Bungalows für jeweils vier Personen waren mit modernen Einrichtungen und sanitären Anlagen ausgestattet. Ein kulturelles Zentrum mit Kinosaal und einem Saal für vielfältige Veranstaltungen und Feiern, Räume für verschiedene Arbeitsgemeinschaften, hervorragend ausgestattete Informationsräume sowie eine kleine Bibliothek und vieles mehr begeisterte jeden, der durch die Anlage ging.

Außer Wirtschaftsgebäuden mit einer modernen Großküche und einem hellen, freundlichen Speisesaal befand sich auch ein Bungalow mit einer gut ausgerüsteten Erste-Hilfe-Station sowie einem Quarantäneraum für eventuelle Notfälle auf dem Gelände.

Ein Sportplatz zum Fußball- und Handballspielen fehlte ebenso wenig wie mehrere Sandkästen für die jüngsten Gäste.

Das große Areal mit seinen zahlreichen Baumgruppen, den schönen Blumenrabatten und den vielen Ziersträuchern wirkte auf Eva und Ron wie ein wunderschöner Park. Die Landschaftsgärtner hatten hervorragende Arbeit geleistet.

Doch das größte Highlight war das Schwimmbad, das zentral auf einer Wiese die Besucher anlockte.

Eva und Ron sahen in viele staunende Gesichter und hörten begeisterte und zustimmende Worte über die phantastische Anlage.

Bei ihrem Rundgang durch das weiträumige Gelände entdeckten

sie, abgelegen von allen anderen Einrichtungen, einen Platz, an dem Lagerfeuer durchgeführt werden konnten.

Alles war bestens arrangiert. Man hatte an die Interessen und Wünsche der Kinder und Jugendlichen ebenso gedacht wie an ihre Sicherheit und die Schonung der herrlichen Natur.

Hier musste sich einfach jeder wohlfühlen, egal ob er jung oder alt war.

„Ich glaube, Eva, wir müssen unseren Rundgang erst einmal beenden, denn die offizielle Einweihungsfeier beginnt in einer Viertelstunde", meinte Ron mit Blick auf seine Armbanduhr.

„Ja, natürlich, vor lauter Schauen und Staunen hätte ich fast den eigentlichen Anlass unserer Dienstreise vergessen. Es ist traumhaft schön hier", antwortete sie begeistert.

Sie gingen zurück in die große Festhalle, in die sie vorhin schon einmal geschaut hatten.

Dort hatte sich bereits eine große Menschenmenge versammelt.

Alle wichtigen Persönlichkeiten aus Politik und Wirtschaft in dieser Region, die Bürgermeister der umliegenden Orte, Vertreter der am Bau beteiligten Gewerke, Vertreter von Parteien, Sponsoren, interessierte Bürger aus der Umgebung, Schulklassen, Jugendliche sowie eine Musikkapelle, sie alle waren gekommen, um diesem wunderbaren Ereignis beizuwohnen.

Dann begann pünktlich zur festgelegten Zeit die Eröffnungsfeierlichkeit mit einem Kulturprogramm von Kindern und Jugendlichen der benachbarten Orte, der Festrede und verschiedenen Ansprachen von prominenten Vertretern aus öffentlichen Ämtern.

Ron machte sich eifrig Notizen, denn ein Ereignis wie dieses gab es in der gesamten Region nicht noch einmal. Seine und Evas Begeisterung von der Anlage sollte auch in der Berichterstattung spürbar zum Ausdruck kommen. Er wollte seinen Chefredakteur auf keinen Fall enttäuschen, und außerdem sollte auch Eva mit seiner Arbeit zufrieden sein. Von diesem Bericht hing vielleicht sogar seine berufliche Zukunft ab.

Nach der offiziellen Eröffnung der Ferienanlage fand für alle Interessierten ein Rundgang statt, und im Anschluss trafen sich die Presseleute zu einer Konferenz, auf der Detailfragen gestellt werden konnten.

Ron ließ nichts aus, um alle Informationen zu bekommen.

Es war nicht nötig, dass Eva ihm Hinweise gab. Er war so engagiert wie sie selbst auch immer bei ähnlichen Anlässen war. Da Ron ihre Hilfe nicht benötigte, verließ Eva die Pressekonferenz. Sie nutzte die Zeit, um möglichst viele Fotos zu machen. Dabei entdeckte sie unweit der Anlage sogar noch einen Lehrpfad, auf dem man sein Wissen zu heimischen Pflanzen, Bäumen und Vögeln überprüfen konnte, und ganz am Rande des Waldes war ein Trimm-dich-Pfad angelegt worden.

Großartig, dachte Eva, die haben aber auch an alles gedacht. Da wird keine Langeweile bei den Nutzern aufkommen. Schade, dass es zu meiner Zeit so etwas nicht gab. Sie hatte als Kind nur ganz normale Jugendherbergen kennengelernt.

Eva schaute während ihres Rundganges öfter zum Himmel. Der Tag war bisher sehr schön verlaufen. Das Wetter zeigte sich von seiner besten Seite. Die Temperaturen waren sogar wesentlich höher als vom Wetterdienst angesagt. Nun schienen jedoch dunkle Wolken am Himmel aufzuziehen.

Als Eva zurückging, war es bereits siebzehn Uhr. Die Pressekonferenz wird gleich beendet sein, dachte sie.

Da drängte sich auch schon der Pulk von Pressekollegen aus dem Gebäude. Sie brauchte gar nicht lange auf Ron zu warten.

„Hallo, Eva", rief er ihr zu, winkte und eilte ihr entgegen. „Ein paar interessante Einzelheiten habe ich noch erfahren. Alle Informationen zusammen reichen für mehr als für einen Bericht. Vielleicht können wir den Chef zu einer Fortsetzungsserie, die aus Text- und Bildmaterial besteht, überreden." Ron war ganz in seinem Element.

Eva schmunzelte. „Warum nicht, wir müssen ihm nur genügend interessante Informationen und aussagekräftiges Bildmaterial liefern, dann ist er sicher einverstanden. Unsere Leser sind froh, wenn wir sie mal über etwas Schönes umfassend informieren. Das ist in der heutigen Zeit besonders wichtig. Ich glaube, dass meine Fotos auch gut gelungen sind. Wir schauen sie uns nachher zusammen an und wählen die besten aus."

Eva hatte kaum ihren Satz beendet, da fuhr sie erschrocken zusammen. Plötzlich und völlig überraschend zuckte ein greller Blitz am Himmel, gefolgt von einem laut krachenden Donner.

„Das hat gerade noch gefehlt! Ein Gewitter an einem so schönen Tag", schimpfte sie.

„Wollen wir das Gewitter hier abwarten oder schon zurück fahren? Es ist am besten, wir gehen in den Speisesaal. Dort gibt es heute für die Besucher ein kaltes Büfett und natürlich auch Getränke."

Wind kam auf, und es wurde ungemütlich. Wenig später fielen auch schon die ersten dicken Regentropfen. Die Besucher begannen zu rennen. Sie stürmten entweder zu ihren Autos oder zum Wirtschaftsgebäude, in dem sich der Speiseraum befand. Eva und Ron schlossen sich eilig der zweiten Gruppe an.

Sie hatten sich gerade noch früh genug in Sicherheit gebracht, da prasselte der Regen richtig los. An den großen Fensterscheiben rannen ganze Bäche von Regenwasser herab. Sie bildeten, vom peitschenden Wind getrieben, kleine Seen auf den Wegen rund um das Gebäude.

„Mit solch einem starken Gewitter hat niemand rechnen können", meinte Ron. „Gut, dass die offizielle Veranstaltung schon beendet ist."

„Hoffentlich ist das Gewitter bald vorüber. Ich will nicht behaupten, dass ich Angst davor habe, aber unangenehm ist es mir schon", gab Eva ehrlich zu.

„Es wird sich hoffentlich nicht ewig hinziehen", bekräftigte sie noch einmal ihren Wunsch nach Wetterberuhigung.

Nachdem sie den Speisesaal betreten hatten, schaute sich Eva nach einem freien Platz um und hatte Glück. Sie entdeckte einen Tisch, an dem noch niemand saß. Dort legten sie ihre Jacken und Taschen auf einem Stuhl ab, und dann ging Ron als Erster zum Büfett. „Ich passe hier so lange auf unsere Sachen auf", sagte Eva. „Wenn du zurück bist, plündere ich das Büfett!"

Als auch sie sich wenig später ein paar Leckereien geholt hatte, bemerkten beide, dass das Gewitter sich verzogen und der Regen nachgelassen hatte.

„Jetzt lassen wir uns erst einmal unser Essen schmecken", sagte sie zu Ron und setzte dann fort: „Vom Regen einmal abgesehen, war es doch ein sehr schöner Tag. Es hat alles wunderbar geklappt, und wenn du unsere Eindrücke gut verarbeitest, wird es bestimmt ein ganz toller Bericht. Es wird dir nicht schwerfallen. Vielleicht hast du am Wochenende Zeit, schon einmal alles vorzubereiten, dann gehen wir es am Montagmorgen im Büro gemeinsam durch, und am Dienstag lieferst du dem Chef deinen Bericht und die Fotos ab. Was hältst du davon?"

„Ja, genauso machen wir das", stimmte Ron zu.

Er sah Eva lächelnd an. Sein Gesichtsausdruck war auf einmal viel lockerer und entspannter.

„Ist dir eigentlich schon einmal aufgefallen, dass wir über alles Mögliche reden, nur nicht über uns?" fragte er ganz unvermittelt.

Eva sah ihn mit großen, erstaunten Augen an. Mit solch einer Frage hatte sie nicht gerechnet. Sie errötete leicht.

„Was gibt es über uns schon zu reden?" fragte sie deshalb ein wenig abweisend.

„Immerhin hatten wir schon einmal einen sehr schönen gemeinsamen Abend, an den ich mich oft und gern erinnere", antwortete Ron mit klarer Stimme.

Eva spürte eine gewisse Verlegenheit in ihrem Gesicht aufsteigen. Ihr Herz begann auf einmal schneller zu schlagen.

„Eva, du bist eine wunderbare Frau, ich habe mich sehr auf den heutigen Tag gefreut. Ich war sofort begeistert, als ich erfuhr, dass du mit mir zusammen hierher fahren würdest."

Eva schaute Ron immer noch fragend an, doch nun begann auch sie zu lächeln.

„Ich habe den schönen Abend beim Italiener und in der kleinen Bar auch nicht vergessen. Aber danach setzte Funkstille ein. Was sollte ich also davon halten?"

„Das war doch nur wegen der Fahrschule. Das habe ich dir doch schon erklärt, Eva."

„Wenn ich einmal eine Beziehung eingehen würde, brauchte ich absolute Gewissheit und Vertrauen, anders geht das bei mir nicht", lautete ihre aufrichtige Antwort.

„Ich gelobe Besserung. Das verspreche ich hoch und heilig. Sind wir nun wieder beste Freunde?" fragte er und sah sie schmollend an.

Eva musste über seine gespielte kindliche Pose lachen. „An mir soll es nicht liegen", lenkte sie ein.

„Wir sollten so langsam an den Heimweg denken", sagte sie dann. „Wir haben noch mindestens zwei Stunden Fahrt vor uns und können im Auto noch über alles reden. Lass uns aufbrechen, Ron!"

Sie stellten ihr Geschirr auf die Ablage, verließen das Gebäude und gingen zum Auto. Das Gewitter war weitergezogen, und der Regen hatte inzwischen nachgelassen.

Trotzdem musste Ron beim Ausparken gut aufpassen, dass er nicht von der geteerten Straße abkam, denn der nasse Erdboden war schmierig und rutschig, das konnte man an den vielen Autospuren erkennen.

Als sie den Nebenweg verließen und auf die Bundesstraße einbogen, sahen sie vor sich eine lange Autoschlange. Einige Leute standen auf der Fahrbahn. Der erste Gedanke war, dass es einen Unfall gegeben hatte. Aber das war zum Glück ein Irrtum.

Ron stieg aus und erkundigte sich bei dem vor ihm stehenden Autofahrer nach der Ursache des Staus.

„Die Straße ist gesperrt. Ein Blitz hat in eine dicke Buche eingeschlagen, und nun liegt sie quer auf der Fahrbahn. Die Weiterfahrt verzögert sich um Stunden", gab er korrekt Auskunft.

Ron ging zurück zu Eva.

„ Schlechte Nachrichten! Ein auf die Fahrbahn gestürzter Baum hindert uns an der Weiterfahrt. Mindestens zwanzig Autos haben sich schon angesammelt. Die Polizei und die Feuerwehr sind bereits da. Aber ehe die Straße wieder frei ist, das kann dauern. Was machen wir nun?"

Eva sah Ron achselzuckend an. „Das weiß ich auch nicht. Aber es ist bestimmt sinnlos hier zu warten, bis die Straße wieder freigegeben wird. Das kann Stunden dauern. Tja, was machen wir nun?"

„Wir kehren um. Ich schaue im Atlas nach, welche andere Route wir nehmen können."

Während Ron wendete und zurück in Richtung Ferienpark fuhr, studierte Eva die Karte.

„Es gibt eine Möglichkeit, aber das ist ein riesiger Umweg. So ein Mist aber auch. Alles hat heute so prima geklappt und nun das!" Eva schien richtig sauer zu sein.

„Nimm es locker, wer weiß, wofür es gut ist", meinte Ron. „Zum Glück hat der Baum ja niemanden erschlagen."

Wenig später hielt er an einer günstigen Stelle an und studierte die von Eva ausgesuchte Route.

„Das ist aber ein gewaltiger Umweg. Ich glaube, es ist besser, wir fahren zurück in den Ferienpark und warten dort die Aufräumarbeiten ab. Irgendwann wird die Straße schon wieder frei sein."

„Na schön, schimpfen hilft uns auch nicht weiter. Ich hatte gerade einen derben Fluch auf den Lippen. Hauptsache, wir kommen heute überhaupt noch nach Hause." Eva bemühte sich, gelassen zu bleiben.

„Und wenn nicht? Dann schlafen wir in einem der neuen, schicken Bungalows."

„Mal bloß nicht den Teufel an die Wand", entrüstete sich Eva.

Ron schaute sie von der Seite an und verbarg ein heimliches Grinsen.

„Sei doch nicht so streng, Eva, wir leiden doch beide die gleichen Qualen."

Sie schwieg. Was wollte er ihr denn damit sagen?

Sie sagte eine ganze Weile nichts mehr, sondern vertiefte sich in die Straßenkarten im Atlas. Ron schaltete das Radio ein, er hoffte auf Verkehrsdurchsagen. Aber leider erfolgten zurzeit keine. Der Radioempfang wurde immer noch von Gewitterstörungen beeinträchtigt.

Inzwischen war er in den Nebenweg zum Ferienpark eingebogen. Als er auf dem Parkplatz anhielt, war kein einziges Fahrzeug mehr da.

Er stieg aus und ging zum Eingangstor. Doch dieses war verschlossen.

„Hier haben wohl alle die Flucht ergriffen. Auf dem Gelände ist niemand zu sehen. Im Wirtschaftsgebäude brennt auch kein Licht mehr. Das ist für uns kein gutes Zeichen", sagte er, als er zu Eva zurück kam.

„Dann war es überflüssig hierher zurück zu fahren. Wir müssen uns jetzt nur noch entscheiden, ob wir den alten Weg oder den anderen, längeren fahren wollen. Was meinst du?" Sie schaute Ron fragend an.

„Wir nehmen die Strecke, die du vorhin ausgesucht hast. Wer weiß, wie lange hier die Aufräumarbeiten dauern", erwiderte er enttäuscht und stieg wieder ein.

„Womit kann ich dich aufheitern, Eva? Die Einweihung eines schicken Bungalows durch uns beide wird nun doch nichts", sagte er, legte Eva lachend seinen Arm um die Schultern und zog sie zu sich heran.

„Also, dann starten wir mal lieber wieder", meinte er dann.

Der Heimweg gestaltete sich schwierig. Wahrscheinlich wurde der Verkehr von einigen Straßen auf die Bundesstraße, die auch sie befahren mussten, umgeleitet. Außerdem war heute am Freitagabend besonders viel Verkehr durch ins Wochenende startende Ausflügler, nach Hause zurückkehrende Pendler, und durch Jugendliche, die zur Disco und anderen Veranstaltungen unterwegs waren.

Als Ron am Ende ihrer Fahrt endlich vor Evas Wohnung anhielt, war es nach zweiundzwanzig Uhr.

Eva spürte die Müdigkeit von dem anstrengenden Tag. Deshalb verabschiedete sie sich umgehend von ihm.

„Ich wünsche dir noch einen schönen Abend. Für mich gibt es jetzt nur noch ein entspannendes Bad und dann ab ins Bett. Morgen kannst du ja deine Notizen schon ein bisschen sortieren und dir Gedanken über den Aufbau deines Berichtes machen. Wenn es Fragen gibt, komm einfach vorbei. Ich bin zu Hause", sagte sie und reichte ihm die Hand. „Trotzdem war es ein toller Tag. Danke für die gute Heimfahrt! Gute Nacht, Ron!"

„Ich hatte mir den Abend eigentlich romantischer vorgestellt. Aber du hast Recht, der Tag war anstrengend. Also, schlaf gut, Eva!"

Sie ging ins Haus, und er fuhr los.

Vor dem Einschlafen dachte sie noch lange über den erlebnisreichen Tag nach. Die vielen neuen Eindrücke musste sie erst einmal verarbeiten. Aber ihre Gedanken kreisten immer wieder um Ron. Sie hatte sich so sehr auf das Zusammensein mit ihm gefreut. Nun machte sie sich Vorwürfe, warum sie in ihrer Beziehung zu ihm keinen Schritt weiter gekommen war. Bin ich in meiner Zurückhaltung altmodisch? Einfach zu prüde? Ich weiß genau, dass ich ihn liebe. Warum kann ich es ihm nicht zeigen oder einfach sagen? Kehre ich vielleicht die ihm vorgesetzte Arbeitskollegin heraus? Das möchte ich aber auf keinen Fall. Ich sehne mich so sehr nach seiner Liebe. Vielleicht geht es ihm genauso wie mir. Ich könnte ihn jetzt anrufen und ihm genau das sagen, was ich denke und fühle. Aber wie würde er das aufnehmen?

Nein, ich rufe nicht an. Sicher schläft er schon. Vielleicht kommt er ja morgen zu mir, weil er noch Fragen zu seiner Berichterstattung hat. Es wäre schön.

Eva gähnte laut und schlief nach einiger Zeit endlich ein.

Der Rest dieses Wochenendes gestaltete sich zunächst recht eintönig. Während Eva ein paar notwendige Dinge im Haushalt verrichtete, hoffte sie immer darauf, dass ihr Telefon oder die Hausglocke läuten würde. Sie hoffte, Ron würde sie besuchen. Aber der Tag verstrich, ohne dass er aufsuchte.

Als es bereits nach zwanzig Uhr war und sie es sich mit einem Glas Rotwein auf der Couch bequem gemacht hatte, klingelte es.

Evas Herz begann schneller zu schlagen. Sie sprang von der Couch auf und eilte zur Tür.

„Hallo, Eva! Ich hoffe, ich störe nicht", sagte er und umarmte sie. „Hast du dich gut vom gestrigen Tag erholt?"

Bevor Eva eine Antwort gab, zog sie ihn in den Flur und küsste ihn.

„Ja, ich bin wieder richtig fit. Ich habe lange geschlafen, und danach war ich wieder okay." Dann setzte sie fort: „ Schön, dass du kommst. Ich habe den ganzen Tag an dich gedacht. Obwohl wir uns nicht verabredet hatten, habe ich gehofft, dass du kommst."

Ron stellte eine Flasche Wein auf den Tisch.

„Dann war es wohl so eine Art Gedankenübertragung. Ich habe mich zwar mit meiner Berichterstattung befasst, musste aber auch den ganzen Tag an dich denken."

Sie machten es sich auf der Couch bequem, nachdem Eva für Ron ein Glas aus dem Vitrinenteil ihrer Schrankwand genommen und Wein eingegossen hatte. Eine hübsche Schale mit Knabbergebäck stand bereits auf dem Tisch.

„Zum Wohl, Eva", sagte Ron, „auf einen schönen Abend!"

„Prost, Ron! Ich freue mich, dass du gekommen bist."

Während sie sich über den gestrigen Tag unterhielten, lief im Fernsehen eine fröhliche Musik- und Unterhaltungssendung mit vielen Schmusesongs, die zusammen mit dem Wein dazu beitrugen, dass sie beide bald eng aneinander geschmiegt auf der Couch lagen. Ron hatte seinen Arm um Evas Schultern gelegt, und Eva schmiegte sich verliebt an ihn.

Es wurde ein sehr schöner, für beide unvergesslicher Abend.

Als sich am nächsten Tag, es war schon fast Mittag, ein glücklicher Ron von seiner strahlenden Eva verabschiedete, sah man ihnen beiden ihr großes Glück an.

Doch sie wussten auch, dass sie sich ihre Beziehung von den Kollegen nicht anmerken lassen durften. Liebschaften am Arbeitsplatz wurden vom Chef nicht geduldet. Daher war es vor allem für Rons weiteren Verbleib in diesem Medienbetrieb von relevanter Bedeutung, keinen Ärger mit den Vorgesetzten zu bekommen.

In den nächsten Tagen und Wochen trafen sie sich regelmäßig in Evas Wohnung, und an den Wochenenden unternahmen sie gemeinsame Ausflüge in die nähere Umgebung, besuchten Theatervorstellungen und waren bei einer Galerieeröffnung dabei. Evas Leben war nun viel abwechslungsreicher und amüsanter, was vor allem Ron mit seinem fröhlichen und lebenslustigen Wesen bewirkte. Er ließ nie Langeweile aufkommen, und Eva blühte durch die Liebe zu ihm förmlich auf. Sie wünschte sich, dass ihr Leben von nun an immer so bleiben möge.

Doch leider sollte das Glück nur von kurzer Dauer sein.

Schon einige Wochen später sah alles ganz anders aus. Was Eva nie für möglich gehalten hätte, trat ein.

Ihre Freundin Julia merkte sofort, als sie Eva beim Einkaufen in der Stadt traf, dass diese bedrückt wirkte. Ihre Unbefangenheit und Fröhlichkeit schienen abhandengekommen zu sein, sie wirkte fast krank.

„Was ist los, Evchen? Geht es dir nicht gut?" wollte Julia wissen.

Da die beiden Freundinnen nie Geheimnisse voreinander hatten, erzählte Eva ihr, dass sie sich keinen Reim auf Rons Verhalten machen könne.

„Wir sehen uns nur noch sehr selten. Wenn ich ihn anrufe, ist er meistens nicht zu Hause oder er hat schon etwas vor. In den Mittagspausen im Betrieb richtet er es so ein, dass er zeitiger als ich oder erst später nach mir in die Kantine geht. Er ist bemüht, mir auszuweichen, mir möglichst gar nicht zu begegnen. Wenn wir uns doch einmal zufällig treffen, reden wir nur bangloses Zeug oder über unsere Arbeit."

Eva konnte sich einfach nicht erklären, was mit Ron los war.

„In solchen Fällen steckt meist eine andere Frau dahinter", sagte Julia. „Da musst du dir Klarheit verschaffen, stelle ihn zur Rede. Du hast es nicht nötig, dich so behandeln zu lassen."

Julia hatte ganz klare Vorstellungen von einer Beziehung.

„Ich werde mit Ron reden", antwortete Eva kleinlaut. Seit jener Nacht hatte sie ernsthaft geglaubt, dass ihrer Liebe zu Ron nichts mehr im Wege steht und er genauso denkt und fühlt wie sie. Deshalb war sie durch sein Verhalten so sehr verletzt.

„Ja, ich werde mit ihm reden", wiederholte sie noch einmal leise.

Julia schaute Eva mitleidig an und nickte.

Sie sah, wie ihre Freundin unter der augenblicklichen Situation litt. Mit seinem jetzigen Verhalten hatte Ron sie sehr verletzt. Wenn sie ihm doch einmal über den Weg gelaufen war, waren seine Antworten auf ihre Fragen nur Ausreden gewesen. Aber gerade Ehrlichkeit war für Eva immer ein wichtiges Kriterium.

Anders war eine Beziehung für sie undenkbar. Ja, sie war unglücklich, und ihr Liebeskummer quälte sie schlimmer als irgendeine Krankheit.

„Julia, du hast recht, ich muss mit Ron reden und mir Klarheit verschaffen", wiederholte sie noch einmal.

Einige Tage später, als Eva nach Dienstschluss das Büro verließ, und sich auf dem Weg zum Parkplatz befand, sah sie Ron zusammen mit einer jungen Frau aus einem Nebengebäude kommen. Sie stoppte ihren schnellen Schritt und bummelte langsam hinter ihnen her. Ron hatte sie nicht gesehen, er schien nur Augen für seine Begleitung zu haben. Sie führten ein angeregtes Gespräch und lachten viel. Doch zu Evas Verwunderung verabschiedete sich die junge Frau rasch von ihm und ging zu ihrem Auto, das sie ebenfalls hier geparkt hatte.

Eva atmete auf. Es war alles nur Einbildung, ein reiner Zufall, dass Ron zusammen mit einer Kollegin zum Parkplatz ging, sonst nichts.

Sie schlängelte sich durch die Reihen der hier geparkten Wagen und vermied es peinlichst, Ron über den Weg zu laufen. Er sollte auf keinen Fall den Eindruck haben, dass sie ihm nachspionierte.

Als sie ihr Auto startete, sah sie ihn mit seinem Flitzer vom Parkplatz fahren.

Die Gelegenheit, ihn anzusprechen, habe ich gründlich verpatzt, dachte sie nun ärgerlich

Noch vor ein paar Wochen hätte er an meinem Auto auf mich gewartet, und wir hätten Pläne geschmiedet, wie wir den Rest des Tages gemeinsam verbringen wollen. Aber diese Zeiten sind scheinbar vorbei. Er braucht mich nicht mehr, weder beruflich noch privat. Bitternis kam in ihr auf. Ich bin anscheinend zu naiv. Ich habe wirklich geglaubt, dass Ron das gleiche empfindet wie ich, dass seine Gefühle so ehrlich sind wie meine.

Aber nachlaufen werde ich ihm nicht, ganz bestimmt nicht, das habe ich nicht nötig. Ich werde ihn auch nicht zur Rede stellen. Wozu soll das noch gut sein? Vielleicht klärt sich ja doch noch alles als ganz harmlos auf.

So wie an diesem Tag ging es Eva in den nächsten Wochen fast täglich. Sie kam aus dem Wechselbad der Gefühle nicht heraus.

An einem Sonnabend, als sie zum Einkaufen auf dem Parkplatz eines Supermarktes parkte, sah sie Ron mit einer hochschwangeren jungen Frau zu seinem Auto gehen. Er trug zwei volle Taschen, die er im Kofferraum verstaute, bevor er dann galant seiner Begleitung beim Einsteigen half.

Eva stand unbeweglich neben ihrem Auto und konnte ihren Augen nicht trauen. Was war denn das jetzt? Die Frau habe ich noch nie gesehen. Ist das seine neueste Beziehung? Sie ist hochschwanger! Da wird er wohl der Vater sein, sonst würden sie ja nicht zusammen einkaufen.

Sie gab sich einen Ruck und eilte zu den Einkaufswagen und fuhr damit in den Supermarkt. Nun ist alles klar.

Er ist so ein verdammter Lügner. Gut, dass ich rechtzeitig von ihm losgekommen bin. Wie konnte ich mich nur so in einem Menschen täuschen?

Den ganzen Tag musste sie an das, was sie gesehen hatte, denken.

Erst nachdem sie am Spätnachmittag mit Julia telefoniert und ihr darüber berichtet hatte, ging es ihr besser.

„Sei froh, dass du den Mistkerl los bist", wetterte die Freundin am anderen Ende der Leitung. „Der hätte dich braves Lämmchen sowieso gar nicht verdient. Weißt du was, du kommst nachher zu mir, und wir machen uns einen schönen Abend. Wir müssen uns auch über unseren Urlaub unterhalten. Passt es dir so um neunzehn Uhr?"

Eva war mit Julias Vorschlag einverstanden. Sie war froh, eine so realistisch denkende Freundin zu haben. Ihr war es immer schon gelungen, Problemsituationen zu entschärfen.

Vor ein paar Wochen hatten sie im Reisebüro einen gemeinsamen zweiwöchigen Urlaub auf Ibiza gebucht.

„Du musst mal ein paar Tage aus dem Betrieb raus! Du wirst sehen, nach dem Urlaub geht es dir viel besser. Denk einfach nicht mehr an Ron. So einer hat dich gar nicht verdient", wiederholte Julia immer wieder.

Eva hoffte inzwischen auch, dass ein Tapetenwechsel eine gute Gelegenheit sei, auf andere Gedanken zu kommen. Der Urlaub würde ihr helfen, Abstand zu gewinnen zu allem, was mit Ron zusammenhing.

Eva vergrub sich von nun an ganz in ihre Arbeit und schob auch an den Abenden die Gedanken an Ron, die sich immer wieder einschlichen, weit von sich. So kam die Urlaubszeit heran.

Die beiden jungen Frauen flogen nach Ibiza und verbrachten dort zwei erholsame Wochen in einem erstklassigen Hotel und bei herrlichem Wetter.

Sie genossen alles, was ihnen die Insel bot, den Sonnenschein, das Baden im Meer, das Faulenzen am Strand oder am Pool, die Abendunterhaltungen mit Musik und Tanz, die leckere mediterrane Küche und die fröhliche Ungezwungenheit der Urlauber und des Hotelpersonals. Mit einem Mietauto erkundeten sie die Insel und besuchten dabei auch die Hauptstadt Ibiza.

Gut erholt und mit vielen neuen Eindrücken kehrten sie schließlich nach zwei Wochen in die Heimat zurück.

Nun begann wieder der Arbeitsalltag für Eva. In ihrem Büro

wurde sie von den Kollegen herzlich begrüßt.

In der Mittagspause traf sie in der Kantine auf Ron. Als sie ihn entdeckte, schaute er gerade auch zu ihr hin und kam sofort auf sie zu.

„Hallo, Eva! Na, du Urlauberin, hast du dich gut erholt? Ach, das braucht man gar nicht zu fragen. Man sieht es dir ja an, du siehst wunderbar erholt aus, und die Sonnenbräune steht dir ausgezeichnet."

Eva schaute ihn überrascht an. „Mir geht es auch ausgezeichnet. Der Urlaub war wunderbar, schade, dass er schon vorbei ist. Geht es dir auch gut? Ist inzwischen euer Nachwuchs da?"

Ron schaute sie überrascht an. „Was für ein Nachwuchs? Ich verstehe kein Wort, Eva. Ich weiß nicht, was du meinst. Das musst du mir erklären."

„Ich habe dich vor meinem Urlaub mit einer hochschwangeren Frau beim Einkaufen gesehen", sagte sie ziemlich spitz und ihr ironischer Gesichtsausdruck widerspiegelte geradezu ihre Gefühle.

Ron machte ein nachdenkliches Gesicht und begann plötzlich laut zu lachen.

„Das war meine Nachbarin, die ich zufällig beim Einkaufen getroffen hatte. Ich war ihr mit den vollen Taschen ein wenig behilflich. Ansonsten habe ich weder mit ihr, geschweige denn mit ihrem Nachwuchs etwas zu tun." Er lachte laut.

Eva spürte, wie ihr die Schamesröte ins Gesicht stieg.

Ron lenkte schnell von diesem Thema ab und sagte: „Da werden wir uns nun wieder öfter treffen."

Eva schaute ihn fragend an. Die Zweifel an seinen Worten waren ihr anzusehen.

„Das wird sich nicht vermeiden lassen, schließlich arbeiten wir im selben Betrieb."

Sie sah ihn bei diesen Worten fest an. Der Urlaub hatte ihr die alte Sicherheit zurückgegeben. Sie war sich bewusst, dass sie Ron mit solch harten Worten verletzte. Aber hatte er das nicht auch verdient?

Er sagte nichts, er schaute sie ein wenig unsicher an.

Eva glaubte, sogar eine leichte Verlegenheit in seinem Gesicht zu bemerken.

„Schönen Tag noch!" sagte sie und wandte sich der Essensausgabe zu.

Als sie sich nach einigen Minuten umdrehte, war Ron verschwunden.

Er hatte die Kantine verlassen.

Kurz vor Ende der Mittagspause kehrte Eva zu ihrem Schreibtisch zurück. Aber die Begegnung mit Ron ging ihr nicht aus dem Kopf. Ich hätte nicht so unhöflich zu ihm sein sollen. Schließlich haben wir uns doch geliebt.

Vielleicht ist ja auch noch nicht alles aus, sonst wäre er bestimmt nicht gleich zu mir hingekommen, dachte sie.

Am Abend telefonierte sie mit Julia und erzählte ihr von der Begegnung mit Ron.

„Träume weiter, Eva! Ich verstehe dich nicht. Ich kann dir nur raten, mach dir keine Gedanken darüber und lass erst gar keine neuen Hoffnungen aufkommen. Ich sage dir, er ist und bleibt ein Weiberheld, der eine Frau wie dich gar nicht verdient hat."

Seit diesem Telefonat waren schon ein paar Wochen vergangen.

Eines Tages eilte Eva nach der Redaktionssitzung in das Büro der Chefsekretärin, um sich wichtiges Informationsmaterial für einen Artikel aushändigen zu lassen. Doch der Gang dorthin sollte ein sehr fataler, ausgesprochen peinlicher Gang für alle Beteiligten werden, bei dem Evas gerade wieder aufkeimenden

Gefühle für Ron einen riesengroßen Knacks bekamen.

Weil sie es eilig hatte, klopfte sie nur kurz an und öffnete im gleichen Moment die Tür.

Sie erschrak. Das Bild, das sich ihr bot, würde sie so bald nicht wieder vergessen können.

Frau Schmidt war nicht anwesend. Sie hatte offensichtlich ihr Büro kurz verlassen müssen. Doch an einen Schrank gelehnt standen ein Mann und eine Frau in einer eindeutigen Pose. Der Mann kehrte Eva den Rücken zu, so dass er sie nicht sehen konnte. Die Beiden hielten sich fest umklammert und küssten sich wild. Es waren Ron und eine Kollegin aus dem Versand.

„Pardon, ich will nicht stören. Ich wollte nur zu Frau Schmidt", stammelte Eva halblaut, weil ihr die Stimme versagte.

Die zwei ließen augenblicklich voneinander ab und drehten erschrocken ihre hochroten Köpfe zur Tür. Die junge Frau ordnete schnell ihre Kleidung. Sie strich das T-Shirt glatt und schob eine Haarsträhne zur Seite. Ron machte ein paar Schritte auf Eva zu. Er sah sehr verlegen aus. Er wollte ihr offensichtlich etwas erklären. Doch das eben Gesehene und die begehrende Glut, die noch in seinen Augen brannte, erschreckten Eva sehr. Sie hielt sich die Ohren zu und verließ fluchtartig das Büro.

Sie beeilte sich, an ihren Arbeitsplatz zurück zu kommen.

Als sie nach Feierabend zu Hause war, ließ der Vorfall sie immer noch nicht los. Gern hätte sie mit Julia darüber gesprochen. Aber sie würde ihr sowieso wieder sagen: Der Kerl taugt nichts. Verschwende keinen Gedanken mehr an ihn! Er ist und bleibt ein Loser!

Doch so einfach war das für Eva nicht. Sie war wütend auf ihn. Das, was sie heute in Frau Schmidts Büro gesehen hatte, saß tief in ihrem Herzen und schmerzte sehr.

Sie verachtete ihn dafür, und trotz allem war und blieb er ihre große Liebe, auch wenn sie es ihm nie sagen oder zeigen würde. Ihre Gefühle waren zutiefst verletzt und gerade dadurch wusste sie, dass er ihr noch immer nicht egal war. Ihrer Vernunft orientierten Freundin Julia würde sie dies jedoch nicht erzählen.

Während Eva am Cognac nippte, rannen dicke Tränen über ihr Gesicht.

Was sagt Julia doch immer? „Träume weiter, Eva!"

Soll ich diesen Satz nun als Kritik oder als Aufforderung betrachten, dachte sie traurig.

Sie resignierte, denn sie wusste es nicht.

Zwei linke Schuhe

„Oma, erzähl uns etwas von früher", baten Cora und Anika, die beiden Enkelinnen, ihre Großmutter.

Sie waren zu Besuch bei den Großeltern und wollten jetzt in den Herbstferien gemeinsam noch recht viel unternehmen. Doch leider hatte nun nach einer langen Schönwetterperiode das Schmuddelwetter mit Regenschauern und starkem Wind eingesetzt, so dass der Aufenthalt im Freien unmöglich war und sich die beiden Mädchen trotz aller Spielmöglichkeiten, die sie bei den Großeltern hatten, ein wenig langweilten.

„Ja, da fällt mir eine wahre Begebenheit ein, die ich euch mal erzählen kann", meinte die Oma und nickte vielversprechend mit dem Kopf. „Ihr wisst doch, dass es in unserem Dorf früher mehrere Geschäfte gegeben hat, die es heute nicht mehr gibt. Bei einem Spaziergang habe ich euch die Häuser, in denen die kleinen Läden waren, schon gezeigt, erinnert ihr euch?"

Die Enkelinnen nickten.

„In einem dieser kleinen Läden arbeitete meine Mutter, also eure Urgroßmutter, als Verkaufsstellenleiterin, so hieß das früher bei uns. Sie hatte zeitweilig einen Lehrling, den sie zur Verkäuferin ausbildete. Alles, was es in diesem Laden zu kaufen gab, musste meine Mutter beim Großhandel bestellen, und sie war stets bemüht, die Ware, die die Dorfbevölkerung benötigte, zu besorgen. Es gab in ihrem Laden viele Dinge zu kaufen: Kleiderstoffe, Bettwäsche, Hand- und Geschirrtücher, Unterwäsche, Pullover und Strickjacken, sogar Kleider, Kostüme, Schürzen, Arbeitsbekleidung, Strümpfe, Gardinen, aber auch Stopfgarne, Knöpfe und noch viele andere Sachen, die mir jetzt gar nicht alle einfallen." Sie legte eine kurze Pause ein und ergänzte dann: „Natürlich brauchten die Leute auch Schuhe, Stiefel, besonders Gummistiefel, Hausschuhe und noch viel, viel mehr. Oftmals war der kleine Laden so mit Waren vollgestopft, dass nicht alles in den Regalen Platz fand. Dann stapelten meine Mutter und der Lehrling zeitweilig die Schuhkartons auf dem Fußboden übereinander, so dass der kleine Laden dann rappelvoll war.

Was ich euch aber eigentlich erzählen will, ist ein Vorfall in der Vorweihnachtszeit, der das ganze Dorf beschäftigte und einige Zeit in unserer Familie für Aufregung und bei meiner Mutter für ein paar schlaflose Nächte sorgte.

Lange vor Weihnachten teilten die Dorfbewohner eurer Uroma immer schon ihre Kaufwünsche mit, und sie versuchte dann alles beim Großhandel zu besorgen. Wenn dann die Ware geliefert worden war, standen die Kunden in großen Scharen geduldig vor dem Laden und warteten darauf, dass das Geschäft geöffnet wurde und sie die gewünschten Textilien oder Schuhe bekommen konnten.

„Dann war wohl richtig Hochbetrieb bei unserer Uroma?" wollte Cora wissen.

„Ja, genau so war es", sagte die Großmutter. „Bis hin zum Feierabend war Hochbetrieb in dem kleinen Geschäft, und wenn dann der letzte Kunde gegangen war, musste der Laden noch aufgeräumt und saubergemacht werden, denn am nächsten Morgen sollte ja alles wieder ordentlich aussehen. Ich saß dann oft zu Hause in unserer Küche, hatte das Abendessen schon vorbereitet und wartete auf meine Mutter.

Als sie an einem Abend ganz besonders spät nach Hause kam, sah ich es ihrem sorgenvollen Gesicht schon an, dass etwas nicht in Ordnung war und fragte: „Mutti, hast du Ärger gehabt?"

„Lass uns erst essen, ich erzähle es dir später", sagte sie.

Nach dem Abendessen spülte sie das Geschirr, und ich trocknete ab. Dabei erkundigte sie sich nach meinem Schultag und wollte wissen, ob wir eine Arbeit geschrieben oder zurückbekommen hatten.

Doch dann fragte ich sie: „Wie war es denn bei dir im Geschäft? Du wolltest mir doch etwas erzählen."

„Ja, es ist etwas sehr Ärgerliches passiert. Was ich dir jetzt sage, darfst du morgen aber nicht in der Schule erzählen. Ich muss mir nämlich erst eine Strategie überlegen."

„Eine Strate... was musst du dir überlegen?" fragte ich, denn bis jetzt hatte ich nichts verstanden.

„Pass auf, heute ist in unserem Laden gestohlen worden", sagte sie.

Ich rief ganz erschrocken: „Was? Das gab es doch noch nie!"

„Nein, das gab es noch nicht bei uns. Bisher hatten wir nur ehrliche Kunden", bestätigte Mutti.

„Was wurde denn geklaut?" fragte ich neugierig. Ich war ganz aufgeregt, denn in unserem Dorf kannte jeder jeden, und ich hatte immer geglaubt, es gäbe nur ehrliche Leute.

„Höre gut zu, dann weißt du es gleich. Kurz nach Ladenschluss begannen wir wie immer mit dem Aufräumen im Geschäft. Besonders die Schuhe bereiteten uns viel Arbeit. Sie mussten wieder ordentlich in die Kartons einsortiert werden, weil manche Kunden ungeduldig gekramt und einiges in Unordnung gebracht hatten. Dabei stellten wir fest, dass in einem Karton zwei rechte Herrenschuhe lagen.

„Ach, da hat wieder einmal ein Kunde nicht aufgepasst und die Schuhe falsch eingeordnet", sagte Karin, der Lehrling, und sortierte weiter. Den Karton mit den beiden rechten Schuhen stellte ich zur Seite. Sie hatten übrigens beide unterschiedliche Größen. Es waren schwarze Herrenschuhe, einer in Größe 42 und der andere in der 43."

Cora und Anika saßen mucksmäuschenstill und warteten gespannt, wie das nun mit dem Dieb war.

Oma erzählte weiter: „Als sie mit dem Aufräumen fertig waren, fragte meine Mutter Karin, ob sie die beiden linken Schuhe gefunden habe. Aber Karin schüttelte nur den Kopf und antwortete: „Nein, ich nicht. Haben Sie die Schuhe auch nicht gefunden?"

Meine Mutter war ratlos. „Nein, ich habe sie auch nicht gefunden. Dann sind wir heute zum ersten Mal bestohlen worden. Ich werde jetzt noch einmal alle Kartons durchsehen, aber du, Karin, machst jetzt Feierabend.", sagte sie und schickte Karin nach Hause, denn es war später geworden als sonst. Sie schaute nun selber noch einmal ganz gründlich nach, aber auch das brachte keinen Erfolg.

Anika räusperte sich: „Aber deine Mutter wusste nicht, wer der Dieb war oder?"

„Nein, das wusste sie nicht." Sie ging in Gedanken die vielen Kunden durch, die sie heute bedient hatten. Aber ihnen allen traute sie einen solchen Diebstahl nicht zu. Trotzdem ist eine Person unehrlich, dachte sie. Wie überführe ich nur den Dieb? Das muss ich mir bis morgen früh überlegen."

„Aber, Oma, was wollte denn der Dieb überhaupt mit zwei linken Schuhen, die nützten ihm doch nichts. Man kann doch nicht zwei linke oder zwei rechte Schuhe anziehen!" entrüstete sich Cora.

„Das stimmt genau, mein Kind. Der Dieb wird erst zu Hause gemerkt haben, wie nutzlos seine böse Tat war. Er hatte wohl in aller Eile einen falschen Schuh in den Karton gelegt und war in einem unbeobachteten Moment damit verschwunden.

Also, eure Uroma grübelte die halbe Nacht, wie sie den Täter überführen könnte. Als sie dann am anderen Morgen zur Arbeit ging, hatte sie sich eine Strategie zurechtgelegt. Zuerst schrieb sie einen Aushang mit folgendem Text in großen Druckbuchstaben:

DREISTER DIEBSTAHL HIER IM GESCHÄFT
ICH FORDERE DEN DIEB AUF, DIE ENTWENDETEN
SCHUHE UMGEHEND ZURÜCKZUBRINGEN.
ANSONSTEN ERFOLGT ANZEIGE BEI DER POLIZEI.

Darunter setzte sie ihren Namen und rahmte alles mit einem dicken Rotstift ein. Sie las es noch einmal durch und klebte dann den Zettel an die Innenseite des Schaufensters, so etwa in Augenhöhe für den Leser.

Sie hatte den Laden gerade erst geöffnet, da erschienen schon die ersten Kunden. Jeder las vor dem Eintreten in das Geschäft den Aufruf an der Schaufensterscheibe. Alle waren empört über so eine freche Tat und wollten nun natürlich wissen, wie sich der Diebstahl zugetragen hatte. Aber darüber konnte meine Mutter nichts sagen. Sie wusste ja selbst nicht, wie der Dieb es angestellt hatte. Sie sagte nur, das werde die Polizei ermitteln.

An diesem und dem nächsten Tag gab es nun nur ein Gesprächsthema in unserem Dorf: ein Dieb hat Schuhe gestohlen. Und sie freuten sich, dass er mit zwei linken Schuhen nichts anfangen konnte. Überall wo sich Menschen trafen, standen sie in Gruppen zusammen und diskutierten und versuchten zu erraten, wer wohl der Dieb sei, dem sie so etwas zutrauen könnten.

Alle Leute waren gespannt, ob er sich stellen und die Schuhe zurückbringen würde."

„Wie ging es dann weiter mit dem Dieb? Ich bin schon richtig gespannt, wer es war", rief Anika, „Oma, erzähl doch weiter!"

„Das war so: am ersten und auch am zweiten Tag passierte gar nichts. Meine Mutter und der Lehrling Karin waren ebenso enttäuscht wie all die Leute im Dorf, die gespannt darauf warteten zu erfahren, wer den Diebstahl begangen hatte. Nun hofften alle, dass sich der Dieb am dritten Tag melden würde. Aber auch dieser Tag brachte keine Änderung der Sachlage. Enttäuscht gingen meine Mutter und Karin nach Ladenschluss nach Hause. Meine Mutter rechnete sich schon aus, dass sie das Geld für zwei Paar Herrenschuhe aus ihrem eigenen Portemonnaie in die Ladenkasse entrichten müsste, denn sonst würden die Kasseneinnahme und auch die nächste Inventur nicht stimmen. Und diese Geldausgabe auch noch ausgerechnet vor Weihnachten! Sie war wirklich sehr sauer und wahnsinnig enttäuscht, weil sie niemandem im Dorf so etwas zugetraut hatte.

Übrigens wohnten wir damals nicht hier in unserem Haus, sondern in einem anderen, in dem es zwei Mietwohnungen gab", erzählte Oma weiter.

„Ja, das wissen wir. Du hast uns das Haus bei einem Spaziergang doch schon mal gezeigt", warf Anika ein, und Cora wollte wissen, ob das auch etwas mit dem Diebstahl zu tun hatte.

„Ja!" fuhr Oma fort. „Hört nur gut zu! Wir wohnten also in der unteren Etage. Die Wohnung hatte keinen eigenen abgeschlossenen Flur. Jeder, der nach oben in die Wohnung wollte, musste durch diesen unteren Flur hindurch gehen. Über uns wohnte ein junges Ehepaar mit kleinen Kindern. Ihr Vater arbeitete damals in einem großen Betrieb und musste schon immer sehr früh zur Arbeit."

„Oma, hatten diese Leute etwas mit dem Diebstahl zu tun?" fragte Cora ein wenig ungeduldig.

„Nein, nein, auf gar keinen Fall!" sagte Oma erschrocken.

„Ich muss sie aber in meine Erzählung mit einbeziehen, denn der Dieb tat das auch. Er wusste es oder er spionierte es aus, wann der junge Mann von oben täglich in aller Frühe das Haus verließ, um zur Arbeit zu fahren. Das war meistens so gegen fünf Uhr. Um diese Zeit war es im Winter, und es war ja Anfang Dezember, draußen noch sehr dunkel. Nirgendwo brannte Licht, und Straßenlaternen gab es damals auch noch nicht in unserem Dorf.

Der junge Mann ging also immer morgens so gegen fünf Uhr ganz leise durch den Flur, um uns nicht zu stören, und verließ das Haus. Die Haustür verschloss er nicht wieder, denn seine Frau und auch eure Uroma würden auch bald aufstehen, das wusste er."

Oma holte tief Luft. Dann setzte sie fort: „Wir lagen also noch in tiefem Schlaf und keiner ahnte, dass das Haus von jemandem beobachtet wurde."

„Das war bestimmt der Dieb", rief Cora ganz aufgeregt. Ihre Wangen glühten vor Spannung.

Oma erzählte weiter: „Als wir dann so gegen halb sieben Uhr aufstanden und aus dem Schlafzimmer kamen, um in die Küche zu gehen, fiel mir im Flur etwas Dunkles auf. Direkt neben der Haustür lag etwas. Ich lief sofort hin.

'Mutti, ein Schuhkarton', rief ich aufgeregt und rannte in die Küche. Mutti ging sofort mit mir zur Haustür, um nachzusehen. Es war tatsächlich ein Schuhkarton, und er war nicht leer."

„Da waren die gestohlenen Schuhe drin. Der Dieb hat sie zurück gebracht", riefen Cora und Anika fast gleichzeitig, und es klang aufgeregt und fröhlich zugleich.

„Wir waren sprachlos. Die gestohlenen Schuhe waren wieder da.

Meiner Mutter fiel ein Stein vom Herzen. Sie musste nicht für den Diebstahl aufkommen. Die Erleichterung war ihr anzusehen. Aber dass der Dieb uns an diesem Morgen so nahe war, das war mir unheimlich. Er hatte sich ja schließlich in unseren Hausflur geschlichen. Darum wurde von nun an die Haustür wieder verschlossen, wenn jemand im Morgengrauen das Haus verließ. Darauf einigten wir uns mit unseren Mitbewohnern in der oberen Etage."

„Dann war der Dieb doch nicht so schlecht", sagte Anika.

„Er hat geklaut, Anika, was soll daran schon gut sein?" fragte Cora ihre Schwester und sah sie dabei streng an.

„Er hat wohl die Schuhe nur zurück gebracht, weil ihm zwei linke Schuhe nichts nützen konnten und weil er ganz bestimmt auch Angst vor einer Anzeige hatte", lenkte Oma ein.

„Die Leute im Dorf, die von dem guten Ausgang der Geschichte hörten, atmeten ebenfalls auf. Sie hätten zwar gern gewusst, wer der Täter war, aber das konnte ihnen niemand sagen. Er blieb unerkannt und ging straffrei aus. Bestimmt hat er aber etwas aus seiner Tat und der angedrohten Anzeige gelernt. Ein zweites Mal wurde nicht gestohlen, und darüber waren ganz besonders meine Mutter und Karin, der Lehrling, froh."

Kai-Uwes Absturz

Am Rande einer Großstadt zu wohnen, kann sehr schön sein, besonders dann, wenn man ein Haus mit einem schönen Garten besitzt so wie Familie Franke.

Das Wohngebäude war in den sechziger Jahren errichtet worden und war nun schon seit einiger Zeit ein richtiger Hingucker für alle Nachbarn und Spaziergänger, denn Hubert Franke hatte mit großem Fleiß und sehr viel handwerklichem Geschick aus seinem Haus etwas ganz Besonderes gemacht.

Ein sauber gepflasterter Weg führte durch einen prächtigen Rosenbogen hindurch in einen hübschen Vorgarten. Dieser war fantasievoll mit Blumenrabatten und Ziergehölzen bepflanzt und präsentierte als besonderes Highlight ein paar mediterrane Amphoren in verschiedenen Größen sowie ein farblich dazu passendes terrakottafarbenes Regenwasserauffanggefäß, das neben dem Haus unter der Dachrinne stand. Das gesamte Gebäude hatte einen hellgelben Farbanstrich und hob sich dadurch von den schon etwas älteren und daher verblichenen Nachbargebäuden ab. In den Fenstern hatten die Frankes wahre Arrangements von Grün- und Blühpflanzen platziert. Außerdem waren allein schon die modernen und chic drapierten Gardinen ein ganz besonderer Augenschmaus. Frau Franke bewies in allen Gestaltungsfragen einen fabelhaften Geschmack und großes Talent.

So war es nicht verwunderlich, dass oftmals Spaziergänger bewundernd vor dem schönen Anwesen stehen blieben, und wenn die fleißigen Eigentümer gerade wieder in ihrem Garten werkelten, diese mit Lob und Anerkennung überschütteten. Das freute die Frankes dann natürlich sehr.

Doch leider wurden die Freude und die Harmonie von Dagmar und Hubert des Öfteren getrübt, was vor allem an ihrem Sohn Kai-Uwe lag. Dieser war inzwischen alt genug, um die Eltern ein bisschen bei den Arbeiten im Garten zu unterstützen. Aber stattdessen verzog er sich immer mit der Ausrede, sich mit seinen Freunden zum Lernen verabredet zu haben. Wenn Hubert dann schimpfte, zuckte seine Frau nur mit den Schultern und deutete damit ihre Hilflosigkeit an. „Die Kinder sind heute anders als wir es früher waren", stellte sie bedauernd fest. „Das müssen wir gemeinsam ändern", erklärte daraufhin Hubert, und seine Frau nickte ihm bestätigend zu.

Von nun an sollte an den Wochenenden auch Kai-Uwe einen Anteil an einfachen Arbeiten, die für ein Kind seines Alters zumutbar waren, übertragen bekommen. Deshalb sagte Hubert zu seinem Sohn: „Du willst doch auch schön wohnen, und später möchtest du sicher das Haus erben. Da musst du doch wissen, welche Arbeiten verrichtet werden müssen und wie man das so macht. Also, pass` gut auf, ich zeige es dir."

So lernte Kai-Uwe zunächst die einfachsten Arbeiten und war bald in der Lage, allein den Rasen zu mähen und die Sträucher und Blumen zu bewässern. Aber er musste Lust dazu haben, ansonsten fiel ihm immer eine passende Ausrede ein, warum er jetzt gerade nicht helfen könne und verließ die Eltern. Dann sah Hubert Amberg kopfschüttelnd und ein wenig verärgert seinem davonziehenden Sohn nach.

Inzwischen war der Junge vierzehn Jahre alt. Aus der Schule brachte er, im Gegensatz zu früher, meist nur noch befriedigende Noten nach Hause. Zum Lernen hatte er keine Lust, und am nötigen Fleiß mangelte es sowieso. Die Nachmittage verbrachte er nur noch mit seinen sogenannten Freunden. Mit ihnen spielte er auf dem nahegelegenen Sportplatz Fußball, oder sie fuhren mit der S-Bahn ins Stadtzentrum, gingen ins Kino oder lungerten vor den Kaufhäusern herum.

Allmählich machte Kai-Uwe nur noch das, was er wollte. Hubert und seine Frau Dagmar beobachteten mit Besorgnis seine Entwicklung. „Du bist viel zu nachgiebig, du lässt ihm jeden Willen und außerdem bekommt er viel zu viel Taschengeld von dir", kritisierte Hubert seine Frau.

„Was soll ich denn machen? Du kommst immer erst spät von der Arbeit und hast dann auch keine Lust mehr, dich um seine Hausaufgaben zu kümmern. Und zu Hause anbinden, kann ich ihn auch nicht", verteidigte sich Dagmar.

An einem warmen, sonnigen Maitag erlebte sie dann eine böse Überraschung, als sie von der Arbeit kam.

Weil der Chef sie darum gebeten hatte, hatte sie ein paar Überstunden gemacht. Diese Gelegenheit nutzte Kai-Uwe. Er bestellte seine Freunde zu sich nach Hause. Dort ließen sie sich auf der schönen Gartenterrasse nieder.

Dann holte Kai-Uwe großspurig und in Gönnerlaune das Bier seines Vaters aus dem Keller herauf, und als seine Kumpel der Meinung waren, sie hätten den ganzen Tag noch nichts Richtiges gegessen, plünderten sie gemeinsam den Kühlschrank.

„Ich dachte ja, ihr habt was Gescheites zum Grillen im Haus, aber das scheint ja nicht der Fall zu sein", meckerte der Langhaarige mit dem riesigen Tattoo auf dem linken Arm.

„Nee, aber Chips und anderes Knabbergebäck könnte ich aus dem Wohnzimmer holen", erwiderte Kai-Uwe und rannte dienstbeflissen ins Haus.

Als er mit mehreren Tüten bepackt zurückkam, standen seine beiden Freunde in der Nähe des Gartenzaunes und verrichteten ihre Notdurft in den Blumenrabatten, die Dagmars ganzer Stolz waren und die sie gewissenhaft pflegte.

„Warum geht ihr nicht ins Bad?" fragte Kai-Uwe. „Meine Mutter duldet das in unserem Garten nicht. Aber zum Glück sieht sie es ja nicht. Also, kommt her. Ich habe Knabbergebäck und was Hochprozentiges mitgebracht."

„Endlich mal was Gescheites. Her mit dem Zeugs", rief der Große mit den langen Haaren und den ungepflegten Klamotten. Er öffnete die Flasche und kippte den Alkohol wie Wasser in sich hinein. Danach reichte er den Schnaps an den kleinen Dicken mit den rot-grün gefärbten Haaren weiter, der es sofort seinem Kumpel gleich tat.

Dann war Kai-Uwe an der Reihe. „Ich trinke eigentlich nichts Hochprozentiges", versuchte er sich zu entschuldigen. Aber die beiden sogenannten Freunde ließen nicht locker. Sie bestanden darauf, dass auch er trinken müsse. „Was bist du nur für ein Weichei! Willst du nicht endlich mal ein richtiger Kerl werden?" fragte provozierend der Lange.

Das wollte Kai-Uwe nicht auf sich sitzen lassen. Er setzte die Flasche an und nahm einen großen Schluck. Doch mit der nachfolgenden Reaktion hatten selbst die hartgesottenen Kumpel nicht gerechnet.

Kai-Uwe begann mit hochrotem Kopf fürchterlich zu husten, seine Atmung setzte sekundenlang aus, und der Junge stürzte fast ohnmächtig auf den Rasen, wo er einige Minuten bewegungslos liegen blieb.

Die beiden anderen sahen sich achselzuckend an. „Mensch, mach keinen Quatsch", sagte dann der Lange und beugte sich über ihn. In diesem Augenblick wurde die Gartentür geöffnet.

Kai-Uwes Mutter betrat das Grundstück. Erschrocken über das

Bild, das sich ihr bot, rannte sie sofort zu ihrem Sohn.

„Kai, mein Junge, was ist mit dir? Was ist passiert?" fragte sie entsetzt.

Kai-Uwe hustete ein paar Mal kräftig, bevor er sich ins Gras setzten konnte und stammelte: „Ich habe es euch doch gleich gesagt, dass ich das Zeug nicht vertrage." „Was für ein Zeug?" fragte seine Mutter aufgeregt und schaute sich um.

Da entdeckte sie die im Gras liegenden leeren Bierflaschen und die fast geleerte Schnapsflasche.

„Seid ihr von allen guten Geistern verlassen! Wie kommt ihr dazu, hier so ein Saufgelage zu veranstalten? Steh sofort auf, Kai-Uwe! Die Party ist hiermit beendet!" Dann wandte sie sich an die beiden ihr unbekannten Jungen und sagte: „Ihr geht jetzt besser. Hier gibt es nichts mehr zu feiern."

Die Beiden zeigten ein breites Grinsen. Der Lange nahm noch einen großen Schluck aus der Flasche und sagte lautstark zu seinem Kumpel: „Die Tussi hat keinen Humor, kein Wunder, dass der Franke so ein Weichei ist. Dann erhole dich erst mal, Muttersöhnchen! Bis zum nächsten Mal, tschau!"

„Es gibt kein nächstes Mal, verschwindet!" rief Dagmar wütend. Nachdem die beiden Hallodris das Grundstück verlassen hatten, wandte sie sich an ihren Sohn: „Wie kannst du dich nur mit solchen Typen einlassen! Das wird noch ein Nachspiel für dich haben. Jetzt räumst du sofort den Garten auf und schaffst die leeren Flaschen in den Keller. Sei froh, dass Papa noch nicht da ist."

Während seine Mutter ins Haus ging, um sich umzuziehen, fing Kai-Uwe ohne Widerspruch an, im Garten die alte Ordnung wieder herzustellen. Danach verschwand er stillschweigend in sein Zimmer und ließ sich erst wieder blicken, nachdem die

Mutter ihn zum Abendessen gerufen hatte.

Nun war der Vater auch anwesend. „Na, mein Großer, hast du einen schönen Tag gehabt?" fragte er gut gelaunt. Kai-Uwe schaute unsicher seine Mutter an. Aber sie zeigte keinerlei Reaktionen, sodass er daraus schlussfolgern konnte, dass sie dem Vater nichts von dem Vorfall im Garten erzählt hatte.

„Es ging so. Heute war es wie an den anderen Tagen auch, nichts Besonderes." Er zog die Schultern hoch und machte eine gelangweilte Miene.

Seine Mutter schaute er dabei nicht an. Nach dem Abendessen verschwand er mit der Ausrede, noch Englisch lernen zu müssen, in seinem Zimmer. Der Vater war zufrieden. „Was für einen ordentlichen Sohn wir doch haben", freute er sich.

Einen ähnlichen Vorfall musste Dagmar Franke nicht noch einmal erleben, und das stimmte sie froh. Er ist doch ein ordentlicher Junge, sagte sie sich, nur der schlechte Umgang ist schuld. Allerdings wusste sie nicht, dass es schon mehrfach ähnliche Vorfälle gegeben hatte, die zwar andere Jugendliche betrafen, bei denen aber auch Kai-Uwe anwesend gewesen war und ebenfalls einen negativen Beitrag geleistet hatte. So hatte er sich langsam an die Szene gewöhnt.

Zwei Jahre später, als er bereits sechzehn Jahre alt war, rief er oftmals seine Eltern mit dem Handy an und teilte ihnen mit, dass er bei einem Kumpel übernachte. Sie wollten sich noch Videos anschauen und vorher gemeinsam für die Schule lernen.

„Hoffentlich stimmt das auch", sagte sein Vater bei solchen Anlässen, denn er hatte im stillen Zweifel an den Begründungen und Ausreden seines Sohnes.

Dagmar hingegen stellte sich demonstrativ auf die Seite von Kai-Uwe. „Was soll denn da nicht stimmen? Ich habe früher auch oft mit meiner Freundin zusammen die Hausaufgaben gemacht."

Wie begründet die Zweifel ihres Mannes waren, zeigte sich jedoch wenige Wochen später, als ein Brief vom Klassenlehrer im Briefkasten lag. Die Eltern wurden zu einer Aussprache in die Schule bestellt, wo ihnen mitgeteilt wurde, dass Kai-Uwe mehrere unentschuldigte Fehltage habe und seine schwachen Leistungen in einigen Fächern das Bestehen der Abschlussprüfung ernsthaft gefährden. Für Dagmar, die ihren Sohn abgöttisch liebte, war das nur schwer zu begreifen und zu akzeptieren. Auf dem Heimweg versuchte sie Kai-Uwes Verhalten zu verharmlosen und ihn, wie immer, in Schutz zu nehmen.

Doch dieses Mal blieb Hubert hart. „Ab sofort hören die Ausgehabende unseres Herrn Sohnes auf! Außerdem wird er seine Hausaufgaben von nun an allein machen, dazu braucht er nämlich seine sogenannten Freunde nicht! Und ich werde mir jeden Tag die Aufgaben ansehen. Wie stellt sich der Junge denn eigentlich sein weiteres Leben vor? Ohne einen ordentlichen Schulabschluss kann er seine beruflichen Pläne vergessen! Welche Autowerkstatt wird schon einen Bewerber mit schlechten Noten und einer katastrophalen Beurteilung als unzuverlässiger Faulpelz einstellen? Nein, jetzt ist Schluss mit der Rücksichtnahme. Von nun an wird sich einiges bei uns ändern."

Hubert Amberg meinte es ernst, sehr ernst sogar, und Dagmar wagte nicht, ihm zu widersprechen. Er setzte noch einmal an und wandte sich diesmal direkt an seine Frau: „Wenn du, meine Liebe, unserem Sohn etwas Gutes tun willst, dann höre auf, ihn ständig in Schutz zu nehmen und ziehe mit mir am gleichen Strang. Ein bisschen mehr Härte und Konsequenz von uns beiden wird helfen, dass er die Schule doch noch schafft und etwas Ordentliches aus ihm wird."

Dagmar nickte stumm. Der Ernst der Lage war auch ihr bewusst. Sie versprach deshalb, alles so zu machen, wie Hubert es wollte. Nun stand der gesamten Familie Franke ein schwieriges Vierteljahr bevor, denn das war die Zeit, die Kai-Uwe noch bis zu den Abschluss-prüfungen blieb. Als es vorüber war, hatte sich der große Aufwand gelohnt. Mit einem ordentlichen Abschluss verließ er die Schule und durfte sogar die gewünschte Lehre in einer Autowerkstatt antreten. Die Eltern atmeten auf und feierten den Erfolg ihres Sohnes, der ja auch ihr Erfolg war. Nun schien bei den Frankes alles wieder in Ordnung zu sein. Hubert und Dagmar erlaubten sich nach all den Strapazen, in den Urlaub zu fahren, denn den hatten sie sich redlich verdient. Kai-Uwe war einverstanden. Er versprach, gewissenhaft und ohne irgendwelche Vorkommnisse das Haus zu hüten und redete seinen Eltern zu, sich diese Auszeit zu gönnen und sich keine Sorgen zu machen.

Dort im sonnigen Süden waren bald die Sorgen und Bedenken vergessen. Abends telefonierten sie mit ihrem Sohn in der Heimat.

Dabei verstand es Kai-Uwe ausgezeichnet, seinen Eltern, vor allem seiner Mutter, aufzutischen, dass bei ihm alles reibungslos vonstattenginge und alles bestens sei. Schön, dass wir uns auf unseren Sohn verlassen können, dachte Dagmar voller Stolz.

Die paar Urlaubstage vergingen wie im Fluge, und schon waren sie wieder auf dem Heimweg.

Ihre Ankunftszeit hatten sie Kai-Uwe nicht mitgeteilt. Sie wollten ihn überraschen.

Als sie den Wagen in die Garage gefahren hatten und danach die Haustür aufschlossen, herrschte absolute Stille im Haus.

„Der Junge scheint nicht da zu sein", sagte Dagmar ein wenig enttäuscht.

Sie schaute sich im Wohnzimmer um und freute sich, dass alles aufgeräumt und in Ordnung war, dass selbst die Blumen während ihrer Abwesenheit gut versorgt worden waren. In der Küche sah es dagegen nicht so ordentlich aus. Na, macht nichts, da räume ich nachher alles in die Spülmaschine, dachte sie.

Während Hubert das Reisegepäck aus der Garage holte und sich vorher noch im Garten umsah, ging Dagmar nach oben. Nichtsahnend öffnete sie die Tür zu Kai-Uwes Zimmer und blieb wie versteinert in der Tür stehen. Zwei nackte Personen lagen in Kai-Uwes Bett. Sie hielten sich eng umschlungen und schliefen fest. Auf dem Nachttisch standen eine Flasche und zwei Gläser. Die Unterwäsche der Beiden war auf dem Fußboden verstreut, ebenso die Oberbekleidung. Dagmar drückte sich die Hand auf den Mund und schloss leise die Tür. Wie angewurzelt stand sie noch sekundenlang da, ehe sie wieder in der Lage war, nach unten zu gehen und ihrem Hubert von der Bescherung zu berichten.

„Ich fasse es nicht!" sagte sie. „Das zieht mir den Boden unter den Füßen weg. Mit so etwas hätte ich bei unserem Jungen nicht gerechnet."

Hubert sah auf einmal recht blass aus. „Da hat uns der Herr Sohn bei unseren Telefonaten aber einen riesigen Bären aufgebunden. Er macht, was er will, und wir merken es nicht!" sagte er wütend. „Was machen wir denn jetzt? Soll ich sie aus dem Bett werfen oder was?" Die schöne Urlaubsstimmung war mit einem Schlag verflogen. „Was ist das für ein Mädchen, das sich ihm regelrecht an den Hals wirft! Hast du sie früher schon mal gesehen?"

Dagmar schüttelte den Kopf. „Nein, völlig unbekannt", sagte sie wie geistesabwesend „Lass uns ins Wohnzimmer gehen. Sie werden schon nach unten kommen, wenn sie ausgeschlafen haben."

Lange Zeit war es mäuschenstill im Haus. Dann hörten sie Schritte im Flur, und gleich darauf wurde die Wohnzimmertür geöffnet. Dagmar und Hubert saßen in den bequemen Sesseln und schauten den Eintretenden entgegen. Doch von Wiedersehensfreude war auf beiden Seiten nichts zu sehen oder zu spüren.

Kai-Uwe ging mit hochrotem Kopf auf seine Eltern zu und reichte zuerst Dagmar und dann seinem Vater die Hand. „Da seid ihr ja wieder, ihr Urlauber", sagte er verlegen. Dann trat eine kleine Pause ein. Das Mädchen stand währenddessen an der Tür und traute sich nicht ins Wohnzimmer.

„Willst du uns deine Freundin nicht vorstellen?" fragte Dagmar mit einem leichten Unterton in der Stimme.

„Doch. Das ist Patrizia, die Tochter von meinem Chef", erklärte dieser ein wenig kleinlaut.

Dagmar warf Hubert einen erschrockenen Blick zu. Das Mädchen stand noch immer in der geöffneten Wohnzimmertür und wagte keinen Schritt hinein.

„Pati, komm her, meine Eltern beißen nicht", sagte Kai-Uwe und ging der Angesprochenen entgegen. Er nahm ihre Hand und führte sie zu seinen Eltern. Nachdem auch sie die Heimkehrer begrüßt hatte, fragte Hubert: „Weiß dein Chef, also Patrizias Vater, etwas von eurer Beziehung? Und wie lange kennt ihr euch denn überhaupt schon?"

„Pati war in meiner Parallelklasse. Wir kennen uns schon ziemlich lange, aber zusammengekommen sind wir erst seit ich bei ihrem Vater arbeite", gab Kai-Uwe bereitwillig Auskunft.

Das Mädchen saß neben ihm auf der Couch und konnte seine Verlegenheit, die dieses Verhör in ihm auslöste, nicht verbergen. Bevor es noch weitere peinliche Fragen geben würde, nahm es all seinen Mut zusammen und sagte: „Ich arbeite auch in unserer Firma, ich bin ebenfalls Azubi, allerdings für die Büroarbeit. Von unserer Beziehung wissen meine Eltern nichts."

Dann wandte sie sich an ihren Freund: „Ich muss jetzt gehen. Kommst du noch mit bis zur Gartentür?"

Sie verabschiedete sich und verließ mit Kai-Uwe das Haus.

„Das war ja ein schneller Abgang. Die Situation war ihr wohl auch peinlich", meinte Dagmar, als sie mit ihrem Mann allein war. Weil gleich darauf Kai-Uwe wieder im Wohnzimmer erschien, verstummte sie.

Nun wandte sich Hubert an seinen Sohn: „Hast du mal darüber nachgedacht, dass eine Beziehung mit der Tochter des Chefs auch Konsequenzen für einen Azubi haben kann? Du bist viel zu naiv und kannst das noch gar nicht einschätzen. Der geringste Fehler, den du mal machst, kann zum Entlassungsgrund werden, wenn die Beziehung dem Chef ein Dorn im Auge ist."

„Nun male nicht gleich den Teufel an die Wand, Hubert. Der Junge hat schließlich das Mädchen nicht bedrängt. Sie ist doch bestimmt freiwillig mit dir ins Bett gestiegen, oder?" Sie schaute ihren Sohn fragend und auch ein wenig ärgerlich an.

„Wisst ihr was? Ich sage gar nichts mehr. Jetzt kennt ihr Patrizia, und ich mag sie. Alles andere wird sich schon noch finden."

Damit war das Gespräch für ihn beendet. Den Eltern blieb nichts anderes übrig, als sich an den Gedanken zu gewöhnen, dass ihr Sohn kein Kind mehr war und eigene Entscheidungen traf.

Von nun an brachte er das Mädchen öfter mit. Doch eines Tages offerierte er seinen Eltern: „Es ist aus mit Pati. Sie hat einen anderen."

Auch gut, dachte Dagmar, der es nicht passte, dass der Junge sich so früh an ein Mädchen gebunden hatte. Aber das sagte sie ihm natürlich nicht. Im Stillen atmete sie auf, nun konnte alles wieder so werden, wie es früher gewesen war.

Doch diesbezüglich hatte sie sich geirrt, denn Kai-Uwe schloss sich sofort wieder seinen ehemaligen Saufkumpanen an. Dieser Umgang sollte sich bald noch viel negativer auf ihren Sohn auswirken, als Dagmar es sich hätte vorstellen können.

So geschah es eines Nachts, als er wieder einmal von einem „Kneipenzug" mit seinen heruntergekommenen Kumpanen nach Hause kam, dass er im Hausflur stürzte. Laut fluchend und polternd versuchte er, wieder auf die Beine zu kommen, was ihm nicht gelang. Mit seinem Lärm riss er die Eltern aus dem Schlaf. Hubert und Dagmar sprangen entsetzt aus ihren Betten und eilten nach unten. Hier bot sich ihnen ein schlimmes Bild. Ihr Sohn krabbelte im Flur herum, und jedes Mal wenn er sich aufrichten wollte, fiel er in die Ausgangsposition zurück. Als Hubert seinem Sohn aufhelfen wollte, sah dieser ihn mit weit aufgerissenen Augen und großen Pupillen an und schlug nach ihm.

„Kai-Uwe, wie kannst du es wagen! Papa will dir nur helfen", schrie Dagmar.

Doch ihr Sohn nahm weder seinen Vater noch sie wahr. Er starrte beide an, dann rollte er sich zur Seite, lallte noch etwas und schlief ein.

„Dagmar, komm! Wir gehen wieder ins Bett, hier können wir nichts ausrichten", sagte Hubert zu seiner Frau und führte sie nach oben ins Schlafzimmer.

Dagmar weinte. Sie hatte Angst um ihren Sohn.

Hubert, der sonst in allen Situationen Rat wusste, war wütend und ebenso hilflos wie sie. „Was haben wir mit Kai-Uwe nur falsch gemacht?" fragte er seine Frau, ohne eine Antwort von ihr zu erwarten. Er wetterte und drohte, seinen Sohn, wenn er nicht vernünftig werde, aus dem Haus zu werfen. An Schlaf war in dieser Nacht nicht mehr zu denken.

Als sie nach endlosen Stunden mit quälenden Gedanken aufstanden, war Kai-Uwe im Flur nicht mehr zu sehen. Er hatte wohl doch noch den Weg in sein Zimmer gefunden. An diesem Sonntag erschien er nicht zum Mittagessen.

Sogar Dagmar machte sich nicht die Mühe, ihn zu wecken. Zu sehr hatte sie sich geärgert und aufgeregt.

Am späten Nachmittag stand Kai-Uwe endlich auf. „Bist du denn von allen guten Geistern verlassen?" fragte ihn sein Vater. „Haben wir dich nicht genug aufgeklärt, was Drogen mit einem anrichten können? Jeder vernünftige Jugendliche weiß heutzutage über dieses Dreckzeug Bescheid."

Daraufhin antwortete Kai-Uwe: „Wir haben doch nur ein bisschen Ecstasy und Haschisch genommen, was ist denn daran so schlimm? Die harten Sachen wie Marihuana, Kokain oder Heroin können wir uns gar nicht leisten."

Nach langem Reden versprach er dann seinen Eltern, sich von Drogen fernzuhalten.

Er sah seine Mutter an, sah zum ersten Mal die Sorgenfalten in ihrem Gesicht und stellte auf einmal fest, dass sie nicht mehr so frisch und rosig aussah wie sonst, sondern eher einen kränklichen Eindruck machte. Tatsächlich hatten sich bei ihr inzwischen gesundheitliche Probleme eingestellt, die Hubert auf Aufregungen und Ärger mit Kai-Uwe zurückführte.

Als Dagmar dann endlich nach einigen Wochen mit immer stärker werdenden Schmerzen auf Huberts Drängen zum Arzt ging, begann ein langer und erschütternder Leidensweg. Der Hausarzt diagnostizierte eine Gallen- und Leberentzündung und überwies sie zum Facharzt. Nach mehreren ambulanten Untersuchungen stand dann das niederschmetternde Ergebnis fest, Dagmar war an Krebs erkrankt, und eine Operation war unumgänglich.

Nun war bei den Frankes nichts mehr wie es einst gewesen war.

Während des Krankenhausaufenthalts besuchte Hubert seine geliebte Frau täglich. Er litt mit ihr und hoffte inbrünstig, sie möge wieder gesund werden. Auch Kai-Uwe fuhr so oft es ihm möglich war zu seiner Mutter. Doch alle Maßnahmen der Ärzte konnten Dagmar nicht retten, sodass sie nach einem Vierteljahr verstarb.

Schmerz, Trauer und Stille zogen ein in das gemütliche Eigenheim, das Dagmar und Hubert so liebevoll gestaltet hatten und in dem es früher so harmonisch und fröhlich zugegangen war.

Kai-Uwe litt ebenso sehr wie sein Vater unter dem Verlust der geliebten Mutter, die immer alles für ihn getan hatte, und in manchen Momenten bereute er sein Verhalten und fühlte sich schuldig an ihrem Tod.

Doch das Leben ging weiter. Man musste sich arrangieren. Nach etwa zwei Jahren, Kai-Uwe hatte seine Berufsausbildung erfolgreich abgeschlossen und arbeitete als gut bezahlte Fachkraft in der Autobranche, stellte er dem Vater seine neue Freundin vor.

Sie hieß Verena und war Bankangestellte in der Stadtsparkasse. Sie war ein Jahr älter als er. Ihr selbstbewusstes Auftreten, die höflichen Umgangsformen und das freundliche Wesen gefielen Hubert sofort. Verena war mit ihren ein Meter fünfundsechzig ein Stückchen kleiner als sein Sohn. Sie hatte blondes, leicht gewelltes Haar, das sie mitunter auch zum Pferdeschwanz zusammenband. Ihre blaugrauen Augen blickten freundlich und aufmerksam.

Die junge Frau gefiel Hubert sofort, und er beglückwünschte Kai-Uwe zu dessen gutem Geschmack. „Deiner Mutter hätte

Verena auch gefallen. Schade, dass Mama dein Glück nicht mehr erlebt." Es dauerte nicht lange, und Verena zog in das schöne Heim der Familie Franke ein.

Bereits nach einem weiteren Jahr waren die jungen Leute verheiratet, und es stellte sich auch bald Nachwuchs ein. Ein kleines Mädchen wurde geboren. Das Glück schien perfekt zu sein. Doch bald schon empfand Kai-Uwe Frust über nächtliche Ruhestörungen, wenn die Kleine weinte, weil sie gestillt werden musste oder eine frische Windel brauchte. Er entwickelte Desinteresse an seiner jungen Frau, weil sie sich mehr um das Kind kümmerte als um ihn. Während verständlicherweise das kleine Töchterchen im Leben der jungen Mutter absolute Priorität hatte und auch Opa Hubert sich als ausgezeichneter Babysitter nützlich machte, fühlte sich der junge Familienvater in den Hintergrund gedrängt und vernachlässigt. Er beklagte sich, dass niemand mehr Zeit für ihn hätte und fing an, nach der Arbeit in Kneipen einzukehren und erst Stunden später angetrunken zu Hause zu erscheinen.

Verena nahm dieses Verhalten zunächst stillschweigend hin. Sie hoffte, dass er bald wieder vernünftig sein würde, schließlich liebten sie sich doch, und alles könnte so schön sein. Sie verstand nicht, dass der junge Vater nicht begriff, dass ein Baby viel Zuwendung und Liebe braucht.

„Es ist doch normal, dass ich die meiste Zeit mit dem Kind verbringe. Kai-Uwe könnte mich unterstützen und sich ebenfalls um die Kleine kümmern. Aber das tut er ja nicht. Stattdessen zieht er mit irgendwelchen Kumpanen durch die Kneipen. Kannst du nicht einmal mit ihm reden?" Mit diesen Worten wandte sie sich hilfesuchend an ihren Schwiegervater.

Hubert versprach ihr, ein ernstes Wort mit seinem Sohn zu reden. Doch das Gespräch brachte auch keine Änderung. Kai-Uwe fühlte sich weiterhin hinten angesetzt und vernachlässigt. So war es nicht verwunderlich, dass Hubert sich selbst beschuldigte, sich zu viel um die junge Familie gekümmert zu haben und beschloss, sich in Zukunft zurückzuhalten. Er hoffte, Verena und Kai-Uwe würden das Problem schon allein lösen, und begann, seinen Tagesablauf zu verändern und besuchte nachmittags einige Verwandte, die er schon längere Zeit nicht gesehen hatte. Die Wiedersehensfreude war stets auf beiden Seiten groß.

Ganz besonders erfreut war Dagmars Cousine Sonja. Sie schüttelte ihm lange die Hand und umarmte ihn herzlich.

„Das nenne ich eine echte Überraschung", rief sie. „Viel zu lange haben wir uns nicht gesehen." Sie hatten sich beide an diesem Nachmittag so viel zu erzählen, dass sie gar nicht merkten, wie die Zeit verging. Doch bevor Hubert sich verabschiedete, verabredeten sie sich zu einem weiteren Treffen. Von nun an fanden ihre Begegnungen regelmäßig statt, und nach einem halben Jahr fragte Sonja Hubert, ob er nicht zu ihr ziehen wolle. Platz sei doch genug in ihrem Haus, seit ihre erwachsenen Kinder eigene Familien hatten und alle gut versorgt waren. Außerdem war sie es leid, dass sich Hubert so oft über seinen Sohn ärgern musste. Das hatte er in seinem Alter doch nicht nötig. Nach einwöchiger Bedenkzeit stimmte Hubert Sonjas Vorschlag zu und zog zu ihr, was zunächst den Unwillen seines Sohnes hervorrief. Doch daran störte sich Hubert nicht. „Vielleicht wirst du nun endlich erwachsen", sagte er zu ihm. „Du hast Frau und Kind, nun übernimm endlich mal die Verantwortung für deine Familie".

Das schien Kai-Uwe aber nicht ganz begriffen zu haben, denn in den darauffolgenden Monaten blieben alle Abbuchungen für Strom, Wasser, Müllentsorgung, Steuern usw. weiterhin zu Huberts Lasten auf dessen Konto.

„Das musst du ändern, der Junge will dich nicht verstehen. Er nutzt dich weiterhin schamlos aus", sagte daraufhin Sonja zu Hubert.

Dieser überlegte nicht lange und führte ein eindringliches Gespräch mit seinem Sohn, bei dem auch seine Schwiegertochter anwesend war.

„Hört mir bitte genau zu", sagte er zu den Beiden. „Ich werde Kai-Uwe in den nächsten Wochen das Haus überschreiben. Da braucht ihr später einmal keine Erbschaftssteuern zu zahlen. Wenn das Haus auf deinem Namen steht, dann trägst du, Kai-Uwe, in Zukunft die Kosten, die mit dem Haus verbunden sind, selbst. Ich habe schon mit einem Anwalt gesprochen. Wenn es euch recht ist, lasse ich mir für uns drei einen Termin geben."

Verena war über den Vorschlag ihres Schwiegervaters sehr erstaunt. „Hast du dir das auch gut überlegt?" fragte sie Hubert. „Das Haus ist schließlich dein Lebenswerk, das gibt man doch nicht einfach so ab. Bist du dir auch sicher, dass du fest bei Sonja wohnen willst?" erkundigte sie sich besorgt.

„Mach dir um mich keine Sorgen, Verena. Mit Sonja ist alles schon geklärt. Was sagst denn du dazu, Kai-Uwe?" wandte er sich an seinen Sohn.

„Na ja, überrascht bin ich schon. Aber irgendwann hätte mir das Haus doch sowieso gehört. Es gibt ja keinen weiteren Erben. Von mir aus können wir zum Anwalt gehen und alles umschreiben lassen. Vereinbare einen Termin und sage uns dann Bescheid." Damit schien für Kai-Uwe alles gesagt.

„Du scheinst dich ja nicht sonderlich zu freuen", antwortete sein Vater, der sich im Stillen eine andere Reaktion von seinem Sohn erhofft hatte.

„Ist das nicht egal, wer als Hausbesitzer in den Papieren steht? Mich hat es nicht gestört, dass du bis jetzt der Eigentümer bist", entgegnete Kai-Uwe gelangweilt.

„Gut, dann wirst du den Unterschied in Zukunft kennenlernen", beendete Hubert das Gespräch und verabschiedete sich. Verärgert über die naive und doch so typische Reaktion seines Sohnes, die er sich so aber nicht vorgestellt hatte, trat er den Heimweg zu Sonja an.

Bereits zwei Wochen später beglückwünschte der Anwalt, den Hubert aufgesucht hatte, Kai-Uwe Franke als neuen Hauseigentümer. Nur Verena, die ihren Mann in die Kanzlei begleitet hatte, bedankte sich als einzige bei ihrem Schwiegervater und lud ihn zum Mittagessen in ein vornehmes Lokal ein. „Wir wollen dir doch unsere Dankbarkeit zeigen, nicht wahr, Kai-Uwe?" sagte sie. „Wir haben allen Grund zur Freude und zum Feiern."

„Na, wenigstens du freust dich, Verena. Eigentlich hatte ich das ja auch von meinem Sohn erwartet", erwiderte Hubert.

Kai-Uwe reagierte nicht auf die Worte seines Vaters und tat so, als habe er sie nicht gehört. Als sie an einem wenig attraktiven Lokal vorbeigingen, das auf ihrem Heimweg lag, sagte er: „Hier können wir was essen. Es muss ja nicht in einem Nobelrestaurant sein."

Nach einer Dreiviertelstunde standen sie wieder auf der Straße, wo sie sich ohne viele Worte voneinander verabschiedeten. In den nächsten Wochen reduzierte Hubert die Besuche bei seinem Sohn auf ein Minimum. Zu sehr hatte er sich über das undankbare

Verhalten geärgert. Doch bald schon erkannte er, dass auch seine Schwiegertochter unter der gegenwärtigen Situation litt. Darum versprach er ihr, wieder öfter vorbei zu kommen. Als dann nach ein paar Wochen Verenas Babypause beendet war und sie ihre berufliche Tätigkeit wieder aufnahm, brachte er seine kleine Enkelin jeden Morgen in die Kindertagesstätte und holte sie am Nachmittag dort auch wieder ab. Das war für die junge Frau eine enorme Entlastung. Sie war froh und dankbar, dass sie sich auf ihren Schwiegervater immer verlassen konnte.

Für Kai-Uwe hingegen war das nichts Besonderes. „Er ist nun mal der Opa. Außerdem hat er doch sowieso den ganzen Tag nichts zu tun. Da kann er sich wenigstens so ein bisschen nützlich machen. Angeblich brauchen doch alte Menschen eine sinnvolle Beschäftigung", war seine flapsige Antwort.

Auf diesen Kommentar antwortete ihm Verena nicht. Sie ärgerte sich aber sehr darüber, dass für ihren Mann alles selbstverständlich war, was der Schwiegervater ihnen Gutes tat. Gerade Kai-Uwe hätte allen Grund zur Dankbarkeit gehabt, denn es verging keine Woche, in der Hubert nicht etwas am Haus oder im Garten erneuerte oder verschönerte, was nun eigentlich Aufgabe des neuen Hausbesitzers gewesen wäre. Wenn Hubert abgespannt und müde zu Sonja zurückkam, schüttelte diese oft den Kopf. Sie wurde dann richtig sauer, denn Hubert erzählte ihr fast immer, dass sein Sohn ihm meist zugesehen hätte und ihm erklärt habe, dass er ja seine Tagesarbeit schon in der Firma geleistet habe und sich nun unbedingt ausruhen müsse. Er saß dann, während der Vater arbeitete, auf der Gartenterrasse, schmökerte in allen möglichen Zeitungen oder Zeitschriften und trank genüsslich sein Feierabendbier.

Eines Tages sagte Sonja zu Hubert, als er wieder einmal

ziemlich erschöpft nach Hause kam: „Das war heute dein letzter großer Einsatz. Demnächst muss sich dein Sohn Handwerker bestellen, wenn Arbeiten anfallen. Ich schaue nicht mehr länger zu, wie du dich abschuftest, während er es sich gutgehen lässt. Er ist doch jung und kräftig, er könnte auch am Feierabend noch einiges tun, aber dazu ist er viel zu faul. Für alle Arbeiten hat er ja den Papa. Du unterstützt diese Faulheit geradezu. Er sollte endlich begreifen, dass Eigentum auch verpflichtet." Sonja war wütend, und sie meinte es ernst. Darum verplante sie von nun an die Nachmittage für angenehme Dinge.

Als Hubert dann schon einige Tage nicht bei seinem Sohn erschienen war, meldete sich dieser telefonisch. Doch er hatte Pech, denn Sonja nahm den Telefonhörer ab, weil Hubert sich im Moment vor dem Haus mit einem Nachbarn unterhielt. Der Anrufer meldete sich und sagte: „ Hallo, hier ist Kai-Uwe. Ist mein Vater nicht da? Sei doch bitte so nett und richte ihm aus, dass er morgen Nachmittag unbedingt zu mir kommen muss. Es gibt einiges für ihn zu tun."

Er wollte schon wieder auflegen, als Sonja ihm antwortete: „Jetzt höre mir mal genau zu! Ich werde nichts dergleichen ausrichten. Schämst du dich denn überhaupt nicht, deinen Vater so auszunutzen?! Wie du ja weißt, ist er über siebzig Jahre alt und hat sich einen gemütlichen Lebensabend verdient. Er hat in seinem Leben genug gearbeitet, und er ist nicht dein Kuli. Wenn du die anfallenden Arbeiten nicht selbst erledigen kannst, dann bestelle dir Handwerker. Dein Vater hat für morgen Nachmittag etwas Besseres vor."

Noch bevor Kai-Uwe antworten konnte, legte sie auf.

Es war schade, dass Sonja sein verblüfftes Gesicht nicht sehen konnte. Von diesem Anruf erzählte sie Hubert erst einige Tage später. Dieser sagte nur: „Na, da werde ich die Wogen wohl mal wieder glätten müssen."

Er hatte das Gefühl, dass er zwischen zwei Stühle geraten war. Die Arbeiten an seinem ehemaligen Besitz, der nun seinem Sohn gehörte, lagen ihm ebenso am Herzen wie ein gutes Verhältnis zu seiner Lebensgefährtin Sonja. Bei ihr hatte er nach dem Tode seiner Frau endlich wieder Liebe und Geborgenheit gefunden. Die Zweisamkeit mit ihr hatte die Trostlosigkeit der Einsamkeit vertrieben. Hubert wusste die Harmonie mit Sonja sehr zu schätzen, und er wusste auch, dass sie immer nur auf sein Wohl bedacht war. Im Einverständnis mit ihr übernahm er auch weiterhin die Wege zur Kindertagesstätte, um Verena zu entlasten und außerdem den engen Kontakt zu seinem kleinen Sonnenschein nicht abbrechen zu lassen.

So verliefen die nächsten Jahre mit einer gewissen Distanz zwischen Vater und Sohn. Dann jedoch gab es ein Ereignis, dass bei Hubert zu großer Besorgnis Anlass gab.

Weil Kai-Uwe schon einige Tage am Vormittag zu Hause war, fragte er ihn: „Hast du ein paar Tage Urlaub oder bist du etwa krank?"

Die schockierende Antwort, die Hubert bekam, hätte er nie im Leben erwartet. Sie lautete: „Nichts dergleichen. Ich habe meine Papiere bekommen, ich bin arbeitslos."

Hubert fiel aus allen Wolken. Damit hatte er nicht gerechnet. Doch am meisten erschreckte ihn die Tatsache, dass sein Sohn ihm diese Information wohl am liebsten verschwiegen hätte. Eine lange Diskussion folgte, die damit endete, dass Kai-Uwe der Meinung war, dass er erst mal einige Zeit zu Hause bleiben könne. Andere täten das ja auch. Schließlich bekomme er ja Arbeitslosengeld. Danach sehe man weiter.

Als Hubert am Nachmittag Sonja diese niederschmetternden Neuigkeiten mitteilte, fiel auch sie aus allen Wolken. Sie wollte Hubert aber nicht noch mehr beunruhigen, denn die Entlassungen waren in dieser Zeit nichts Seltenes. Deshalb sagte sie: „Hoffentlich bekommt er bald wieder Arbeit. Du kennst doch viele Firmen in der Stadt. Vielleicht kannst du ihm was besorgen." Doch das war leichter gesagt als getan. Weder die amtlichen Stellen noch private Vermittlungsversuche brachten Erfolg.

Kai-Uwe jedoch nahm es gelassen. „Es wird schon noch klappen", sagte er eines Tages zu seinem Vater, als der ihn besuchte. Dem kam es so vor, als wolle sein Sohn ihn trösten.

„Du hast vielleicht Humor! Ist dir eigentlich klar, dass du eine Familie zu ernähren hast?" schimpfte Hubert. Daraufhin erwiderte Kai-Uwe: „Dramatisiere nicht immer alles. Schließlich haben wir auch noch Verenas Gehalt. Wir verhungern schon nicht." Damit war alles gesagt.

Aufgebracht und verärgert verließ Hubert ihn.

Als er einige Tage später wieder nach dem Rechten sehen wollte, traf er Kai-Uwe in fröhlicher Gesellschaft an. Die alten Kumpane, die schon seiner verstorbenen Frau ein Dorn im Auge gewesen waren, versammelten sich jetzt regelmäßig bei ihm zum gemeinsamen Zeitvertreib.

„In schlechten Zeiten muss man doch zusammenhalten", lautete die lapidare Aussage von Kai-Uwe.

Ohne mit seinem Sohn über dessen Naivität zu diskutieren, verließ Hubert ihn wieder. Dann setzte für längere Zeit Funkstille ein. Hubert überließ seinem Sohn, der ja nun viel Zeit hatte, die täglichen Wege zur Kindertagesstätte. Deshalb überraschte ihn eines Tages ein unerwarteter Anruf. „Papa, du sollst der Erste sein, der es erfährt. Ich mache jetzt Nägel mit Köpfen! Ich habe ein Lokal gepachtet. Was sagst du nun?" ertönte seine euphorische Stimme am anderen Ende der Leitung.

Hubert verschlug es fast die Sprache. „Was hast du?" rief er erschrocken.

„Ein Lokal habe ich gepachtet. Direkt in der Innenstadt, in guter Lage. Wenn du Lust hast, kann ich es dir morgen zeigen."

Sie verabredeten sich für den nächsten Vormittag. In der Nacht machte Hubert kein Auge zu, weil er das Verhalten seines Sohnes für unüberlegt und übereilt hielt. Was hat er sich da wieder einfallen lassen?! Er hat doch von Gastronomie gar keine Ahnung. Allein lässt sich so ein Objekt nicht bewältigen. Tausend Dinge gingen Hubert durch den Kopf. Nach einer Nacht voll quälender Gedanken und berechtigter Sorgen stand er am nächsten Morgen auf. Wenige Stunden später trafen sie sich in der Innenstadt.

Gut gelaunt begrüßte Kai-Uwe seinen Vater. Er wirkte zufrieden, ja sogar fast glücklich über das, was er getan hatte. Schließlich hatte er sich selbst aus der Arbeitslosigkeit befreit und wie er meinte, Nägel mit Köpfen gemacht. So selbstgefällig hatte Hubert ihn lange nicht gesehen. Mit seinem besten Sonntagsanzug hatte er sich herausgeputzt wie ein Geschäftsmann. Doch seinen Vater konnte er nicht täuschen. Deshalb behielt Hubert seine Meinung zunächst noch für sich. Erst nach der Besichtigung des Lokals und der Nebenräume wies er seinen Sohn auf die Kosten hin, die auf den Pächter des Lokals zukamen.

Da war eine komplette Renovierung aller Räumlichkeiten notwendig. Ganz besonders die Küche und die Toiletten bedurften einer völligen Sanierung. Sie mussten neu gefliest werden. Die Einrichtung des Gastraumes entsprach auch nicht mehr den modernen Ansprüchen der Leute, die hier in der Innenstadt in ein

Lokal einkehrten. Gläser, Geschirr, Lampen und Dekorationsgegenstände waren alt und trafen nicht den Zeitgeschmack moderner Gäste. Auf Hubert wirkte fast alles überholt und altmodisch. „Schau dir nur mal die Gardinen an. Sie sind völlig vergilbt und müssen raus. Mit den Tischdecken und den Stoffservietten sieht es nicht besser aus. Das Zeug ist alt und zerschlissen. Ganz schlimm sehen auch die Kühlgeräte in der Küche aus, und ob der Elektroherd und die Mikrowellen noch in Ordnung sind, ist auch noch fraglich. Wie willst du das alles finanzieren? Dazu kommt dann die Frage, wieviel Personal du benötigst, damit der Laden überhaupt laufen kann." Hubert holte tief Luft und setzte dann fort: „Du brauchst Unsummen für eine ordentliche Instandsetzung und all die notwendigen Anschaffungen. Jeden Monat muss pünktlich die Pacht gezahlt werden, und von den Personalkosten ganz zu schweigen, denn ohne Koch und Kellner geht es gar nicht. Außerdem fallen da noch Kosten für Energie, Wasser und Abwasser an, um nur einiges zu erwähnen. Da fallen Steuern an und so weiter." Hubert schüttelte den Kopf. „Glaube mir, mein Junge, das wird nichts. Lass die Finger davon und mach den Vertrag rückgängig."

Kai-Uwe hatte seinem Vater zugehört, ohne ihn zu unterbrechen. Sein Gesichtsausdruck drückte jetzt aber nicht mehr die Selbstgefälligkeit des zukünftigen Geschäftsmannes aus. Die Einschätzung durch seinen Vater hatte ihn doch nachdenklich gestimmt und ziemlich verunsichert. Nun nahm er allen Mut zusammen und sagte: „Das ist schon klar, dass ich einiges investieren muss. Aber wer nichts wagt, der nichts gewinnt. Ich werde mir von der Bank einen ordentlichen Kredit holen für all die Anschaffungen. Bei den Renovierungsarbeiten helfen mir meine Kumpels. Der Lange hat sogar schon mal gekellnert;

vielleicht stelle ich ihn bei mir ein. Mal sehen, kommt Zeit, kommt Rat."

Hubert stieg die Zornesröte ins Gesicht: „Na, dann bist du ja in bester Gesellschaft. Nur Personal ohne Fachkenntnisse. Da fahrt ihr das Ding garantiert an die Wand! Junge, wie naiv bist du eigentlich?! Weißt du denn gar nicht, wie groß die Konkurrenz gerade hier in der Innenstadt ist?"

Hubert schwieg für einen Augenblick und sah seinen Sohn kopfschüttelnd an. Dann fragte er: „ Hast du dir denn schon einen Überblick über die Höhe des notwendigen Startkapitals verschafft?"

„Ach, Papa, am besten du kommst morgen mal zu mir. Da können wir in Ruhe über alles reden. Jetzt bin ich in Eile. Sei mir nicht böse, aber ich muss gehen."

Er schob seinen Vater regelrecht zur Tür hinaus und schloss ab, reichte ihm die Hand und ohne eine Antwort auf die entscheidende Frage gegeben zu haben, verschwand er im Getümmel der Passanten. Hubert hätte noch eine Menge wissen wollen, aber seinen Fragen hatte sich Kai-Uwe geschickt entzogen.

So war es schon immer, dachte Hubert. Wenn es für ihn unangenehm wird, verschwindet er. Beunruhigt und verärgert kehrte er nach Hause zurück. Wenige Tage nach dieser Begegnung wusste er mehr und statt erleichtert sein zu können, ließen die Sorgen ihn nun gar keinen Schlaf mehr finden. Er suchte deshalb seinen Sohn zu Hause auf und erfuhr, dass er, um den benötigten Kredit von der Bank zu bekommen, sein Haus als Sicherheit zur Verfügung gestellt habe.

Nun sah Hubert vor seinem geistigen Auge schon die Pleitewelle auf ihn zurollen. Deshalb sagte er entsetzt: „Wie kannst du nur so leichtsinnig mit deinem Erbe umgehen! Mama und ich haben ein

Leben lang für unser Haus gespart und gearbeitet und statt froh und glücklich zu sein, das Haus schon bekommen zu haben, gehst du mit dieser Sicherheit so verdammt leichtsinnig um! Ich kann nur hoffen, dass dich deine eigene Dummheit und Ignoranz nicht in den totalen Ruin treiben!"

Wütend verließ Hubert seinen Sohn. Kai-Uwe spielte von nun an den Beleidigten, dem sein Vater nichts zutraute und in dessen Augen er alles falsch machte und von vornherein ein Versager war. Um Hubert vom Gegenteil zu überzeugen, stürzte er sich in die Arbeit und vermied den Kontakt mit ihm. So wollte er lästigen Gesprächen entgehen. Erst während der Vorbereitung zur Eröffnungsfeier des Lokals sandte er ihm und Sonja eine persönliche Einladung. Doch zu diesem Termin waren beide im Urlaub auf den Kanaren. Deshalb schickten sie ihm eine Ansichtskarte und wünschten ihm Glück und viel Erfolg mit seinem Restaurant.

Auch Verena würde nicht zur Eröffnung kommen, denn sie hatte niemanden, der die Kleine betreuen konnte.

Inzwischen liefen bei Kai-Uwe und seinem Personal die Vorbereitungen für die Eröffnung. Sie bauten eine lange Tafel neben der Theke auf und stellten Bier-, Wein- und Sektgläser in akkuraten Reihen neben Stapel von Tellern für die lukullischen Köstlichkeiten. An die Papierservietten für die Gäste hatte man selbstverständlich gedacht. Diese zierte ein perfekter weinroter Druck auf beigem Grund, der sowohl den Namen des Restaurants „Zur guten Quelle" als auch den Namen des Gastwirts nannte: Kai-Uwe Franke. Der gesamte Gastraum erstrahlte in hellem Glanz. Auf allen Tischen standen Vasen mit frischen Rosen und passend dazu Kerzen auf geschmackvollen Haltern. An den Wänden hingen ein paar Bilder mit hübschen Landschaftsmotiven.

Gardinen und Lampen waren modern und neu. Kai-Uwe hatte alles entfernen lassen, was alt und unansehnlich gewesen war. Er hatte tatsächlich an alles gedacht. Mit einer Annonce in der Lokalzeitung hatte er die Eröffnung angekündigt und außerdem Reklame- und Werbematerial in der Stadt verteilen lassen. Seine Geschäftspartner hatte er persönlich eingeladen. In den frühen Morgenstunden des Eröffnungstages bereitete das Küchenpersonal leckere Kanapees vor und arrangierte sie gekonnt auf mehreren großen Servierplatten. Herzhafte Suppen, Snacks, Platten mit schmackhaften Medaillons und Frikadellen, mit Schnitzeln und Schweinehaxen, mit pikanten und süßen Leckereien, das alles und vieles mehr war zu einem einladenden Delikatessen-Büfett arrangiert worden, bei dem die raffiniert geschnitzten Gemüseteilchen mit ihren frischen, kräftigen Farben besondere optische Akzente setzten. Es war für jeden Betrachter ein fantastischer Augenschmaus, der sofort Appetit und Lust am Essen weckte.

Nachdem nun sämtliche Vorbereitungen abgeschlossen waren, schaute sich Kai-Uwe das Büfett, die Tischdekorationen, die polierten Gläser, die in ordentlichen Reihen in den Regalen hinter dem Tresen standen, noch einmal gewissenhaft an und stellte zufrieden fest, dass alles perfekt war. Überschwänglich und euphorisch lobte er sein Küchenpersonal und die beiden Kellner, die ebenfalls heute in der Küche mitgewirkt hatten, und spendierte sofort eine Lage. Jeder durfte sich sein Lieblingsgetränk selbst auswählen, Bier, Wein, Sekt oder Hochprozentiges, der Preis spielte dabei keine Rolle. Gute Arbeit sollte schließlich belohnt werden. Nachdem sie alle gemeinsam angestoßen hatten, verschwand das Personal wieder in der Küche, um diese aufzuräumen und zu putzen.

Als die Angestellten sich sicher waren, dass der Chef sie nicht hören konnte, lästerten sie über die Naivität ihres Brötchengebers und zweifelten schon am Eröffnungstag eine lange Existenz des Lokals mit diesem Wirte an. Kai-Uwe Franke rauchte indessen zufrieden und genüsslich eine Zigarette. So hatte er sich das Restaurant vorgestellt, das von nun an unter seiner Regie betrieben werden sollte. Jetzt konnte er sich entspannt zurücklehnen und auf die Gäste warten, die hoffentlich in großer Anzahl kommen würden und bald auch tatsächlich kamen.

Die Eröffnungsveranstaltung wurde ein voller Erfolg. Neben eingeladenen Gästen mischten sich in großer Zahl auch Straßenpassanten unter die Gratulanten. Die meisten von ihnen hatte Kai-Uwe noch nie gesehen. Sie nutzten wohl jede Gelegenheit, sich kostenfrei an leckeren Speisen zu bedienen. Aber das übersah der Neueinsteiger unter den Gastwirten. Er glaubte, mit der Eröffnung seines Lokales mitten in der Innenstadt eine Marktlücke geschlossen zu haben. Nun hoffte er, dass sein Restaurant auch weiterhin gut besucht sein würde.

Nach der gelungenen Eröffnungsveranstaltung, die schon eine beträchtliche Summe gekostet hatte, setzte jedoch bald eine Flaute ein. Es kamen viel zu wenige Gäste. Die Ausgaben überschritten schon nach kurzer Zeit die Einnahmen. Bald war die Euphorie völlig verflogen, und Kai-Uwe, der Neueinsteiger unter den Gastwirten, wurde mit der absoluten Realität konfrontiert. Doch er vertrat, wie viele andere auch, die sich in ähnlichen Situationen befanden, die Meinung, dass es sich erst noch herumsprechen müsse, dass sein Restaurant, frisch renoviert und mit verbessertem Niveau, auch ein Gewinn für die Stadt sei und sich in der Branche erst noch durchsetzen müsse. „Wer nichts wagt, der nichts gewinnt" war noch immer sein Slogan.

Als Kai-Uwes Vater und Sonja nach ihrem Urlaub dem Lokal einen Besuch abstatteten und dem neuen Gastwirt ein wunderschönes Blumenbukett zur Geschäftseröffnung überreichten, stellten sie sofort fest, dass viel zu wenig Gäste anwesend waren.

„Na, wie läuft das Restaurant denn so?" wollte Hubert von seinem Sohn wissen.

„Wir hatten eine tolle Eröffnungsfeier mit sehr vielen Gästen. Das war wirklich schon ein großer Erfolg", antwortete Kai-Uwe zufrieden. „Nun müssen wir mal sehen, wie es so weitergeht. Es muss sich ja alles erst einspielen. Aber mein Team und ich sind überzeugt, dass der Laden bald boomen wird", sagte er überzeugt.

„Das wünschen wir dir auch. Aber denk immer daran, dass die Leute das Geld nicht so locker sitzen haben. Viel Glück und Erfolg, mein Junge!"

Das wünschte Hubert ihm ehrlichen Herzens. „Wenn du mich mal brauchst, weißt du ja, wo du mich findest."

Dann nahmen er und Sonja an einem der Tische Platz und studierten die Speisekarte. Nachdem sie die bestellten Gerichte verzehrt hatten, stellten sie zufrieden fest, dass das Essen sehr lecker war. Sie zollten auch der Bedienung Anerkennung und teilten ihre Zufriedenheit Kai-Uwe mit. Diesen freute das Lob seines Vaters und dessen Lebensgefährtin sehr.

Doch in den nächsten Wochen und Monaten änderte sich an den Besucherzahlen nichts, obwohl sich der Koch und auch alle anderen Angestellten große Mühe gaben. Der Besucheransturm blieb aus. Die besten Einnahmen hatte Kai-Uwe, wenn Familienfeiern stattfanden wie Jubiläumsfeiern zu besonderen Geburtstagen oder Silbernen Hochzeiten oder wenn Trauergäste nach Beerdigungen in seinem Lokal einkehrten. In den

Abendstunden kamen manchmal Familien zum Essen, aber tagsüber waren nur einzelne Herren zu Gast im Lokal, um dort ein oder zwei Bierchen zu trinken und ein wenig zu plaudern.

Nach einigen Monaten kreuzten dann ganz gezielt die alten Freunde auf. Ihr Äußeres hatte sich im Laufe der letzten Monate so sehr verschlechtert, dass jeder andere Wirt sie als ungebetene Gäste sicher schnell entfernt hätte. Aber Kai-Uwe in seiner Naivität begrüßte sie mit lautem Hallo und schien sich an dem heruntergekommenen Äußeren nicht zu stören. Er beglückte sie mit Freibier und einer warmen Mahlzeit.

„Seinen Freunden muss man doch was Gutes tun. Wir empfehlen dich dafür auch weiter", versprach ihm gut gelaunt der Lange. Doch darauf hätte Kai-Uwe besser verzichten sollen.

Bald schon drehten vornehme Gäste an der Eingangstür wieder um, wenn sie sahen, wer sich in dieser Gaststätte aufhielt und sich hier wie zu Hause fühlte, und es dauerte nicht lange, da hatte das Lokal den Namen „Die Pennerkneipe" weg. In seinem Unmut begann Kai-Uwe mit seinen Gästen zu trinken und so manche Runde zu spendieren. Nicht selten wies er in angetrunkenem Zustand den Koch an, allen eine ordentliche Mahlzeit zu bereiten und spendierte diese selbstverständlich kostenlos.

Der Erste, der Kai-Uwe darauf hinwies, dass das Lokal keinen Gewinn erzielte, war der Steuerberater Herr Schuster. Die monatlichen Ausgaben lagen weit über den Einnahmen. Von einer Wirtschaftlichkeit seines Unternehmens konnte keine Rede sein. Kai-Uwe stutzte. Doch dann beschwichtigte er Herrn Schuster, indem er sagte: „Das ist am Anfang immer so. Es wird schon noch besser." Herr Schuster verließ daraufhin kopfschüttelnd das Lokal.

Bald flatterten die ersten Mahnungen von Zulieferbetrieben wie Brauereien, Fleischereien und Bäckereien ins Haus, und Kai-Uwe stand vor der Frage, was er bezahlen solle, die monatliche Pacht und die Gehälter der Angestellten oder die offenen Rechnungen von den Geschäftspartnern. Der Steuerberater gab sich alle Mühe, ihn bestens zu beraten und ihn zu warnen, dass beim gegenwärtigen Stand der Dinge die Pleite drohe. Davor bewahren konnte er ihn nicht, denn für ihn stand fest, dass Kai-Uwe der Aufgabe, das Lokal gewinnbringend zu führen, nicht gewachsen war.

Als die ersten sechs Monate vergangen waren, kündigten ein Kellner und der Koch. Sie hatten längst gemerkt, dass dieses Unternehmen keine Zukunft hatte. Die Brauereien stornierten ihre Lieferungen und kündigten die Verträge. Auf dem Großmarkt verweigerte man Kai-Uwe den Verkauf jeglicher Ware, wenn er nicht bar bezahlen konnte. Es hatte sich schnell herumgesprochen, wie katastrophal es mit den Finanzen beim Wirt „Zur guten Quelle" aussah. Mahnungen über Mahnungen häuften sich auf dem Schreibtisch. Kai-Uwe raufte sich die Haare. Er hatte sich alles ganz einfach, viel leichter vorgestellt. Hatte sein Vater doch Recht gehabt mit seinen Warnungen, die er, Kai-Uwe, als „Unkenrufe" betrachtet hatte? Nun begann für ihn die Zeit der schlaflosen Nächte. Quälende Gedanken marterten ihn. Seiner Frau Verena hatte er von seinen Schwierigkeiten und Sorgen bisher noch nichts erzählt.

Doch die Zeit der Geheimhaltung nützte nichts. Eines Tages musste er Insolvenz anmelden. Als er diese Nachricht seiner ahnungslosen Frau mitteilte, war diese fassungslos. Sie warf ihm Hinterhältigkeit wegen seiner Verschwiegenheit und grenzenlose Dummheit vor. Dann kündigte sie ihm an, dass sie mit der Kleinen ausziehen werde. Mit seiner Pleite wollte sie nichts zu tun haben. Alles Weitere würde ihm ein Anwalt mitteilen. Doch damit war die Katastrophe noch nicht komplett, denn Kai-Uwe wurde in die Bank bestellt, wo man ihm mitteilte, dass das Wohnhaus gepfändet sei, da es als Sicherheit für den Kredit eingetragen worden war.

Nun nahm das Unheil seinen Lauf. Verena zog mit dem Töchterchen zu ihren Eltern und reichte die Scheidung ein. Die Familie war zerbrochen.

Nach weiteren Wochen suchte Kai-Uwe das Arbeitsamt auf und stellte einen Antrag auf Arbeitslosengeld und eine Wohnung. Das Haus hatte er zuvor mit seinen Kumpanen ausgeräumt und alles Nützliche und Schöne, das Verena nicht mitgenommen hatte, vom Trödler abholen lassen. Zu seinem Vater und Sonja wollte er nicht ziehen. Sie hatten es ihm auch gar nicht angeboten. Er verkroch sich zunächst bei dem Langhaarigen und begann regelmäßig zu trinken. Sein Vater Hubert weinte viel und haderte mit dem Schicksal. Er wurde ein verzweifelter, alter Mann.

Kai-Uwe hatte mit Naivität, Ignoranz und Dummheit das Lebenswerk seiner Eltern verschleudert und das Glück der gesamten Familie zerstört.

DANKE

Für ihre Hilfe und Unterstützung bedanke ich mich ganz herzlich bei meinem Sohn Heiko, meinem Enkel Martin und meinem Schwiegersohn Thomas.

Kurzdarstellung des Inhalts

Die Autorin beschreibt in ihrer ersten Erzählung, wie in den 60-er Jahren während eines Ostseeurlaubs Fremde zu Freunden werden, weil alle die gleichen Probleme, Wünsche und Träume haben. Die wunderbare Atmosphäre im „Schwalbennest" lässt den Urlaub zu einem unvergesslichen Erlebnis für alle werden.

In der zweiten Geschichte lernen die Leser Eva Kremberg kennen, die in einem Medienunternehmen engagiert arbeitet und eines Tages beauftragt wird, den Praktikanten Ronald Schradel zu betreuen. Durch ihre gemeinsame Tätigkeit kommen sich die Beiden näher. Die Geschichte verrät Ihnen, ob es ein Happy-End gibt.

Kriminalistischen Spürsinn entwickelt in der dritten Erzählung ein ganzes Dorf. In einem Geschäft wurde gestohlen, zwei linke Schuhe in unterschiedlichen Größen. Cora und Anika erfahren von ihrer Oma, wer der Dieb war und wie alles ausgegangen ist.

Mit ihrer vierten Geschichte kehrt die Autorin in die Gegenwart zurück. Sie schildert dem Leser die Entwicklung Kai-Uwes vom behüteten Einzelkind bis hin zum drogenabhängigen Erwachsenen, der am Ende alles verloren hat.

Kurzbiographie

Doris Wienrich wurde 1939 in Dortmund geboren. Sie studierte am Institut für Lehrerbildung und später an der Pädagogischen Hochschule Erfurt Deutsche Sprache, Literatur und Philologie. Sie arbeitete 40 Jahre in ihrem Beruf als Lehrerin. Ihr erster Roman „Wenn die Nachtigallen schweigen" erschien 2011.